**COLLECTION SÉRIE NOIRE**
Créée par Marcel Duhamel

THOMAS BRONNEC

# LES INITIÉS

nrf

GALLIMARD

*Suivez l'actualité de la Série Noire sur les réseaux sociaux :*
https://www.facebook.com/gallimard.serie.noire
https://twitter.com/La_Serie_Noire

# 1

Elle prit quelques secondes pour contempler ce paquebot de verre, posé sur le fleuve. Une lumière verdâtre éclairait les deux piliers, sous la façade composée de vitres sans lueur, laissées à l'abandon. Quelques fenêtres étaient encore allumées. Elle était bien placée pour savoir que, même au cœur de la nuit, on trouverait toujours quelqu'un pour coloniser ces bureaux. Elle aurait presque aimé inspecter un à un les carreaux de verre qui formaient ce damier monochrome. Des dizaines de regards, cachés dans l'obscurité, pouvaient l'observer. Peut-être le sien, aussi.

Elle se dirigea vers l'octroi, et montra son badge au douanier. Elle emprunta l'entrée réservée aux fonctionnaires du ministère, jetant un coup d'œil au portique de détection des métaux. Elle sourit à l'agent assoupi sur son écran de contrôle.

Sans se presser, elle monta les quelques marches puis avança sur les graviers de l'allée Jean Monnet, comme elle l'avait fait des centaines de fois, dans une autre vie. Elle leva la tête, la tournant à droite et à gauche, comme si elle surveillait les deux bâtiments qui l'escortaient.

Après le portail, sur sa gauche, une C6 stationnée devant la porte démarra au moment où elle s'approchait et, par réflexe, elle eut un léger mouvement de recul. Elle regarda la voiture s'éloigner et examina les drapeaux français en face d'elle. Ils s'agitaient doucement. Il y avait un peu de vent. Elle s'engouffra dans l'Hôtel des ministres et, ignorant l'appariteur, se dirigea vers les ascenseurs.

Elle fut bientôt au septième étage et marcha vers la grande salle de réception, vide à cette heure. Elle regarda avec indifférence par la fenêtre Paris qui s'étalait devant elle. Les portes des autres salles étaient fermées. Le couloir était désert. Elle avisa la terrasse et emprunta un petit escalier. Elle eut besoin de faire un effort pour ouvrir la porte.

Là-haut, les rafales de vent lui fouettèrent le visage. L'héliport avait été imaginé à l'origine pour des raisons de sécurité, s'il avait fallu évacuer les ministres d'urgence. Mais il avait été mal conçu : les quatre piliers de la bibliothèque François Mitterrand, de l'autre côté de la Seine, perturbaient les vents et rendaient les atterrissages périlleux. Elle était l'une des rares personnes à l'avoir utilisé.

Elle se plaça sur la barre de l'énorme « H » au centre de la station et tourna doucement sur elle-même. Le vent rabattait quelques mèches de ses cheveux sur ses yeux. Il s'engouffrait dans son imperméable, ce qui lui faisait comme des ailes. Les ailes d'un aigle. Ou d'un corbeau. Elle était un pilote harcelé par une nuée de corbeaux à la dérive et qui allaient s'écraser sur le cockpit.

Personne ne pouvait la voir. En écartant les bras, elle eut un extraordinaire sentiment de puissance, comme elle n'en avait pas éprouvé depuis longtemps. Enfin, elle était maîtresse de sa destinée. Elle avait su se libérer d'elle-même, de cette forteresse dans laquelle elle s'était laissé enfermer pendant des années.

Elle fouilla dans sa poche, en tira un petit objet qu'elle écrasa dans son poing. Elle prit son élan et, lancée à pleine vitesse, n'eut aucun mal à enjamber la balustrade. Elle glissa, au lieu de sauter comme elle l'aurait voulu. Elle s'écrasa sur le sol. Ses doigts s'ouvrirent. L'objet glissa doucement de la paume de sa main sur le gravier.

## 2

Il replaça les quatre pages qu'il venait de parcourir dans la chemise bleue et ne perdit pas de temps à déchiffrer les quelques mots qui avaient été écrits sur le revers. Cette note était une véritable insulte. Pendant quelques secondes, il évalua le risque de la transmettre telle quelle à la ministre, ou de la renvoyer lui-même à son auteur.

Christophe Demory griffonna à la hâte. « C'est loin d'être satisfaisant, mais discutons-en ensemble pour aller les voir avec une position commune », écrivit-il en signant de ses initiales, comme il le faisait quand il émettait une opinion personnelle. Pour le moment, elle était arc-boutée sur ses certitudes, mais peut-être se laisserait-elle fléchir, après tout.

Il se leva et frappa à la porte, au cas très improbable où elle aurait été présente. Les deux pièces communiquaient directement et il entra après avoir attendu quelques secondes. Il s'avança vers le bureau de la ministre pour y déposer la note. Ses chaussures s'enfonçaient dans l'épaisse moquette qu'elle avait fait poser quelques semaines après son arrivée.

Il se laissa tomber dans le fauteuil de la ministre, la note à la main. Sa colonne vertébrale s'affaissa sur le dossier et il se retrouva quasiment à l'horizontale, avant de se redresser par réflexe, les mains posées sur le bureau en acajou sur lequel trônait l'ordinateur d'Isabelle Colson. Il essaya de dégager une place parmi tous les parapheurs en souffrance qui attendaient la signature de la ministre, puis y renonça. Il eut tout à coup l'envie de les balancer par terre, d'un vaste mouvement de bras, pour lui faire comprendre une fois pour toutes que signer ces documents faisait partie du boulot.

Christophe Demory déposa la note sur le clavier de l'ordinateur, pour être sûr qu'elle la verrait dès son arrivée, puis s'attarda quelques minutes à la fenêtre. Une péniche remontait la Seine, tous feux éteints. Il essaya de la suivre des yeux. Ils étaient rares, ces moments contemplatifs, et il fallait savoir les saisir. Il n'en aurait sans doute pas beaucoup dans les jours qui suivraient. Ce n'était pas sa première crise bancaire. Il avait fait Lehman[1]. Mais là, personne ne savait ce que ça allait donner.

Il retourna dans son bureau et enfila son pardessus. Il regarda autour de lui. Tout était tellement impersonnel. Il n'avait même pas pris le temps d'installer une plante, un poster ou une photo. S'il disparaissait, son successeur pourrait prendre possession des lieux dans la minute. On s'apitoierait un peu, et la machine redémarrerait comme si rien ne s'était passé. Tout le monde ici se croyait indispensable. Il n'avait pas cette prétention.

Il se savait seul, ou presque, à l'étage. La nuit, il lui arrivait de croiser, aux toilettes ou à la machine à café, un conseiller qui s'attardait lui aussi, mais après 2 heures du matin, c'était rare. Pour Christophe Demory, l'exception, c'était quand il était chez lui avant minuit. Dire qu'il aimait ces moments-là, où il était seul à la barre, aurait été exagéré. Il les préférait, en tout cas, à ceux qu'il passait chez lui.

1. Le 15 septembre 2008, touchée par la crise des subprimes, la banque américaine Lehman Brothers fait faillite. Toutes les Bourses chutent à travers le monde. Les États doivent se porter au secours d'autres établissements financiers en déroute, contaminés par la banqueroute de la banque d'affaires. C'est le début de la plus grande crise financière internationale depuis 1929.

Après avoir appuyé sur le bouton « rez-de-chaussée », il laissa les portes se refermer, poussa un long soupir et approcha son visage des parois en méthacrylate. Il affichait malgré lui cet air maussade qui ne le quittait plus, marqué par des cernes qui semblaient avoir creusé sa peau comme le temps sculpte lentement des chemins éternels dans la roche.

La porte de l'ascenseur s'ouvrit sur le visage de Serge Weissman. L'ex-ministre le fixait avec un air jovial qui cadrait mal avec les souvenirs laissés dans la maison. Sa photo était immanquable. Bouffé par l'orgueil, Weissman avait eu l'idée de placer les portraits de tous ses prédécesseurs dans la rotonde de l'Hôtel des ministres, pour mieux mettre en valeur le sien lorsqu'il partirait. Il avait fallu demander une autorisation spéciale à l'architecte pour avoir le droit de planter quelques clous sur les parois. Les portraits avaient fini par être installés, quelques jours avant le départ prématuré de Weissman. La succession des photos, des clichés très ordinaires en noir et blanc, dessinait une spirale dont la forme n'obéissait à aucune autre logique que la mégalomanie d'un homme. Weissman s'était débrouillé pour que son portrait soit situé juste en face des ascenseurs. Mais personne ne prêtait attention à sa calvitie et à son sourire en coin. Ceux qui empruntaient ce chemin étaient trop pressés.

Le froid était vif et coupant. S'il attrapait un taxi immédiatement, il pouvait espérer retrouver son lit dans le quart d'heure qui suivait. Machinalement, il jeta un coup d'œil sur sa droite, en sortant, là où d'ordinaire attendaient les voitures. Il n'y en avait évidemment aucune, mais à la place des C6 qui stationnaient au gré des arrivées et des départs des ministres et de leurs collaborateurs, il aperçut dans son champ de vision, à une dizaine de mètres, une forme sombre sur le gravier.

Il poursuivit sa route à l'opposé pendant une ou deux secondes, puis se retourna et revint doucement sur ses pas. Il pointa son téléphone vers le corps étendu sur le gravier, le visage face au ciel. Il sentit ses jambes le lâcher et se mit à trembler de plus belle en découvrant la clé, à quelques centimètres d'une main en apesanteur au-dessus du gravier, attachée à ce qui ressemblait à une pièce de puzzle.

Il ne se souvenait pas d'avoir crié, mais, quelques secondes plus tard, l'appariteur était là, derrière lui, murmurant : « Qu'est-ce que c'est que ce merdier ? »

# 3

Elle regarda le corps nu et immobile du jeune homme, et, avec une certaine tendresse, rajusta le drap, juste assez pour couvrir ses fesses. Après quelques secondes, elle se releva, légèrement étourdie, chercha ses vêtements dans la pénombre, les roula en boule et se traîna jusqu'à la salle de bains. Elle déchira une feuille de papier hygiénique et la lança dans le fond de la cuvette pour couvrir le clapotis de son urine. Elle remarqua un éclat sur la faïence avant de découvrir, dans le reflet d'un miroir curieusement placé face aux toilettes, son visage et son corps ramassé, qui lui évoqua fugacement le penseur de Rodin.

La position était la même, mais d'elle, à ce moment-là, ne se dégageait aucune puissance. « Une petite vieille », se dit-elle en scrutant la peau de son cou, trop flasque, et ses ridules au coin des yeux. « Ça fait un peu comme un soleil, lui avait dit le jeune homme.

— N'exagère pas, quand même », lui avait-elle répondu, amusée par tant d'hypocrisie.

Elle n'était pas laide, sans doute, même si son nez épaté et un très léger prognathisme donnaient à son visage une allure de primate qu'elle aimait détester. Mais elle était consciente que si elle n'avait pas mené une si brillante carrière, elle n'aurait jamais eu cette étrange faculté à séduire les hommes. Au fur et à mesure de sa progression vers les sommets, ils étaient de plus en plus beaux, et même de plus en plus jeunes.

Celui-là avait vingt-neuf ans. Techniquement, elle aurait pu être sa mère, même si ses enfants à elle étaient à peine entrés dans l'âge adulte.

Elle regarda le collier de diamants à son cou et se demanda si les jeunes filles de leur âge oseraient porter ça, ou l'offriraient plutôt à leur mère. Elle pencha pour la deuxième solution et estima qu'il était temps de partir.

Elle ne tira pas la chasse d'eau, pour ne pas le réveiller. Elle s'habilla, tira sur sa jupe et fixa sa broche dorée sur sa veste. Avant de ramasser son sac, elle ne put s'empêcher de caresser la peau de son dos, piquée d'un léger duvet. Elle referma doucement la porte de l'appartement, après avoir envoyé un SMS à son chauffeur.

C'était la troisième fois qu'elle passait la nuit chez lui, en un mois. Les rumeurs ne la dérangeaient pas. Après tout, elle baisait avec qui elle voulait. Mais il était temps d'arrêter les frais. Heureusement, c'était juste un conseiller technique et c'était surtout Demory qui avait affaire à lui. Une dernière fois, peut-être ? Pourquoi pas dans son grand bureau qui en avait certainement vu d'autres ? Elle était certaine qu'il saurait se montrer discret. Dans le cas contraire, il prendrait la porte. « Je le muterai à Saint-Dizier », se dit-elle en riant.

En descendant l'escalier, elle se surprit à vouloir augmenter le jeune homme. Un deux-pièces aussi ordinaire, dans un quartier trop excentré, voilà tout ce que l'élite du pays pouvait s'offrir ? Il méritait quand même mieux. À son poste, il devait émarger à cinq mille euros mensuels. Il y avait vingt ans, ça lui aurait paru indécent. On finissait par s'habituer à l'argent. « Une prime, plutôt, ça se verra moins », se dit-elle en arrivant dans le hall de l'immeuble.

La C6 l'attendait. Elle avait été injoignable pendant plus de deux heures. Elle avait un seul message vocal. Au fur et à mesure qu'elle l'écoutait, dans le rétroviseur, Gilles, un type longiligne à la mâchoire carrée, jamais très bien rasé, vit son visage d'adolescente trop guillerette se fermer, jusqu'à composer un masque sans expression.

« On rentre à Bercy, dit-elle. Aussi vite que vous pouvez. »

Gilles ne posait jamais de questions et répondait aux siennes avec un minimum de mots. Il démarra en trombe.

# 4

Isabelle Colson et Christophe Demory étaient tous les deux assis sur le canapé. Franck Lourmel, le secrétaire général du ministère, se tenait droit dans le fauteuil en face. À côté de lui, Bernard Bennarivo, le directeur de la police nationale, arborait, comme toujours, le visage le plus neutre possible. Aucune émotion.

« Eh bien, demanda simplement la ministre. Vous en savez un peu plus ? Qui était cette pauvre personne ?

— Oui. C'est assez étrange, répondit Lourmel. Elle est entrée avec un badge au nom de Stéphanie Sacco. »

Christophe Demory voulut parler, mais s'abstint pour laisser la conversation se dérouler.

« Pourquoi étrange ? reprit Isabelle Colson.

— Stéphanie Sacco, le nom ne vous dit sans doute rien, madame la ministre, car à l'époque vous n'étiez pas encore dans les murs. Mais ici, ce nom parle à beaucoup de gens. Tout le monde pensait que cette jeune femme était morte.

— Elle était portée disparue depuis plus de trois ans, précisa Bennarivo. À l'époque, on a retrouvé sa voiture stationnée au bord de la Seine, près de Troyes. On n'avait jamais retrouvé le corps. Dans ce genre d'affaires, en général, tout est à peu près clair et on ne met pas un zèle particulier à chercher.

— “Tout est à peu près clair”, ça veut dire quoi ? demanda la ministre.

— Eh bien, ça veut dire qu’on pense très fort à un suicide mais qu’on ne peut pas l’écrire ni le dire. La famille n’a pas envie d’entendre ce genre de truc. Mais dans quatre-vingt-dix-neuf pour cent des cas, c’est la conclusion à laquelle on arrive.

— Là, visiblement, ce n’était pas ça.

— On ne peut pas le savoir avec certitude, répondit Bennarivo. Elle est entrée avec le badge de Stéphanie Sacco, ça ne veut pas dire que c’était Stéphanie Sacco. »

« C’était elle », voulut dire Demory. Mais aucun son ne sortit de sa bouche. Bennarivo poursuivit en se tournant vers Franck Lourmel : « Et c’est là où ça me pose un problème. Un problème de sécurité.

— Je comprends, fit le secrétaire général.

— Vous ne désactivez pas les badges en cas de départ, de démission, de décès ?

— Si, mais il faut croire qu’il y a des ratés. On va y prêter attention.

— Parce que là, la fille a sauté du toit. C’est un moindre mal, si je suis cynique. Après tout, ici ou ailleurs, elle fait ce qu’elle veut. Mais si elle avait introduit une kalachnikov en kit et fait un carton dans le ministère des Finances, vous auriez d’autres types de problèmes au cul en ce moment, Lourmel.

— J’en suis bien conscient, admit-il, en épongeant son front. J’en suis bien conscient, répéta-t-il pour lui-même.

— Enfin, on ne devrait pas tarder à savoir s’il s’agissait bien de Stéphanie Sacco. La famille doit déjà être à l’Institut. »

Les deux hauts fonctionnaires s’en allèrent. Demory, lui, resta et commença à sortir plusieurs chemises de son cartable, et à les éparpiller sur la table. Il en prenait une, puis la changeait de place, sortait un parapheur, le rangeait immédiatement. Ses jambes tressautaient.

« Vous connaissiez Stéphanie Sacco ? demanda Isabelle Colson après quelques instants.

— Tout le monde la connaissait au moins de nom au ministère. C'était une IGF[1]. Brillante.

— Comme tous les IGF, sourit la ministre, mi-ironique, mi-admirative.

— Oui, comme tous les IGF, répéta machinalement Demory. Son histoire a fait beaucoup parler, à l'époque. » Il prit une grande inspiration pour empêcher les larmes de monter, et il ajouta : « D'autant que son suicide venait juste après celui de Nathalie Renaudier. » Un nouveau silence s'installa entre Isabelle Colson et Christophe Demory. La ministre s'assit derrière son bureau. « C'est la note que je vous ai demandée ? Vous avez fait vite.

— La situation l'exige, vous le savez bien.

— Écoutez, il est 4 h 30. Rentrez chez vous, essayez d'oublier ce que vous avez vu, dormez un peu. On se donne rendez-vous à 9 h 30. D'ici là, j'aurai lu cette note. Et on ira vite, croyez-moi. »

1. Il s'agit de l'Inspection générale des finances, le corps de hauts fonctionnaires le plus prestigieux de Bercy.

# 5

Isabelle Colson étouffa un bâillement, ferma la porte de son bureau, traversa un couloir et tourna la clé dans la serrure, pour se retrouver – enfin – chez elle.

Quand elle avait été nommée, sur le conseil de ses prédécesseurs, elle avait emménagé là par commodité mais elle ne s'était jamais sentie très à l'aise au milieu de ce mobilier qu'on aurait dit tout droit sorti de chez Habitat. Elle qui aimait tant traîner chez les antiquaires, elle avait toujours du mal à trouver les bons qualificatifs pour parler de la décoration de l'appartement à ses visiteurs, et c'est pourquoi elle n'en parlait pas. Elle leur faisait servir l'apéritif dans des fauteuils plus proches du catalogue de Cuir Center que du style en vigueur sous Louis XV et le dîner sur une longue table de bois recouverte d'une damasserie dénichée dans on ne savait quel souk.

Mais enfin, au moins, c'était fonctionnel. L'appartement faisait trois cent neuf mètres carrés, mais il avait été aménagé pour être réduit à une surface de quatre-vingt-dix-sept mètres carrés, sur la suggestion de l'intendant qui lui faisait ainsi économiser peut-être quatre ou cinq mille euros par an de taxe d'habitation. Elle en gagnait près de quinze mille par mois, mais elle avait tout de même fini par se ranger à son conseil.

Il fallait bien avouer que quatre-vingt-dix-sept mètres carrés, pour une célibataire, c'était suffisant. Il y avait une salle de réception qui lui permettait d'accueillir des invités conformément à son rang, trois chambres et deux salles de bains pour ne pas se marcher dessus si quelqu'un était amené à rester dormir. Son chien, lui, pouvait aller courir le long de la Seine, promené par un de ses officiers de sécurité, ou s'ébattre seul dans la cour de l'Hôtel des ministres. Même si c'était officiellement interdit, elle n'avait eu qu'une seule réprimande : le jour où le ministre des Finances allemand, sortant de la voiture qui était allée l'accueillir à l'aéroport, avait marché dans une déjection juste avant de pénétrer dans le bâtiment. Heureusement, Wolfgang Matthaüs avait eu assez d'humour pour ne pas en faire un incident diplomatique. Il n'empêche : l'épisode avait inspiré quelques lignes à un journaliste du *Canard enchaîné*. Depuis, Isabelle Colson veillait à ce que Lucky évite les promenades en solitaire.

Comme d'habitude, le cocker, en l'entendant rentrer, s'était levé d'un bond pour lui faire des joies et quelques gouttes d'urine avaient tâché sa robe. Elle n'arrivait pas à lui en vouloir. Pire, elle trouvait presque émouvante cette incontinence liée au bonheur de la retrouver et n'arrivait pas à y voir l'un des effets de la vieillesse sur ce compagnon de la première heure, témoin silencieux de son ascension politique depuis près de quatorze ans, gravée dans le marbre de l'opinion par la grâce du *storytelling*[1] imaginé par ses communicants.

C'était l'histoire d'une fille née dans une famille de notables provinciaux, marqués à droite, rebelle dès le plus jeune âge et qui, à quinze ans, s'engageait dans le militantisme au sein des syndicats lycéens et des associations de gauche. L'histoire aussi d'une femme

1. Littéralement, le fait de « raconter une histoire ». Il s'agit d'une méthode de communication qui applique les recettes du marketing à la vie publique. Elle consiste à mettre en scène l'histoire personnelle des hommes et des femmes politiques. Ils communiquent sur leur vécu, ou du moins sur leur vécu tel qu'il a été revisité, et non plus seulement sur leurs idées.

qui n'avait jamais cessé d'affirmer son indépendance d'esprit autant que son indépendance financière. Elle s'était mariée avec un entrepreneur qui l'avait toujours soutenue dans le combat pour l'égalité hommes-femmes. L'histoire enfin d'une politique pour qui la fin justifiait les moyens et à qui l'opinion pardonnait ses écarts avec la bienséance autant qu'avec le droit. C'est pour cela qu'elle était populaire. C'est pour cela aussi qu'elle avait été nommée à Bercy.

Elle racontait cette anecdote chaque fois qu'elle le pouvait sur les plateaux de télévision : quand le président l'avait appelée pour lui proposer les Finances, elle avait d'abord cru à une plaisanterie. Elle lui avait demandé en riant : « Pourquoi moi ? J'ai fait des études littéraires ! — Tu sais faire des additions et des soustractions, non ? La technique, ça s'apprend, avait répondu le président. Tu bûcheras la nuit pendant deux mois et tu seras au niveau. »

En réalité, Isabelle Colson n'avait pas été surprise par la proposition du président. Elle avait été en première ligne dans l'élaboration du projet de loi de séparation bancaire imaginé par le précédent gouvernement, ce qui lui avait permis de gagner le respect des membres de la commission des finances de l'Assemblée. L'idée était simple : il s'agissait de couper les banques en deux. D'un côté, les activités de crédit classiques. De l'autre, les activités spéculatives. Bercy avait accouché d'un texte bancal. Le modèle défendu notamment par Antoine Fertel, le patron du Crédit parisien, était celui d'une banque universelle qui reposait sur la complémentarité des activités de dépôt et de marché. Il avait été sauvé. Les activités spéculatives étaient bien mises à l'écart, mais elles étaient cantonnées dans une filiale qui continuait à peser sur le bilan de la maison mère. Surtout, la définition retenue pour ces activités était si restrictive qu'à peine un pour cent du chiffre d'affaires était concerné.

Lors du passage du projet de loi à l'Assemblée nationale, Isabelle Colson s'était gargarisée d'avoir réussi à faire pression sur le rapporteur du texte, qu'elle jugeait trop complaisant avec Bercy, pour le rendre plus contraignant, en élargissant la définition des activités spéculatives. Elle avait eu beau jeu, à la tribune, de dénoncer l'influence néfaste des banquiers qui avaient, selon elle, « tenu le stylo des technocrates », ce qui avait provoqué la colère du ministre des Finances de l'époque. Mais, cas extrêmement rare, elle, élue de l'opposition, avait réussi à convaincre les députés de la majorité de l'époque. Le texte avait été – légèrement – amendé.

Malgré ses approximations quand on entrait dans le détail des débats, elle avait gagné une réputation, sinon d'expertise, d'intransigeance face aux puissances de l'argent, qui avait été très utile au président pendant la campagne suivante. Il l'avait fait monter en première ligne dans l'entre-deux-tours avec, déjà, l'idée de la nommer à Bercy. Il l'avait mise dans la confidence le lendemain du débat d'entre-deux-tours. « Je ne crois plus aux politiques classiques, Sciences Po-ENA, parce qu'ils sont trop proches de l'*habitus* de Bercy, lui avait-il dit dans le TGV qui l'emmenait à Marseille pour un des derniers meetings. Je veux quelqu'un qui ait un poids politique, qui ait du rayonnement, qui bouscule cette administration avec l'autorité qui convient. Si je suis élu, tu auras le poste. » Certains parmi ses propres amis politiques avaient crié à l'imposture et elle n'était pas loin d'admettre qu'elle était une usurpatrice.

Mais le pari était réussi. Elle avait su mettre en œuvre les promesses de campagne les plus à gauche, avec l'aide de Demory qui s'était occupé de donner à l'administration des contreparties difficilement visibles par le grand public mais qui avaient aidé à faire passer la pilule.

La taxe sur les très hauts revenus s'était accompagnée de nouvelles déductions fiscales pour les contribuables éligibles à l'impôt sur la fortune, qu'il avait justifié au nom du soutien de l'État à certains acteurs économiques : par exemple, les fonds investis dans les PME pouvaient désormais être déduits de l'impôt dû. Le rétablissement de l'autorisation administrative de licenciement ne concernait que les entreprises dont l'État était actionnaire. Pour les autres, cette « autorisation » s'était transformée en « obligation d'informer les pouvoirs publics ». Enfin, la hausse du Smic s'était accompagnée d'un crédit d'impôt, ce qui revenait à une opération quasi neutre pour les entreprises.

La feuille de route avait été mise en place. Elle avait été édulcorée par Bercy, mais c'était imperceptible ou presque pour l'opinion. Isabelle Colson avait, aux yeux des électeurs de gauche, l'immense mérite de piloter l'économie française dans la crise sans sacrifier ses convictions. Chez les électeurs de droite, le sentiment était évidemment beaucoup plus mitigé : l'intransigeance qu'elle affichait en permanence, le sentiment qu'elle donnait d'être en guerre contre les entreprises et sa propension à défendre les fonctionnaires à chaque mouvement de grève agaçaient au plus haut point.

Mais la hausse des salaires avait donné un peu d'air aux électeurs des classes populaires qui s'étaient laissé tenter par l'extrême droite. Surtout, les Françaises, quelles que soient leurs convictions politiques, s'identifiaient à cette femme très ordinaire, qui connaissait le prix du ticket de métro et habitait un pavillon de banlieue, ce qu'elle ne manquait jamais de rappeler même si elle n'y passait plus que certains week-ends depuis son emménagement à Bercy. Isabelle Colson était devenue l'une des figures politiques les plus populaires de ces vingt dernières années, et les instituts de sondages, où elle arrivait systématiquement en tête pour Matignon, commençaient à tester son nom pour la prochaine présidentielle. Plus des deux tiers des Français avaient une image favorable d'elle. C'était le leitmotiv des médias : elle avait réussi à rendre l'économie non seulement plus juste, mais *sexy*.

Isabelle Colson retira sa robe, la roula en boule et la déposa dans le panier de linge sale destiné au pressing. En petite culotte et soutien-gorge, elle alla dans la cuisine se chercher un grand verre d'eau fraîche. Elle fit face à la fenêtre, prête à défier un éventuel paparazzi qui se serait posté dans ces immeubles haussmanniens, de l'autre côté de la Seine.

Elle se brossa les dents et se débarbouilla une nouvelle fois le visage, mais ne reprit pas de douche. Elle enfila une chemise de nuit satinée et s'installa au lit, ses demi-lunes sur le nez. Elle avait quarante-six ans et, plus que la ménopause avec laquelle il allait falloir apprendre à cohabiter, c'était sa vue qui la faisait vraiment entrer dans un autre âge. Elle qui avait toujours eu une vision parfaite supportait mal le brouillard qui s'installait quand elle attrapait un livre – même si, des livres, elle n'avait guère l'occasion d'en parcourir depuis qu'elle avait été nommée. Des notes, en revanche, elle en avait lu des centaines.

Elle s'installa bien confortablement, Lucky au pied du lit, et commença celle que Demory lui avait laissée. La partie « diagnostic » était claire et bien rédigée, et elle n'avait pas grand-chose à y redire. Mais en lisant les solutions prônées par le Trésor[1], elle manqua de s'étrangler. « Les connards, murmura-t-elle. Les connards ! »

Elle relut le petit mot laissé par Demory. « Le connard », répéta-t-elle. De rage, elle envoya valser la note à l'autre bout de la chambre, puis se leva et essaya de se calmer en regardant les lumières des phares sur les quais et sur le pont de Bercy. Les armatures de fer du métro aérien dessinaient des pipe-lines dans la nuit.

Elle pensa à cette femme qui s'était jetée dans la cour, mais se surprit à souhaiter que Daniel Caradet, le directeur du Trésor, et sa clique connaissent bientôt le même sort. Elle les pousserait, s'il le fallait.

1. Le Trésor est, avec le Budget, l'une des deux administrations reines de Bercy. Contrairement aux idées reçues, elle n'a rien à voir avec le Trésor public, donc la levée de l'impôt, assurée par une autre direction du ministère. La direction du Trésor conseille le ministre dans sa politique économique et elle est en première ligne pour la diplomatie financière.

# 6

Christophe Demory posa son pardessus sur le portemanteau, enleva ses chaussures et sortit la clé de sa poche. Il l'avait vue des centaines de fois. Il se dirigea vers le coffre posé à l'entrée du salon. Pour pouvoir l'ouvrir, il souleva le vase et posa l'orchidée sur le parquet. Il en retira une enveloppe où il gardait les lettres qu'il avait échangées avec Nathalie et quelques photos d'elle, nue, faites avec un appareil argentique plusieurs années auparavant. Il les regarda, prit une grande inspiration et fit sauter le couvercle d'une petite boîte en pierre sculptée où il conservait quelques reliques : ses boucles d'oreilles de bohémienne, un petit lapin en peluche qu'elle lui avait offert après une virée à IKEA, le crucifix qu'elle avait accroché au-dessus de son lit.

Il y avait une autre photo dans cette boîte, celle qui était collée sur son permis de conduire et qu'il avait récupérée après sa mort. Une bête photo d'identité où elle était vêtue d'une veste en jean, comme une jeune fille qui sort de l'adolescence. C'était bien elle avec ces yeux verts effilés, ces longs cheveux blonds qui tombaient sur ses épaules, ce nez qu'elle trouvait trop fin. Il ne l'avait connue que beaucoup plus tard, mais elle lui avait toujours dit que cette période-là, celle de ses dix-huit ans, avait été la plus heureuse de sa vie.

Dans cette boîte, il y avait aussi une clé. Elle la lui avait donnée très tôt. Elle l'avait attachée à un de ces porte-clés que les boutiques de souvenirs vendent aux touristes amoureux. « C'est beau, non ? » avait-elle ri. Ils avaient entamé leur relation deux semaines auparavant à peine. « Tu sais bien que j'aime ce qui est kitsch. On a chacun une pièce du puzzle, maintenant. Bref, c'est culcul, mais ça veut dire que tu es ici chez toi. Enfin, chez nous. »

Il s'était installé dans son appartement, sans que cela soit jamais formalisé. Situé aux abords du parc du Luxembourg, il était grand et confortable. C'est son père qui le lui avait acheté. Elle s'y sentait comme dans un cocon et n'aurait déménagé pour rien au monde. Il avait conservé son studio, où il ne dormait qu'une nuit ou deux par semaine, mais, pour elle comme pour lui, ces moments étaient indispensables. Ils le devinrent de plus en plus au fur et à mesure que passaient les années. Alors qu'il lui suggérait régulièrement de se mettre en quête d'un appartement qu'ils auraient choisi tous les deux, elle le chassait de plus en plus souvent, en douceur, sans qu'il puisse y faire grand-chose. Elle tolérait de moins en moins la présence de Christophe Demory mais ne le lui disait jamais avec méchanceté.

Elle avait besoin de rester seule et ne souhaitait pas lui infliger ces crises qui survenaient de plus en plus régulièrement. Il en avait été le témoin à plusieurs reprises et il avait eu chaque fois le sentiment qu'il n'aurait jamais dû être là, à regarder ses membres se crisper, son visage grimacer comme si elle ne s'appartenait plus, comme si quelqu'un d'autre avait pris possession de son corps. Quelqu'un qui le regardait avec un mélange de curiosité, de férocité et même de haine. Le regard de ces moments-là, il ne l'avait jamais oublié. Le regard d'une damnée.

Elle se recroquevillait comme un fœtus, roulée en boule sur le canapé, éclairée par les lampadaires de la rue qui faisaient d'elle l'héroïne lugubre d'un mauvais court-métrage. Il essayait de lui parler, de la rassurer, de l'embrasser, mais ses lèvres tremblaient, de minces filets de bave s'échappaient de sa bouche et les larmes coulaient comme une plaie qui saigne, incapable de cicatriser. La plupart du temps, épuisée, elle finissait par s'affaisser, vidée. Une fois, elle avait eu la force de se relever. Elle avait attrapé un stylo qu'elle tenait comme un poignard, le poing fermé autour, et il avait cru qu'elle allait le lui planter entre les yeux. Mais elle avait déchiré une feuille de papier et s'était mise à tracer des mots malhabiles comme une enfant qui apprend à écrire : « Je suis sale. Tu ne peux pas m'aimer. »

Cela faisait près de quatre ans, maintenant. C'était une journée ordinaire. Il l'avait quittée le matin, vers 7 heures, pour le ministère des Finances où il occupait le poste de sous-directeur des banques et du financement d'intérêt général. Depuis plusieurs semaines elle ne travaillait plus et passait le plus clair de son temps chez elle, avachie sur le canapé ou allongée sur le lit. Le sommeil était l'un des derniers moments où elle parvenait à s'échapper de cette réalité qui lui vissait le crâne.

Ce soir-là, il avait essayé de l'appeler, vers 21 heures, en rentrant de Bercy. Elle n'avait pas décroché. Il avait laissé un message mais sans insister car il pensait qu'elle dormait. Ensuite, il avait regardé dans le frigo s'il n'y avait rien qu'il puisse réchauffer et s'était résigné à faire cuire des pâtes, agrémentées d'une sauce tomate en boîte. Il avait dîné tranquillement, en lisant *Le Monde*, et il s'était couché.

Le lendemain matin, à 6 h 30, il lui avait envoyé un texto, lui disant qu'il aurait aimé dormir chez elle le soir. À midi, il n'avait toujours pas de réponse. Il avait essayé de la rappeler, sur son portable. Puis sur le fixe. Personne n'avait décroché. Il avait essayé encore, après le déjeuner. C'est là qu'il était tombé sur son père. Après, tout s'était brouillé. Il se souvenait seulement qu'il avait couru chez elle. Une fois sur place, il avait vu Alain Renaudier devant la porte de la résidence. Le corps avait déjà été emmené à l'Institut médico-légal et il ne voulait pas le laisser monter. « Il n'y a rien à voir là-haut, avait-il dit. Ils ont posé des scellés.

— Des scellés ?
— C'est la procédure. C'est ce qu'ils m'ont dit. Ils les enlèveront après l'enquête. »

Nathalie avait réduit en poudre tous les comprimés qu'elle avait pu trouver dans sa pharmacie et les avait mélangés à une demi-bouteille de ce whisky japonais qu'ils avaient si souvent dégusté ensemble. Son cœur s'était arrêté, sans doute assez rapidement, en début de matinée alors qu'elle dormait. C'est ce qu'avait assuré le médecin venu constater le décès. « L'autopsie confirmera tout ça », avait-il conclu, sans affect.

Christophe avait voulu rentrer chez lui à pied, seul, dans un état proche de ces ivresses qu'on ne contrôle plus, et il s'était échoué au Luxembourg, sur un banc où il avait commencé à parcourir frénétiquement le répertoire de son téléphone pour appeler quelqu'un. Mais qui ? Son père, sa mère, ses amis, pour leur dire : « Elle est morte » et tous demandaient : « Qui ? », ils disaient aussi : « Calme-toi » et il leur racontait la même histoire qu'ils n'essayaient même pas de comprendre, qu'il était resté vingt-quatre heures englué dans sa vie d'avant alors qu'elle était déjà morte.

Il avait été complètement pris à revers par la mort de Nathalie. Elle-même n'avait jamais parlé de suicide, et pas une seconde l'idée qu'elle puisse se tuer volontairement ne lui avait traversé l'esprit, même quand il l'avait vue se déprécier à se rendre malade, même quand il lui était arrivé de comparer la Nathalie qu'il avait connue à l'ENA avec celle qui partageait sa vie : deux faces opposées d'une même femme qui s'étaient révélées l'une après l'autre. Il était tombé amoureux de la première, il avait composé avec la seconde sans comprendre comment elle était passée de l'une à l'autre. Mais il était resté persuadé qu'elle emprunterait un jour le chemin inverse.

Pendant plusieurs semaines, plusieurs mois, il avait eu du mal à se faire à l'idée qu'il vivait encore alors qu'elle était morte, et qu'elle n'avait rien laissé pour lui. Pas une explication. Un vide absolu. Il ne pouvait se défaire de la crainte qu'elle n'ait voulu lui faire payer son incapacité à la relever et à la retenir. Il l'avait laissée seule avec la mort en face et pendant ce temps-là, lui, Christophe Demory, avait été sinon heureux, léger. En vie. Ce décalage était intolérable. Elle ne reviendrait jamais, il ne la reverrait jamais, et c'était comme si on allumait la lumière dans une pièce obscure et qu'on y voyait clair, enfin.

Ce jour-là, perdu, hagard sur la pelouse du jardin du Luxembourg, il s'était souvenu qu'elle n'avait pas toujours été comme ça et il avait essayé de remonter les années pour identifier le moment où elle avait basculé, si ce moment avait existé. Il s'était souvenu d'instants heureux, de nuits douces, de relations sexuelles apaisées, faciles, qui avaient fini par être gommées par les derniers mois. La dernière année ? Il ne se rappelait plus bien, mais il en était sûr : il y avait eu des moments de bonheur avant que Nathalie descende dans le noir pour s'éteindre d'elle-même.

Christophe Demory n'avait jamais remis les pieds dans l'appartement. Mais il avait gardé la clé. Et visiblement, il n'était pas le seul.

# 7

Sa main tâtonna derrière elle, sans succès. La place était froide. Elle ouvrit les yeux, et émergea d'un sommeil que l'inquiétude avait rendu léger et désagréable. Elle se redressa, alluma la lampe de chevet et se leva pour baisser le thermostat des convecteurs, avant d'enfiler une robe de chambre. Elle descendit l'escalier et le trouva le nez collé à la baie vitrée du salon. Il essayait de distinguer au fond du jardin, dans la pénombre, la cabane en teck qu'il avait achetée au début de l'été précédent.

Elle s'approcha de lui, sans bruit. Un téléphone vibra sur la table du salon. Elle sursauta. Lui se retourna et, sans avoir l'air surpris, comme s'il s'attendait à recevoir un appel, décrocha en lui lançant un sourire étrange, triste et apaisé. « J'arrive tout de suite, dit-il simplement. Je serai là dans trente-cinq minutes.

— Que se passe-t-il ?

— Rien. Je suis déjà en retard.

— Il est à peine 6 heures.

— Oui. Je te raconterai ce soir, ma chérie. Là il faut que j'y aille.

— Daniel…

— Oui ?

— Tu es sûr que ça va ? »

En guise de réponse, il lui posa un baiser sur le front, puis monta l'escalier avant de réapparaître quelques minutes plus tard, rasé et en costume. « Je rentrerai tard, précisa-t-il en enfilant son pardessus.

— Tu dis ça tous les matins, sourit-elle.

— Et je ne mens jamais. »

Daniel Caradet fixa son casque et prit place sur son scooter, un Peugeot Satelis trois roues. Quelques minutes plus tard, il était sur le boulevard périphérique où, contrairement à ses habitudes, il ne respecta pas la limite de vitesse. Il lui fallut moins d'une demi-heure pour rejoindre le ministère, où il avait une place de parking attitrée. Il aurait évidemment pu demander à son chauffeur de venir le prendre tous les matins devant chez lui, mais cette promenade sur la rocade, puis à travers les rues de Paris, était le seul moment de la journée où il pouvait penser à autre chose qu'à son travail, qui avait fini par bouffer toute sa vie.

Son épouse s'en accommodait, ou faisait semblant. Ils s'étaient connus à l'ENA, et elle aurait pu, elle aussi, faire une brillante carrière. Mais ils avaient tous les deux choisi de fonder une famille nombreuse. Ils avaient eu cinq enfants en huit ans et, forcément, cela avait quelque peu ralenti les débuts de la vie professionnelle de Béatrice Caradet, quand celle de son mari avait décollé à la faveur d'un passage par les cabinets ministériels dans les années 1990. Elle s'était sacrifiée. Le plus âgé avait vingt-trois ans. Il quitterait bientôt la maison. Puis ce serait au tour des quatre autres, plus ou moins rapidement.

Ils approcheraient bientôt tous les deux de la retraite. Elle lui avait fait promettre que, quand les enfants seraient partis, il lèverait le pied et qu'ils pourraient se retrouver. « Se retrouver. » Pour Daniel Caradet, le terme était inadéquat. Ils avaient à peine eu le temps de se trouver que leur premier enfant était né. Et depuis, il avait l'impression qu'ils n'avaient jamais pris le temps de parler, de se découvrir. Ils vivaient ensemble depuis plus de vingt-cinq ans, mais se connaissaient si peu. Chaque matin, chaque soir, la question traversait fugacement l'esprit de Daniel Caradet, juché sur son scooter : quelle femme allait-il découvrir quand viendrait le temps du tête-à-tête ? Est-ce qu'il faudrait tout lui dire, tout de suite ? Il préférait penser à autre chose, à tous ces projets qu'il avait sans cesse repoussés faute de temps, plus que d'argent, et qu'il pourrait mener à bien quand il aurait quitté Bercy. Béatrice avait sa place dans certains d'entre eux. Tout n'était pas cassé malgré une vie à deux qui avait eu des allures de comète.

Il se gara, regarda sa montre et soupira. Il prit l'ascenseur. Il parcourut les couloirs vides jusqu'à son bureau, au sixième étage de l'Hôtel des ministres. Il appliqua son badge sur le lecteur. Le verrou se débloqua. Il jeta sa parka sur le portemanteau et déposa sa veste sur le dos d'un fauteuil, puis, en bras de chemise, ouvrit une fenêtre au fond. Le soleil se levait sur la Seine. Il voyait la lumière se refléter sur ce qu'il appelait le « truc vert », de l'autre côté du quai d'Austerlitz, un bâtiment improbable qui semblait avoir été recouvert d'un chewing-gum géant et sur lequel tout le monde faisait semblant de s'extasier.

L'air frais envahit la pièce mais il laisserait, comme tous les jours, la fenêtre ouverte jusqu'au soir. Daniel Caradet ne supportait pas d'être confiné. La taille de son bureau, le 6179D, était un luxe qui lui évitait la claustrophobie, même si, sur ses treize fenêtres, certaines étaient scellées. Chacune d'elles surplombait une travée de quatre-vingt-dix centimètres de long, sur laquelle pouvait se monter une cloison amovible : l'ensemble se configurait et se reconfigurait au fil des attributions de postes. L'année précédente, il avait opposé une fin de non-recevoir à Franck Lourmel, le secrétaire général, qui lui avait demandé, comme aux autres directeurs, de réduire de quatre travées son bureau : il fallait se tasser pour faire de la place aux hauts fonctionnaires venus de directions délocalisées dans Paris, et qui réintégraient la maison mère car l'État, aux abois, vendait tout ce qu'il pouvait de son parc immobilier.

Il détenait le record de longévité à la direction du Trésor. Personne n'avait davantage de travées que lui et il n'entendait pas renoncer à ce privilège. Les autres directeurs en avaient douze, les chefs de service sept ou huit, les sous-directeurs six, et les chefs de bureau, quatre à peine. Il avait été le seul à tenir tête à Franck Lourmel, qui avait lui-même donné l'exemple en réduisant son bureau de quatre travées, pour se retrouver au niveau d'un chef de service. Il savait qu'au royaume des organigrammes les symboles pesaient lourd, et il était le meilleur pour les manier. Il semblait inamovible, légitimé par la curieuse impossibilité de le virer dans laquelle s'étaient trouvés les ministres successifs.

Il n'avait pas envie que ça s'arrête. Jusque-là, il avait fait en sorte de tout maîtriser. Mais le geste de Stéphanie Sacco ne pouvait pas être anodin. Avait-elle voulu faire passer un message ? Et à qui ? Il fallait le deviner et cela lui sembla presque aussi urgent que de faire adopter le plan de soutien au Crédit parisien, au cas où celui-ci viendrait à craquer.

## 8

C'était un rituel, une habitude de vieux couple. Chaque matin, à 6 h 30 au plus tôt, 6 h 55 au plus tard, Isabelle Colson appelait Christophe Demory. Elle ne se présentait pas et lui disait simplement : « Alors, Christophe, quoi de neuf ? » Le plus souvent, Demory lui répondait depuis son lit. Au contraire de la ministre, c'était plutôt un couche-tard et, après s'être fait cueillir ainsi à froid plusieurs matinées de suite, il avait pris l'habitude d'organiser, tous les soirs, un point avec ses collaborateurs pour ne pas être pris au dépourvu. Il notait trois ou quatre *bullet points* sur une feuille de papier et improvisait le reste, en caleçon sous les draps, les cheveux ébouriffés.

Il s'était couché sans mettre de réveil. Ce matin-là, il ne devait pas y avoir de petit rituel. Isabelle Colson lui avait donné rendez-vous à 9 h 30 pour le laisser récupérer. Sans doute avait-elle fini par apprendre, en prenant ses quartiers à Bercy, ses liens avec Nathalie Renaudier, et le traumatisme qu'avait causé son suicide, des années auparavant. Mais ils n'en avaient jamais parlé. Elle pensait qu'il lui fallait se remettre du choc qu'avait provoqué la vue d'un cadavre. Peut-être était-elle allée jusqu'à se dire que cela pouvait réveiller sa blessure et qu'il fallait le laisser souffler. Mais elle ne savait pas que ce cadavre venait de raviver les doutes qu'il avait enfouis, et qu'il lui indiquait une piste pour répondre à des interrogations qu'il n'avait jamais osé formuler clairement.

Il avait laissé son téléphone en équilibre sur une pile de livres. Le vibreur se mit en marche, puis la sonnerie, et le téléphone tomba par terre, continuant sa lente agonie sur le parquet tandis que Demory émergeait en sursaut. Son premier réflexe fut de regarder l'heure. 7 heures. 7 heures, et pas une minute de plus, même s'il était 7 h 04 quand Demory la rappela, après être passé aux toilettes, s'être débarbouillé le visage et rincé la bouche, et sans avoir consulté le message de neuf secondes qu'elle avait laissé sur sa boîte vocale.

« Ah, Christophe, dit-elle. Je suis désolée. Je vous avais dit 9 h 30, mais il va falloir être là plus tôt.

— Oui, Isabelle. Je comprends.

— Je me doute que vous avez autre chose en tête. Mais il va falloir rebondir. C'est l'intérêt de l'État qui est en jeu. Le temps presse. Et le tour que ça prend ne me plaît pas, mais alors pas du tout. »

Christophe Demory raccrocha. Il prit une douche, avala une banane et un yaourt, en regardant par la fenêtre le halo de lumière dessiné par le lampadaire fatigué du jardin de la résidence. Il respirait de façon saccadée et essaya de se calmer. Il tenta de deviner le visage de Nathalie à travers le jour qui se levait. Au bout de quelques secondes, il réussit même à la voir sourire. Que penserait-elle de tout cela ?

Pour supporter le souvenir de la femme qu'il aimait, pour que ce souvenir ne l'écrase pas, Christophe Demory s'était très vite rendu compte qu'il fallait s'occuper, et il s'était jeté à corps perdu dans le travail. Jusque-là, il ne s'était jamais fait violence et avait toujours compté sur son talent naturel pour réussir. Avec un certain succès : il avait été reçu à l'ENA du premier coup. Mais son manque d'ambition lui avait aussi joué des tours : il était sorti dans le ventre mou du classement, alors qu'en appuyant un peu sur ses capacités, il aurait pu viser les grands corps et notamment l'Inspection des finances, que Nathalie, elle aussi issue de la promotion Roger Salengro, était parvenue à intégrer. Il avait connu un bon début de carrière, mais pas aussi flamboyant que ses camarades sortis dans la botte[1] – si on exceptait Nathalie qui, elle, après des débuts prometteurs, avait été stoppée net par la dépression qui avait fini par l'emporter.

Au début, le simple fait de venir à Bercy avait été une véritable épreuve car, chaque matin, il lui fallait supporter l'impression que le métro allait se fracasser contre les murs en brique rouge de l'Institut médico-légal. Après le virage, une fois passé la station Quai de la Rapée, Christophe Demory rouvrait les yeux et dans l'aube qui pointait s'offrait à lui ce grand paquebot de verre, glacial à souhait, dans lequel il embarquait tous les jours et qui semblait le toiser avec suffisance.

Chaque matin, il devait donc affronter le souvenir de la courte visite dans cette bâtisse coincée dans un renfoncement près de la Seine, des quelques minutes où il était resté planté devant le cercueil de Nathalie, exposé pour un dernier adieu avant la levée du corps et son inhumation.

Ce matin-là, il s'était tenu à distance, observant ce visage, les yeux clos, la bouche scellée, la lèvre montée un peu plus haut que d'habitude comme si elle allait partir d'un de ces grands rires avec lesquels elle trompait si facilement son monde. Il l'avait regardée avec douceur. Il avait eu envie de la toucher, une dernière fois, mais l'aspect de sa peau qu'on aurait dit cramée par le soleil, qu'il avait connue si douce et qu'il devinait maintenant si flasque, agissait comme un bouclier. Elle était devenue une relique sacrée qui refusait de se laisser approcher.

1. La « botte » regroupe les élèves qui finissent dans les quinze premiers au classement de sortie de l'ENA. Pour leur affectation, ils privilégient les grands corps (Cour des comptes, Conseil d'État, Inspection générale des finances), qui sont les plus prestigieux et les mieux payés.

Il l'aurait embrassée, s'il avait osé venir plus près, mais il était reparti, avait dévalé l'escalier pour s'abîmer dans la contemplation idiote des voitures qui roulaient à vive allure sur les quais, sans parvenir à chasser de son esprit ce masque de cire qu'on avait fondu sur la peau bouffie de Nathalie.

Ce visage-là n'avait cessé de le poursuivre. Il ne se passait pas un jour évidemment, même pas une heure, sans qu'il l'effleure. Mais il avait appris à vivre avec cette ombre au-dessus de lui. Il avait même appris à croire qu'elle était bienveillante et, petit à petit, ce visage figé dans la mort avait laissé la place au souvenir d'un autre, vivant, lui, et qui régulièrement venait aussi le visiter la nuit, avec cette voix si calme, et apaisée.

Il avait renoncé progressivement à voir dans chaque coïncidence des signes venus de l'au-delà, à croire que depuis là-bas elle lui indiquait un chemin. Le naturel avait repris le dessus. Christophe Demory n'était pas mystique. Il ne croyait pas aux revenants. Au bout de quelque temps, il avait pu se donner un objectif : travailler, travailler et encore travailler. Il s'était métamorphosé.

Isabelle Colson avait été nommée ministre de l'Économie et des Finances dans la foulée de la victoire du candidat socialiste à la présidentielle. Il avait fallu qu'elle choisisse un directeur de cabinet. Dépourvue de réseaux dans l'administration, elle n'était pas en position d'imposer quiconque à un poste stratégique pour lequel, en réalité, c'était le directeur du Trésor qui composait une *short-list* de candidats. Ils devaient être les gardiens de la ligne économique défendue par l'administration, mais aussi être acceptables par la ministre, Matignon, voire l'Élysée.

Christophe Demory avait réussi à se faufiler parmi les finalistes grâce aux appuis politiques glanés pendant la campagne électorale où il s'était fortement impliqué auprès du candidat socialiste. La mort de Nathalie avait réveillé son ambition et il comptait bien contrebalancer l'absence de toute vie sentimentale, à laquelle il s'était résigné, par une ascension professionnelle la plus rapide possible. Un passage en cabinet, a fortiori à la tête du cabinet, était un accélérateur de carrière inouï. Il n'était pas le favori. Le poste semblait promis à Hervé de Saintonge, chef de service du financement de l'économie, ou à Stanislas Rochelle, un ancien du Trésor devenu banquier d'affaires chez Lazard, deux personnalités qui n'étaient pas marquées à droite.

Christophe Demory avait très peu d'a priori sur Isabelle Colson. Même si elle était diplômée de Sciences Po, elle n'était pas issue de l'administration, au contraire de la plupart des personnalités politiques. Engagée à gauche depuis toujours, d'abord au sein des syndicats étudiants puis dans les associations qui gravitaient autour de la gauche radicale, elle s'était fait connaître par quelques coups d'éclat dont Christophe Demory avait un vague souvenir. À vingt-neuf ans, elle était parvenue à déjouer la sécurité de l'Assemblée nationale pour s'installer dans les travées de l'hémicycle, des poches de faux sang dans sa sacoche. Elle s'était levée au milieu d'une intervention sur l'épargne salariale et avait crié : « Ce sang pourrait sauver des vies, et vous n'en voulez pas parce qu'il a été donné par des homosexuels ! Honte à vous, messieurs les députés. Assassins ! » Elle avait eu le temps, avant d'être maîtrisée, d'ouvrir ces poches et d'en répandre le contenu un peu partout.

Ce happening avait lancé sa carrière politique. Trois ans plus tard, elle était élu députée sous l'étiquette écologiste et elle pouvait siéger, en toute légitimité, sur les bancs de l'Assemblée. Sa nomination à la tête du ministère de l'Économie avait surpris tout le monde. Mais le président avait l'habitude de surprendre.

Quand il avait fait la connaissance d'Isabelle Colson, il avait été frappé par sa taille. Elle le dépassait de presque une tête et devait, avec ses talons, tutoyer le mètre quatre-vingt-cinq, ce qui lui donnait une prestance naturelle. Un véritable atout dans le jeu politique.

Elle était courtoise, mais sans plus ; froide, mais sans excès. Au milieu de la pièce, posée sur un support en bois, une table en verre poli pouvait accueillir huit personnes. Face à la fenêtre, il y avait un canapé en cuir noir, mais elle l'avait fait asseoir dans un de ces sièges blancs, sortes de coquilles d'œufs, où l'on était si mal à l'aise. Ses fesses s'y enfonçaient exagérément et son dos se heurtait au dossier incurvé, ce qui l'obligeait à s'avancer tout au bord s'il voulait éviter de donner l'impression de s'avachir.

« On est mal assis, n'est-ce pas ? avait-elle commencé. Que voulez-vous, c'était là avant moi, ça restera là après... Caprice de styliste. Quand ils ont aménagé ce bureau, en 1988, Pierre Bérégovoy était ministre. Ils ont confié le travail à Andrée Putman et Isabelle Hebey. Vous voyez qui c'est ? Non ? Deux créatrices en vogue. J'ose pas imaginer la note... Enfin bref. Un steak frites, ça vous ira ? J'ai une de ces faims, moi. » Il avait hoché la tête et, trente secondes plus tard, les plats étaient servis. Christophe Demory s'était lancé dans une longue tirade sur la façon dont le programme de la campagne, tel qu'il avait été conçu par l'équipe du candidat socialiste, pouvait être mis en musique par le ministère.

« Vous parlez comme un chirurgien avant une opération, s'était-elle amusée. Détendez-vous ! Vous voyez ça comme un défi technique.

— C'est mon travail, madame le ministre.

— Vous pouvez m'appeler Isabelle. Je déteste le formalisme. Mais si vous y tenez absolument, dites plutôt "madame *la* ministre". Bref, c'est sans importance. Vous avez raison. Vous, les technos, c'est la technique. Mais j'ai besoin de quelqu'un qui partage les orientations politiques que nous allons mettre en œuvre. »

« Vous aurez du mal à trouver ça ici », avait pensé Christophe Demory, qui avait gardé le silence. Elle avait poursuivi : « Je vais vous dire, Christophe : je ne crois pas à la neutralité de l'administration, mais je ne peux pas faire sans elle. Je sais bien que notre programme a du mal à passer ici. Je connais vos réflexes quand on vous présente une proposition qui sort un peu de l'ordinaire ou de votre matrice idéologique, quand on vous demande un avis, une étude d'impact : vous dites que ça ne va pas marcher. Je me trompe ? »

Elle n'avait évidemment pas tort. Christophe Demory sentait qu'il devait se défendre, même s'il n'était pas nommément visé. « Vous savez, avait-il répondu, l'administration doit dire ce qu'elle pense : si elle est hostile à une mesure, elle vous le dira, elle nous le dira, si j'ai la chance d'être retenu pour ce poste. Mais elle vous donnera quand même des pistes de mise en œuvre. Et une fois que vous aurez tranché, elle s'exécutera. » Il avait fait une pause, tandis qu'elle ne le lâchait pas des yeux. « Elle est conservatrice, avait-il souri, c'est vrai. Mais elle est loyale. »

Isabelle Colson avait tourné la tête en silence et avait attrapé un classeur. « Savez-vous ce que c'est, Christophe ? » Évidemment, il le savait. C'était ce qu'ils appelaient ici le « Rapport sur l'état de l'union », en référence aux États-Unis. Une note d'ensemble sur l'économie française, de huit ou dix pages, accompagnée d'une centaine de fiches, de quatre pages chacune. Ça en faisait, de la lecture. Il avait participé lui-même à l'élaboration de ce dossier, qui avait commencé à être pensé pendant la campagne électorale. Cela représentait plusieurs mois de travail, et démontrait toute l'expertise du Trésor.

Isabelle Colson ne l'avait pas laissé répondre. « C'est un rapport qui m'a été remis hier. Jamais vu un foutage de gueule pareil. Nous venons d'être élus, avec un certain nombre de mesures à mettre en place, légitimées par un mandat du peuple, et Caradet me dit, de façon très polie et feutrée, mais je sais tout de même lire entre les lignes, que 1) on n'aura pas les marges de manœuvre financières pour faire le quart de la moitié de ce qu'on a promis, 2) il faudra donc faire des choix et 3) voici les projets qu'il faudra abandonner. Et, en bonus, ceux qu'il faudrait mettre en œuvre. Je caricature à peine. Vous voulez lire ? »

Il avait fait un geste de la main, blasé, l'air de dire « non, je connais déjà ». Puis il avait pris la parole : « Je ne défends pas mon administration, mais si je peux vous donner un conseil, et ensuite vous ferez ce que vous voulez, que vous me choisissiez ou pas : ne voyez pas en elle un ennemi. C'est normal qu'à votre arrivée le Trésor dise ce qu'il pense. S'il ne le fait pas à ce moment-là, alors il ne le fera jamais. Mais encore une fois, le maître mot ici, c'est loyauté. C'est vous qui avez les cartes en main. Ce dossier, c'est le *pharmakôn* : le remède et le poison en même temps. Il ne faut pas en être prisonnier. Mais il ne faut pas le brûler. Enfin, pas tout de suite…

— Vous savez, Christophe, quand j'ai vu ça, mon premier réflexe, ça a été de dire : "Je le vire, ce Caradet." Le *spoil system* à l'américaine, c'est peut-être brutal mais au moins les choses sont claires. Le ministre sait que tout le monde partage ses vues, et tout le monde avance dans le même sens. Mais il paraît que ça ne se fait pas. Alors, j'ai besoin d'un dircab qui croie sincèrement en ce qu'on va faire, pas d'un type qui va relayer les demandes de Caradet et sa bande, parce que, toute seule, je ne m'en sortirai pas. J'ai besoin d'un allié, qui connaît la place. » Elle avait fait une pause. « Et je sens que vous allez faire l'affaire. » Une autre pause. Christophe Demory avait esquissé un sourire. « Beaucoup plus en tout cas que ces autres types qu'il m'a présentés. Le premier, là, c'est lui qui a concocté le plan de soutien aux banques en 2008 : un scandale contre lequel j'avais gueulé à l'époque ! Et la preuve qu'il est complètement à côté de la plaque, c'est qu'il m'a aussi demandé de rencontrer un type qui vient de chez Lazard. Son salaire doit friser les cinq cent mille euros annuels et il a le culot de m'expliquer qu'il ne faut pas augmenter le Smic trop vite pour ne pas déstabiliser les entreprises. Je peux vous dire que l'entretien n'a pas duré longtemps. »

À trente-six ans seulement, Christophe Demory devenait directeur du cabinet de la ministre des Finances. Un homme de l'ombre, que le grand public n'apprendrait jamais à connaître, mais qui serait derrière chacune des décisions d'une femme qu'on voyait, et qu'on continuerait à voir, chaque jour sur les chaînes d'information en continu, dans les matinales des radios, sur les sites web, dans les pages des magazines. En lui disant « oui », cette femme l'emmenait avec elle dans un tourbillon. Ça ne lui faisait pas peur, au contraire. Il cherchait à s'enivrer dans le travail pour oublier ce qu'était devenue sa vie depuis la mort de Nathalie : un vaste désert où l'horizon s'éloignait, où chaque pas était un effort, mais où cet effort lui-même faisait oublier les raisons de la traversée.

Christophe Demory s'assit sur le canapé, sa petite boîte en pierre sculptée sur les genoux. Il regarda la clé, la saisit dans sa main droite, la caressa doucement. La géographie de l'appartement lui revint subitement en mémoire avec une exactitude saisissante : le parquet en point de Hongrie qui grinçait tellement, la cheminée condamnée sur laquelle elle posait ses bougies parfumées et ses bâtons d'encens, les fenêtres si mal isolées que les nuits d'hiver, dans son sommeil, elle se pelotonnait contre lui par réflexe, cette immense bibliothèque remplie de manuels d'histoire, de droit, de sciences politiques, de finances publiques, qu'elle avait tous achetés et qu'elle n'ouvrait plus jamais, ce Christ agonisant sur le mur vierge et qui semblait les surveiller quand ils faisaient l'amour.

Demory continuait de regarder la clé. Il pensa au visage de Stéphanie Sacco, entraperçu dans une nuit épaisse, les yeux clos. L'idée saugrenue lui vint qu'elle avait essayé de lui dire quelque chose, à lui spécifiquement, et que, derrière cette clé, il trouverait les réponses à des questions qu'il avait toujours eu du mal à formuler.

Pendant longtemps, il s'était accusé. Quelqu'un était mort, il fallait bien un coupable. Il partageait sa vie, habitait quasiment avec elle, il l'avait demandée en mariage et Nathalie avait dit oui. Personne d'autre que lui n'était plus proche d'elle. Il avait eu un doute : et si elle n'avait pas voulu mourir ? Et si elle avait juste voulu lui dire avec fracas ce qui n'allait pas ?

Elle n'avait laissé aucun message, aucune instruction, rien. Et lui avait manqué le rendez-vous. Il n'avait rien vu venir. Personne, pourtant, ne lui avait fait de reproches. Son père avait pris les choses en main, et lui était resté vautré dans son malheur, sans rien de concret à quoi se raccrocher. Jusqu'à cette clé.

Il hésita. S'il allait à l'appartement avant d'aller au ministère, il ne serait à son bureau que vers 10 heures. Vu la situation, c'était beaucoup trop tard. Il faudrait affronter la colère de Colson et elle se débarrasserait de lui. Ce n'était pas ce qui était prévu. Il claqua la porte et prit le chemin de Bercy. Et dès que les arbitrages seraient arrêtés avec la ministre, il irait faire un tour au 12, rue Garancière.

# 9

Daniel Caradet avait eu Antoine Fertel sur son portable, à 7 h 10. Le banquier était déjà au courant. Il était toujours au courant de tout, avant tout le monde. « Je suis pris toute la matinée pour préparer l'AG, dit-il. J'ai un déjeuner avec un banquier anglais, je ne peux pas le décommander. Mais on se voit après.

— Ça me va.

— Bien sûr que ça te va. À tout à l'heure. »

Antoine Fertel ne manifestait aucun signe d'inquiétude. Daniel Caradet, lui, se demandait quel message cachait la brève résurrection de Stéphanie Sacco à un moment aussi critique pour la banque et pour le pays. Il fallait se préparer à voir tanguer le navire.

Il se souvenait très bien d'elle. Il se souvenait aussi très bien de Nathalie Renaudier et du jour où il les avait convoquées, avec Jean-Paul Malleray, le chef de l'Inspection des finances. Les deux jeunes femmes avaient été chargées par le ministre de rédiger un rapport sur le plan déployé pour venir en aide aux banques françaises, au moment de la chute de Lehman Brothers, à l'automne 2008.

Le Crédit parisien était accusé d'avoir racheté une des plus importantes banques néerlandaises, l'Amsterdamsche Bank, avec de l'argent public. Ce rapport visait à calmer l'opinion, excitée par l'opposition qui avait décidé de jouer la carte du combat du pays réel contre la finance et ses « oligarques ». Le chef de l'opposition avait gagné de nombreux points de popularité en axant son discours sur la collusion entre le pouvoir et les banques.

Tout le monde se souvenait de la phrase choc qu'il avait prononcée lors d'une émission de télévision, en s'adressant directement aux Français à travers la caméra, la prochaine présidentielle en ligne de mire : « Et qui paye pour cela ? Qui ? C'est l'État. Et l'État, c'est qui ? C'est vous ! Je vous le dis avec franchise car en 2012, si nous revenons aux affaires, nous serons obligés, nous aussi, de vous présenter l'addition parce que les précédents convives vont partir sans payer. Et ils voudraient revenir à table. Et se goinfrer, tous ensemble. Ils veulent s'empiffrer, ces gloutons. Et qui va payer ? L'État. Et l'État, c'est qui ? C'est vous ! »

Daniel Caradet aussi se souvenait de ce discours et de la nausée qu'il avait ressentie en voyant celui qui allait devenir président s'abaisser à une telle démagogie. Les politiques avaient tendance à tout simplifier et à plaquer sur la réalité la vision manichéenne qui prévalait dans la façon dont ils appréhendaient la conquête et l'exercice du pouvoir. La droite contre la gauche, les méchants et les gentils... Daniel Caradet se persuadait que cette grille de lecture ne convenait pas quand il s'agissait d'analyser la façon dont Bercy avait tiré d'affaire le pays lors de la crise financière de 2008. Oui, Antoine Fertel avait su naviguer de façon que le Crédit parisien sorte renforcé de la tourmente. Cela ne signifiait pas que le plan avait été fait uniquement dans cet objectif : Caradet avait pris ces accusations comme une insulte à son intégrité intellectuelle et à son dévouement à la cause de l'État. Il l'avait fait savoir. Le ministre l'avait rassuré en lui certifiant que le rapport avait justement pour but de laver l'administration de ces accusations. Et, par là même, de fournir au pouvoir un argument objectif à opposer à la gauche, qui se déchaînait en entonnant le refrain du « gouvernement des puissants ».

Daniel Caradet n'avait aucune inquiétude. Mais le simple fait d'être mis sous surveillance par la « police des polices » de Bercy était insupportable. C'était comme s'il se baladait dans les couloirs avec une pancarte où l'on aurait écrit « suspect ». Il n'avait pas agi seul en 2008. Cette décision jetait l'opprobre sur toute une administration et il ne le supportait pas. Heureusement, il avait davantage d'alliés que d'ennemis au sein de la forteresse.

Pour Stéphanie Sacco, c'était le quatrième rapport. Pour Nathalie Renaudier, le premier. Les deux jeunes femmes avaient pris leur mission très à cœur et n'avaient pas souhaité se contenter d'avaliser les conclusions suggérées par le pouvoir politique. Elles avaient *vraiment* enquêté. Entre autres données, elles avaient eu accès à tous les appels entrants et sortants de Daniel Caradet et à l'ensemble des mails qu'il avait échangés pendant la crise bancaire de 2008. Le directeur du Trésor n'avait pas tardé à l'apprendre. Il avait été estomaqué. Il avait toujours cru qu'il s'agissait d'une correspondance privée et ne s'était jamais douté que ces données puissent être extraites des serveurs de Bercy sans que l'autorisation du ministre ou du chef de service soit nécessaire. Il avait seulement ensuite réalisé l'ampleur potentielle des dégâts. Jean-Paul Malleray avait dû insister auprès des deux jeunes femmes pour obtenir une version intermédiaire du rapport, qu'il s'était empressé de donner à Daniel Caradet.

Les deux jeunes femmes, à ce stade, ne tiraient aucune conclusion. Dans la partie « constat », elles relataient, de façon très factuelle, presque chirurgicale, les étapes de la construction du plan de soutien, et le rôle joué par les uns et par les autres. Daniel Caradet savait qu'elles savaient. La façon dont elles avaient conduit leurs investigations le prouvait. Toute la vérité apparaissait dans sa lumière crue, pour qui savait lire entre les lignes. Si, dans sa version finale, le rapport conservait le même esprit, et s'il tombait entre les mains des médias, il pouvait se révéler dévastateur. Il y avait là tous les ingrédients d'un nouveau scandale politique.

Il s'était décidé à les convoquer, en présence de Malleray qui avait ouvert les hostilités. « Vous êtes encore des novices, si l'on peut employer ce terme pour des gens de votre niveau. C'est pour cela que je prends la peine de vous expliquer. De vous réexpliquer, devrais-je dire, parce que ce discours-là, c'est le même que je vous ai servi à votre arrivée. L'indépendance de l'Inspection est inscrite dans ses gènes depuis deux siècles et j'en suis le garant. L'indépendance vis-à-vis de l'administration qu'elle peut être chargée d'évaluer, évidemment. L'indépendance vis-à-vis du pouvoir, quel qu'il soit. Mais surtout l'indépendance vis-à-vis des idées. Il n'est pas concevable qu'un rapport soit un moyen d'aller chercher des noises à qui que ce soit pour des raisons politiques. Il n'est pas concevable que l'Inspection se laisse instrumentaliser. »

L'atmosphère était tendue. Les deux jeunes femmes n'avaient pas bronché. Elles semblaient attendre l'estocade, conscientes d'avoir franchi une ligne jaune qui allait envoyer directement leur travail à la poubelle. Daniel Caradet avait pris la parole, d'un ton très calme. « Depuis que je suis au Trésor, j'ai connu beaucoup de ministres, vous savez, mesdemoiselles. Des sanguins, des nerveux, des placides. Des qui vous rentrent dedans en permanence. Il faut leur pardonner car ils mènent des vies de dingues. Si je prends des baffes, même quand ce n'est pas justifié – et ça ne l'est pas souvent, croyez-moi –, j'encaisse et je dis merci. Je ne compte plus les ministres qui ont dit qu'ils allaient me virer. Et regardez : je suis toujours là ! Ce que je ne peux pas accepter, c'est quand vous, les hauts fonctionnaires, vous vous y mettez aussi. » Il s'était ensuite lancé dans un cours sur la crise, que les deux femmes lui avaient semblé écouter d'une oreille distraite. Et la séance de réprimande avait été terminée.

Jean-Paul Malleray avait raccompagné les deux jeunes femmes en leur demandant : « Était-il vraiment nécessaire de faire tant de zèle, mesdemoiselles ? » Nécessaire ? Ce n'était pas la question. Nathalie Renaudier et Stéphanie Sacco l'avaient fait, et il était impossible de revenir là-dessus. Le plus étonnant, ce n'était pas qu'elles avaient demandé ces données. C'était qu'elles les avaient obtenues. La lettre de mission du ministre de l'époque, qui avait voulu déminer le scandale de l'Amsterdamsche Bank avant qu'il engloutisse l'ensemble du gouvernement, était claire. Il avait écrit, sans penser aux conséquences, comme il l'écrivait à chaque lettre de mission : « par tous moyens que vous jugerez opportuns ». Le service informatique ne s'était pas posé de questions. Il avait fourni tous les listings et toutes les archives. Les deux jeunes femmes étaient naïves. Elles avaient voulu bien faire. Et elles s'étaient heurtées à la crème de l'IGF.

Deux mois plus tard, le rapport avait été remis à Jean-Paul Malleray. Ni le pouvoir en place ni Daniel Caradet n'avait rien trouvé à redire. L'Inspection fit même fuiter dans la presse, contrairement à sa tradition, les conclusions de Nathalie Renaudier et Stéphanie Sacco. En guise de remerciements, elles furent placardisées. Leur chef, Jean-Paul Malleray, leur conseilla de terminer la tournée[1] et de chercher du travail dans le privé.

1. La « tournée » est une période de quatre ans pendant laquelle les inspecteurs des finances, qui sont sortis dans les premiers rangs de l'ENA, effectuent des missions de vérification ou d'enquête au sein des administrations françaises.

# 10

Il était 8 h 04 quand Demory toqua à la porte de la ministre. Elle le salua avec un regard empreint d'une certaine pitié. « Vous avez pu récupérer un peu ? demanda Isabelle Colson. Quelle histoire ! Pauvre femme. J'y ai repensé une partie de la nuit. » À cet instant, Christophe Demory se demanda pourquoi il était encore là, ce qu'il faisait face à cette fausse compassion qu'elle semblait lui accorder avant d'aborder les raisons pour lesquelles elle l'avait convoqué. Il commençait à la connaître. Elle était incapable de faire preuve d'empathie. Elle avait sans doute été choquée par ce qui était arrivé la veille, mais, déjà, elle n'y pensait plus et elle se concentrait sur sa mission.

« Asseyez-vous », dit-elle, et c'était le signal que le préambule était terminé. Il évita de prendre le siège situé à proximité immédiate du chien qui ronflait sans discrétion, affalé sur la moquette. Sans doute n'était-ce pas très conforme au règlement intérieur, mais la ministre avait l'habitude de le garder avec elle. Plusieurs photos étaient parues dans la presse, où le cocker la couvait d'un regard enamouré. « C'est la version "30 Millions d'Amis" de la photo des gosses de JFK qui jouent sous le bureau ovale », disait-on dans les services du ministère.

Devant elle, Demory reconnut la chemise bleue dans laquelle, la veille, il avait glissé la note qu'elle avait commandée à ses services. Elle était froissée, et la couleur était un peu passée, comme si elle avait séché après avoir été trempée dans l'eau.

« Ce que j'ai à vous dire n'est pas forcément agréable, commença-t-elle. Surtout, j'aurais aimé vous le dire à un autre moment. Mais l'intérêt de l'État est plus grand que le nôtre. Christophe… Comment dire ?

— Allez-y, l'encouragea-t-il. On peut tout se dire, non ?

— Je le crois aussi. Jusqu'ici j'étais plutôt satisfaite de notre collaboration. J'avais une grande confiance en vous. Mais là… Les bras m'en tombent. J'ai besoin de savoir si vous êtes contre moi ou avec moi. »

Demory fut désarçonné par la violence de la question, à laquelle il ne s'attendait pas. Qu'elle soit furieuse, il pouvait le concevoir et il l'avait anticipé, mais il avait pensé que sa colère se dirigerait contre l'administration, pas contre lui.

Le visage d'Isabelle Colson se transforma. Elle avait quitté le masque de la grande sœur qui tente de ménager les susceptibilités. Ses traits se tendaient sous les coups de boutoir d'une colère qu'elle peinait à refouler.

« "C'est loin d'être satisfaisant"… Vous vous foutez de ma gueule ! poursuivit-elle. C'est un torchon, voilà ce que c'est. Vous n'auriez même pas dû me transmettre cette merde, je n'aurais même pas dû avoir vent de son existence. Je sais que ce n'est pas vous qui l'avez écrite. Mais enfin, ne me dites pas que vous la cautionnez ! »

L'espace d'un instant, il se demanda si elle allait le virer. Il l'espéra presque. En théorie, c'était possible, même si en réalité c'était plutôt le directeur de cabinet qui avait un pouvoir de vie ou de mort sur le ministre. Il pouvait l'asphyxier en le laissant crouler sous les arbitrages les plus anecdotiques, l'ensevelir sous ces parapheurs bordeaux en cuir fatigué qu'il fallait examiner tous les soirs, ou au contraire lui cacher l'essentiel en barrant le chemin aux informations les plus sensibles, pour se laisser le privilège de décider lui-même. Il était potentiellement le vrai maître du ministère mais Christophe Demory, lui, n'usait pas de ce pouvoir. Il avait eu le poste à la franchise et n'entendait pas briser le lien de confiance tissé avec Isabelle Colson. Ils fonctionnaient en duo. Un vrai couple, avec ses hauts et ses bas. Mais jamais il ne l'avait vue si exaspérée.

Il se souvint de ses hésitations, la veille au soir. Il savait que cette note réveillerait en elle la haine latente qu'elle nourrissait contre l'administration, mais il avait pris le parti de la passer telle quelle pour que, ensemble, ils définissent une stratégie à même d'infléchir la position du Trésor. La bataille serait difficile à mener et chacun devrait faire des concessions. La ministre, comme l'administration. Il se voyait, sur cette question très particulière, comme un arbitre qui pousserait à un accord acceptable pour les deux parties. L'analyse et les solutions du Trésor ne seraient jamais assumées par une ministre comme Isabelle Colson, mais, il en avait l'intime conviction, les positions radicales de cette dernière étaient contraires à l'intérêt de l'État.

D'ordinaire, il la conseillait, l'orientait éventuellement, mais en cas de désaccord, il la laissait trancher et il assurait quand même le service après-vente. Il n'avait jamais eu de convictions très arrêtées, au-delà d'un certain nombre de grands principes partagés par tous les gens sensés. Pour la première fois depuis qu'il avait été nommé, Christophe Demory, en écoutant la diatribe d'Isabelle Colson, doutait que sa ministre fasse partie de cette catégorie.

« Je préférais qu'on en discute tous les deux, qu'on soit bien au clair sur les corrections qu'il fallait demander au Trésor, se défendit Demory. Je suis bien conscient que ça ne colle pas à notre ligne, mais notre ligne, justement, est encore floue. Il faut dire que la situation est inédite.

— Non, la situation n'est pas inédite. Au contraire, il s'agit encore et toujours de la même histoire. Une banque qui va mal, et elle n'a même pas besoin d'appeler l'État à son secours : il y vole spontanément.

— Ce n'est pas n'importe quelle banque.

— C'est encore pire. Dans quel monde vivez-vous, Christophe ? Celui des années 2000 ? Ce monde-là s'est écroulé avec Lehman. Il y a bien eu quelques soubresauts, mais c'est terminé : avec nous, les banques sont mortelles, mettez-vous bien ça dans le crâne.

— Je ne pense pas qu'envisager la faillite du Crédit parisien soit la meilleure option.

— Ne me prenez pas pour plus conne que je ne le suis.

— Vous l'avez lu comme moi : selon le Trésor, c'est la banque la plus exposée aux crédits étudiants. Or vous savez que ces crédits ont explosé depuis la deuxième loi d'autonomie des universités qui leur permet de fixer elles-mêmes les tarifs à l'entrée. Elles ne se sont pas privées pour les augmenter. Les facs sont devenues des grandes écoles : moins d'étudiants, des droits d'entrée plus chers.

— Je sais tout ça. Cette loi était une connerie. Je l'ai dit à l'époque.

— Le président n'est pas revenu dessus. Et avec la croissance molle qu'on se tape depuis dix ans, le chômage n'a pas baissé d'un iota. Les étudiants empruntent vingt mille euros quand ils ont dix-huit ans, mais ne trouvent pas de boulot quand ils sont censés s'insérer sur le marché du travail. Le taux de défauts est supérieur à huit pour cent. Les provisions pour créances douteuses ont explosé dans tous les bilans, et celui du Crédit parisien est le plus touché. Mais ce n'est rien par rapport au risque de défaut de paiement de la Turquie, qui a déclenché toute cette panique chez les banquiers, et en particulier chez Fertel. Bref, je suis désolé de vous le dire, mais ne pas anticiper les prochaines difficultés du Crédit parisien serait une faute professionnelle.

— Qui vous a dit qu'il ne fallait pas les anticiper ? Vous faites semblant de ne pas comprendre, parce que vous fonctionnez avec les vieux logiciels du Trésor. Votre guichet, là, c'est *open bar*.

— Ce n'est pas *mon* guichet. Ce n'est pas moi qui ai rédigé cette note. Comme je vous l'ai dit, je la trouve perfectible. C'est un euphémisme, si ça peut vous rassurer.

— Ça ne me rassure qu'à moitié. C'est la première fois depuis que je suis arrivée à Bercy qu'on est au bord d'une crise majeure. Jusqu'ici, je n'ai pas eu à douter de votre loyauté face à cette administration qui m'exècre et me méprise. Mais maintenant que les choses deviennent sérieuses, j'ai l'impression que vous êtes frileux.

— Je ne suis pas frileux. Je ne sais tout simplement pas ce que vous avez au juste derrière la tête sur ce coup-là. Avouez que c'est difficile de naviguer sans boussole.

— Je pensais que vous aviez intégré le système de pensée qui sous-tend la politique gouvernementale, Christophe, et que vous prendriez des initiatives en cohérence avec ce système de pensée. Mais je constate qu'il va falloir être plus explicite. Une question, une seule, mérite d'être posée : vous ne croyez pas qu'on a suffisamment donné d'argent aux banquiers ces dernières années ? »

La vision du monde d'Isabelle Colson était manichéenne, ses schémas de pensée extrêmement simples. Ce que Demory allait répondre le classerait dans un camp ou dans l'autre. Il savait que la politique souffrait rarement la nuance, mais il s'en rendait compte très concrètement pour la première fois. Il fixa Isabelle Colson et se demanda si elle croyait vraiment à toute cette imagerie gauchiste qui avait enflammé la campagne de 2012, ou si elle l'avait simplement instrumentalisée pour accéder au poste qu'elle occupait maintenant. En clair, si elle était honnête avec elle-même, ce qui impliquait alors qu'elle était complètement idiote. Ou si elle connaissait la complexité de la réalité, mais passait outre par pur opportunisme, ce qui voulait dire qu'elle était d'un cynisme absolu. Il ne répondit pas directement à la question.

« L'argent public a évidemment été mal utilisé, dit-il. Mais vous ne pouvez pas occulter le résultat auquel cette dilapidation – le mot avait été utilisé par le président et il le répéta à dessein, même s'il le trouvait exagéré – a abouti. Pour la plupart, les banques manquent encore de fonds propres, et vous savez bien que les marchés seront impitoyables avec celles qui ne respectent pas les critères de Bâle III[1]. Lesquels sont déjà insuffisants, si vous voulez mon avis… Regardez ce qui est arrivé à la turque Tarim Kredi la semaine dernière. On ne peut pas exclure que, dans un futur proche, le Crédit parisien ait besoin de l'État. Et vous ne m'ôterez pas de l'idée que le laisser tomber, c'est prendre un énorme risque.

— Je vous l'ai déjà dit. On ne laissera pas tomber la première banque française. »

Elle sourit, et ouvrit la chemise qui contenait la note, la faisant pivoter pour que Christophe Demory puisse y jeter un coup d'œil. La couleur bleue avait passé, elle était verdâtre par endroits, avec des traînées blanches. On aurait dit qu'Isabelle Colson l'avait récupérée dans une poubelle. « J'avais commencé à l'amender dans la nuit », dit-elle. Demory vit effectivement que la première page, curieusement jaunie et froissée elle aussi, était noircie de son écriture fine et serrée. « J'ai trouvé que c'était une mauvaise copie de Sciences Po, reprit-elle. Et visiblement Lucky aussi. »

Pendant qu'elle continuait à parler, Demory ne put s'empêcher de jeter un coup d'œil au chien qui ronflait toujours. Il se tourna vers Isabelle Colson et l'interrogea du regard. Il avait du mal à croire ce qu'elle était en train de dire avec un naturel désarmant, sans la moindre gêne.

« Je comptais terminer ce matin en me levant et j'ai retrouvé la chemise comme ça au pied de mon lit, poursuivit-elle. Je me suis dit que c'était une bonne métaphore du travail du Trésor. J'ai eu

1. Les accords de Bâle III, signés en décembre 2010, entrés en vigueur au 1er janvier 2013, visent à tirer les enseignements de la crise financière des « subprimes ». Il s'agit d'un ensemble de réformes qui renforcent le niveau et la qualité des fonds propres des établissements financiers, c'est-à-dire leur matelas de sécurité en cas de coup dur. L'objectif est de permettre aux banques de mieux absorber les pertes sur des prêts ou des investissements lorsqu'une crise éclate.

l'impression qu'ils avaient fait un copier-coller des solutions précédentes – ce qui est sans doute le cas. Or ce n'est évidemment pas acceptable. Je ne verrai pas Caradet parce que j'ai autre chose à foutre que de devoir répéter cinquante fois la même chose à la crème de la crème de l'élite française. Je vous laisse le soin de lui expliquer qu'il faut penser davantage *out of the box* et ça vous permettra de méditer aussi le message que je vous énonce une dernière fois : on ne laissera pas tomber le Crédit parisien. Par contre, je veux une solution qui le brutalise bien comme il faut. »

Elle serrait les dents. « S'ils s'en sortent tout seuls, tant mieux pour eux, continua-t-elle. Mais s'ils ont besoin de nous... je veux quelque chose de punitif. Que les clients de cette banque sachent bien qu'elle est pourrie jusqu'à la moelle. » Elle poursuivit, adoucie : « J'ai encore besoin de vous, Christophe. L'État a encore besoin de vous. Ne laissez pas cette histoire vous bouffer. Si vous ne vous sentez pas capable d'aller au clash, je peux comprendre. Mais il faut me le dire. »

La traduction était facile. Voici ce qu'elle voulait dire derrière les précautions élémentaires : « Je me fous des circonstances. C'est l'intérêt de l'État qui est en jeu. Et accessoirement mon image. Si vous n'êtes pas capable de bouger le Trésor, je vous renvoie d'où vous venez et vous irez croupir dans un de ces bureaux sinistres où personne n'est capable de réfléchir par soi-même. »

Christophe Demory savait qu'à Bercy personne n'abandonnait le navire en pleine tempête. Il se souvenait d'un membre du cabinet qui, au plus fort de la crise de 2008, avait perdu son père. Il n'était pas allé à l'enterrement. Au lieu de le prendre pour un fou, tout le monde, y compris le ministre, avait exprimé son admiration pour ce dévouement. Six mois plus tard, il avait été fait officier de l'ordre national du Mérite, même s'il ne remplissait pas les critères d'ancienneté. Ici l'intérêt de l'État dépassait toutes les considérations personnelles. Personne ne comprendrait qu'il abandonne. Il n'avait aucune envie de redevenir sous-directeur ou même chef de service. Il fallait qu'il reste encore un peu, et, pour rester, il fallait obéir. C'était le deal : elle décidait, il s'accrochait. Il allait donc falloir maintenant qu'il explique à Daniel Caradet ce qui était scandaleux dans le fait de vouloir essayer de sauver l'économie française. Le 12, rue Garancière allait devoir attendre un peu.

# 11

Il attrapa la coupelle et piocha au hasard un Kréma. Iced tea. Il fit une légère moue, mais il ouvrit quand même l'emballage puis mâcha le bonbon. Si tôt le matin, ce n'était sans doute pas très raisonnable, mais cela faisait longtemps qu'il avait arrêté d'y prêter attention. Depuis longtemps, son activité ne laissait plus aucune place pour le sport et il s'empiffrait de biscuits, de bonbons et de gâteaux secs, tout au long de la journée. Le résultat était là : il pesait quatre-vingts kilos. Pour un mètre soixante-neuf. Pas exactement ce qu'on appelle un athlète, ni une gravure de mode : il paraissait bien dix ans de plus que son âge. Les costumes que lui choisissait son épouse étaient mal taillés. Malgré ses kilos en trop, il flottait dedans, comme si elle anticipait l'aggravation sans fin de sa boulimie.

Le téléphone se mit à sonner. Il vit le nom de Demory s'afficher sur l'écran. « Oui, dit-il. Maintenant si tu veux. Tu n'as qu'à venir chez moi. Je t'attends. » C'était contre les usages. Les réunions avaient normalement lieu du côté de l'Hôtel des ministres, pas du côté de l'administration. Mais Christophe Demory prêtait peu d'attention aux symboles. Il devait de toute façon à Daniel Caradet une certaine déférence. Leur relation était déséquilibrée. Pendant longtemps, Demory avait été sous les ordres de Caradet. Ou plutôt sous les ordres des subordonnés de Caradet. Et du jour au lendemain, grâce à son engagement dans la campagne, il s'était retrouvé propulsé directeur de cabinet. Avec la griffe[1], il avait le pouvoir de se substituer à la ministre. Il avait en théorie autorité sur toute l'administration, mais on n'effaçait pas si facilement des années d'habitudes : Demory n'imposait jamais rien à Caradet. Dès le début, il avait compris qu'avec une ministre comme Isabelle Colson les rapports avec le Trésor s'annonçaient tendus et que son rôle serait de faire le *go-between*. Cela lui avait toujours convenu, même s'il était de notoriété publique que, au moment où la ministre se cherchait un directeur de cabinet, le directeur du Trésor ne voulait pas de Demory, qu'il jugeait beaucoup trop tendre. Il avait poussé la candidature d'Hervé de Saintonge, qui avait été, avec lui, la cheville ouvrière du plan qui avait suivi la chute de Lehman.

Christophe Demory y avait participé, mais sous leurs ordres, sans pouvoir peser sur les grandes orientations, sans se douter du scandale qu'il allait déclencher ensuite. Il avait été le seul à évoquer une montée de l'État au capital des banques, en échange de l'aide qu'il leur fournissait. De vraies prises de participations, avec la capacité à peser sur les orientations stratégiques. Son hypothèse avait été balayée d'un revers de la main. « On ne va pas faire un Crédit lyonnais[2] *bis*, avait dit Saintonge. Pas de prise de participations. » Cette audace avait été mise sur le compte d'une erreur de jeunesse et personne ne lui en avait voulu à Bercy. Mais, qui sait, c'était

1. Un petit appareil qui imite la signature du ministre, utilisé notamment par le directeur de cabinet.

2. Allusion au scandale du Crédit lyonnais. Alors qu'elle était sous le contrôle de l'État, la banque avait multiplié durant les années 1990, via plusieurs de ses filiales, les investissements hasardeux. Résultat, elle avait accumulé les pertes. Une structure fut créée pour vendre des actifs afin d'éponger les dettes, mais elle fut accusée de les brader au détriment de la banque. La banque fut privatisée en 1999. Au total, l'affaire aura coûté près de quinze milliards d'euros à l'État. L'épisode a traumatisé une génération de hauts fonctionnaires à Bercy.

peut-être cela qui avait fait pencher la balance dans le choix d'Isabelle Colson.

Une fois ce choix entériné, les deux hommes s'étaient vus dans le bureau de Caradet, déjà. La conversation avait été brève. Caradet avait offert à Demory un Coca qu'il était allé chercher dans le minibar derrière son bureau, et ils s'étaient assis tous les deux autour de la table basse, à l'autre bout de la pièce.

« Tu étais le moins expérimenté des candidats, mais l'expérience ne fait pas tout et je crois sincèrement qu'il s'agit d'une bonne nouvelle pour nous, avait commencé Caradet. Néanmoins, avait-il enchaîné sans même laisser à Demory le temps de le remercier, permets à un vieux loup de mer comme moi de te donner quelques conseils. On ne va pas se mentir, Christophe. Le programme que tu vas devoir mettre en œuvre est un programme, comment dire…

— Ambitieux ?

— On peut le dire comme ça, avait souri Caradet, moi je dirais plutôt anachronique. Voire dangereux. La hausse massive du Smic va grever la compétitivité de nos entreprises. Le coût du travail est déjà énorme, mais alors là… Et l'autorisation administrative qu'ils veulent rétablir pour le CAC, ça paraît d'un autre âge. Bon, je ne te fais pas un dessin, tout ça, ça n'est pas très "Trésor". Tu es issu de la maison, tu le sais très bien.

— Tu comptes mettre ta démission dans la balance ? »

Caradet avait eu l'air surpris. Il avait paru soupeser la part de naïveté et d'effronterie dans la question, et avait pris quelques secondes pour répondre. « À mon poste, on ne parle pas de démission. Un directeur est révocable *ad nutum*, chaque mercredi en conseil des ministres. S'ils veulent me virer, ils me virent. Quand ils veulent. Et là pas besoin d'autorisation, si tu vois ce que je veux dire. Mais puisque tu t'inquiètes pour moi, sache que j'ai eu l'assurance de mon maintien par le président de la République *himself*. Je ne resterai peut-être pas tout le quinquennat, mais enfin, au moins maintenant, je suis le seul à pouvoir brancher les fils sur la politique européenne. Je suis la mémoire de la crise et, pour aller négocier à Bruxelles, ils ont besoin de moi. Donc il va falloir qu'on travaille bien ensemble, mon ami. Pour ça il va falloir se respecter. »

Tout s'était bien passé jusque-là. Même s'il lui arrivait évidemment de le contredire, et si le dernier mot lui revenait de droit puisque la ministre, dont il était l'invisible représentant – l'âme damnée, se moquaient certains –, était celle qui décidait, Demory avait toujours veillé à ménager Caradet. Ils étaient partenaires, plutôt qu'adversaires, et ils avaient toujours réussi à trouver un compromis, sans que la ministre se sente flouée ou désavouée.

Caradet était maître en la matière. Il parvenait à changer du plomb en or, comme sur la hausse du Smic. Cette promesse de campagne était indiscutable ? Soit. Il avait commencé par la discuter. Discuter de sa pertinence, et discuter ses modalités, telles qu'elles avaient été envisagées par le camp socialiste pendant la campagne. Il s'était installé avec la ministre dans une guerre de tranchées qui avait duré trois semaines, au bout de laquelle il avait mené une guerre éclair magistrale. Il avait cédé sur la date d'application, en acceptant qu'elle soit fixée le plus tôt possible – c'est-à-dire en septembre. Et il avait réussi à imposer, en contrepartie de l'augmentation du salaire minimum, un crédit d'impôt pour les entreprises, équivalent au surcoût engendré par cette hausse sur leur masse salariale.

Tout le monde y avait trouvé son compte : Isabelle Colson parce que cette mesure très emblématique d'une politique de gauche avait été tout de suite mise en œuvre. L'Élysée parce que, telle qu'elle avait été conçue, elle préservait l'équilibre entre l'intérêt des salariés et celui des entreprises, avec lequel il était difficile de se fâcher en période de croissance molle. Et le Trésor parce qu'il poursuivait ainsi une œuvre commencée de longue date, plus de vingt ans auparavant, celle de l'allègement des charges qui pesaient sur les entreprises.

En poussant de l'épaule la porte coupe-feu qui séparait l'Hôtel des ministres du bâtiment Colbert, Christophe Demory savait qu'il serait cette fois impossible d'aboutir à une issue aussi heureuse. Il se fit annoncer dans le bureau des assistantes de Daniel Caradet. En attendant, il prit le journal interne de la direction du Trésor mais ne parvint à lire aucun article. Les lettres dansaient maladroitement devant lui, et à la place il voyait la forme floue du corps de Stéphanie Sacco. Il n'entendit pas Daniel Caradet qui venait vers lui.

« Tu vas bien ? lui demanda le directeur du Trésor avec un sourire factice. Assieds-toi. Merci d'être venu. Dans ces circonstances...

— Oui. Tu avais travaillé avec elle, si je me souviens bien ?

— Travaillé, non, pas vraiment. On s'était parlé. On avait échangé, au moment où elle bossait sur le plan de soutien avec Nathalie. J'imagine que cela réveille pas mal de choses chez toi. »

Demory le regarda, un peu éteint, comme si Caradet avait exprimé une évidence qui n'appelait pas de réponse. « On peut dire ça, admit-il finalement. Mais on n'est pas là pour parler de moi. Il y a un petit problème avec la note, Daniel.

— Quel problème ?

— La ministre ne souhaite pas rouvrir un guichet.

— Un "guichet"... Pourquoi employer ce terme, toi aussi ? Que les politiques soient condescendants, je peux comprendre. Mais toi... Ce "guichet", comme tu dis, tu sais très bien que c'est une bonne solution, élaborée par la meilleure administration d'Europe et qui a fait ses preuves par le passé. Tu le sais d'autant mieux que tu étais avec nous en 2008. »

Un court silence s'installa. Daniel Caradet reprit, en le regardant dans les yeux : « Tu étais quoi, à l'époque ? rappelle-moi. Chef de bureau ? »

Daniel Caradet avait coutume de dire que c'était pendant les crises qu'on jaugeait les gens. Christophe Demory était en train de passer l'examen, et ça semblait plutôt mal parti. Il se souvint de l'entente parfaite qui avait prévalu dans les jours et les semaines qui avaient suivi la chute de Lehman, entre lui-même, Hervé de Saintonge, à l'époque « chef de service du financement de l'économie », qui avait décidé, une fois la gauche arrivée au pouvoir, de rejoindre le privé, et Thierry Desgrés, le directeur de cabinet du ministre de l'époque, lui aussi parti sous d'autres cieux où il avait multiplié son salaire par dix.

« La situation est sérieuse, Daniel, répéta Demory. La situation politique, je veux dire. La ministre ne veut plus se contenter de ce qui a déjà été fait. Elle n'est pas dans la reproduction des schémas.

— Mais bordel, Christophe, s'emporta Caradet, il n'y a pas trente-six solutions ! Tu sais très bien que toutes ces putains de nuits blanches qu'on s'est tapées, ça a fini par payer ! Sans ça, les banques s'écroulaient, l'économie s'écroulait, le pays s'écroulait !

— Je suis bien placé pour le savoir, Daniel. J'y ai participé, à l'élaboration de ce plan de soutien. »

Caradet le toisa, incrédule. Croyait-il vraiment ce qu'il disait ? À l'époque, Demory avait suivi le mouvement. Il avait exécuté les ordres. Il n'avait pas démérité, il avait travaillé comme une bête de somme, pendant un mois, exactement comme les autres. Et le voilà qui semblait presque revendiquer la paternité du plan qui avait été concocté pour sauver le système financier français.

La « Société de financement de l'économie française », qui permettait à l'État d'emprunter pour le compte des banques, de contourner la méfiance de ces dernières entre elles et de continuer à alimenter la pompe à crédits, avait été imaginée par Saintonge. Et c'était lui, Daniel Caradet, qui avait défendu le deuxième pilier, la « Société de prise de participations de l'État », dont l'objectif était de prendre des participations dans les banques, sans droit de vote assorti, afin de renforcer leurs fonds propres et d'éviter des attaques spéculatives contre les établissements français. À son niveau, Demory s'était contenté de mettre au point les détails techniques – avec un certain brio, il fallait bien le reconnaître.

Tout cela avait marché au-delà des espérances. Même si elles avaient durci leurs conditions, les banques n'avaient pas complètement cessé d'accorder des crédits aux particuliers et aux PME. L'économie française avait été secouée, mais avait continué à fonctionner, tant bien que mal. L'État avait même réussi à gagner de l'argent, puisqu'il empruntait auprès des marchés financiers à des taux deux fois moins élevés que ceux auxquels il prêtait aux banques.

« On a cru que ça avait marché, corrigea Demory. Et regarde la situation aujourd'hui. C'est la même chose. Tu as entendu Antoine Fertel comme moi quand il est venu il y a trois jours. Texto : "Comment voulez-vous qu'on continue à prêter de l'argent si on n'est pas sûrs de le récupérer ?" Il y en a marre des appels à l'aide, Daniel. Si ces gens ne peuvent pas se débrouiller seuls et qu'ils en sont réduits à quémander l'aide de l'État tous les cinq ans, c'est qu'il y a quelque chose de vicié dans le système. Il faut le purger. La crise est localisée, profitons-en.

— Ne fais pas semblant d'être bête, Christophe. Tu sais très bien ce qui arrivera si on fait ça ! On sera obligés de saisir l'autorité de résolution des crises bancaires à Bruxelles et ils mettront en place la faillite ordonnée du Crédit parisien. C'est inconcevable. C'est un non-sens politique. C'est une aberration économique. Il faut qu'on agisse en amont. Il y a des instruments qui existent, prêts à l'emploi. On essaye de les adapter à la situation présente. On ne va pas réinventer la roue à chaque fois. Tu sais très bien que si on ne fait rien, la France va se réveiller un de ces quatre avec une sacrée gueule de bois.

— Il ne s'agit pas de ne rien faire. Tout le monde est d'accord pour éviter que Bruxelles et la BCE ne rayent le Crédit parisien de la carte. Mais il s'agit d'envoyer un signal. La ministre a été claire. Il faut refaire cette note. Avec tout le respect que je te dois, tu n'es plus mon patron, Daniel. Et cette fois, ce n'est pas toi qui décides. Colson a ses défauts, mais elle sait ce qu'elle veut. Et elle veut savoir où elle va. Montre-lui la direction. Il faut qu'on soit intelligents. Elle ne lâchera pas, cette fois.

— Christophe, on ne *peut pas* faire autrement, sinon, ne t'en déplaise, le Crédit parisien court à la faillite. En tout cas, moi, je ne ferai pas ce que vous avez derrière la tête et personne, ici, n'acceptera d'endosser une telle décision.

— On ne laissera pas tomber le Crédit parisien. Mais on ne le laissera pas non plus se goinfrer avec l'argent public comme en 2008. »

Daniel Caradet tiqua. Ce type de vocabulaire était tellement surprenant dans la bouche d'un haut fonctionnaire du Trésor – ce qu'était fondamentalement Christophe Demory, malgré son poste de directeur de cabinet. Il soupira. « Girouette, pensa-t-il. Tu n'es qu'une pauvre petite girouette qui jouit de sa soumission à un pouvoir politique incompétent. »

« Donc vous voulez qu'on mette au point un parachute mais sans dépenser un centime, c'est bien ça ?

— En tout cas, on ne peut pas allonger les milliards par dizaines, fussent-ils virtuels, comme en 2008. Les marchés ne nous le pardonneraient pas. S'ils en ont besoin, on va les aider, Daniel. Mais ils vont s'autofinancer.

— C'est exactement ce qu'on a fait en 2008, et l'État a même gagné du fric.

— Oui. Plusieurs mois après. Là on ne peut pas se permettre un tel décalage. Si on affiche un trou aussi béant dans les finances de l'État, même pendant un jour, même pendant deux heures, les marchés vont nous le faire payer. On n'empruntera plus à un pour cent, mais à trois, quatre, dix pour cent, Dieu sait jusqu'où ça peut aller dans ces cas-là. Et là ce n'est pas le Crédit parisien qui fera faillite. C'est la France. Alors le fric qu'on va leur donner, il faudra qu'ils le remboursent. Mais tout de suite.

— Tu délires ?

— Non. J'ai pensé à quelque chose. Pourquoi on ne taxerait pas les dépôts ? On interdit les retraits d'argent, on prélève x pour cent sur les dépôts et cette somme sert à ravitailler le Crédit parisien. *Illico presto.* »

Daniel Caradet resta bouche bée. « Ces gens sont dingues, se dit-il. Dingues. » « Tu ne mesures pas les conséquences, Christophe. » Daniel Caradet avait changé d'expression. À la colère avait succédé la peur. Il se mit à trembler. « Les gens vont se précipiter pour retirer leurs fonds dès qu'ils le pourront, poursuivit-il. Ils n'auront plus jamais confiance. Si vous faites ça, on est morts. Littéralement.

— Mais non, Daniel. C'est si on ne le fait pas qu'on est morts.

— N'emploie pas des mots dont tu ignores la signification ! » gueula tout à coup Caradet.

À ce moment-là, il pensa à Nathalie Renaudier et regretta aussitôt sa phrase. Sa mort avait bouleversé le Trésor. Le visage de Christophe Demory se ferma. Le souvenir jaillit comme une étincelle. Il visualisa le visage de Nathalie, aussi sombre et inaccessible que le sien à cet instant-là.

Il se leva et dit simplement, sans attendre la réponse de Caradet : « Il y a une commande politique. Ce qu'on vous demande, c'est juste de délivrer. » Il claqua la porte sans se retourner, laissant Caradet seul. Ce dernier ouvrit le minibar et en tira une bouteille de Perrier. Cette fois, il n'était pas sûr de pouvoir renverser la vapeur tout seul. Il fut tenté d'aller voir la ministre mais, à force, il la connaissait. Si elle avait envoyé Demory, c'est qu'elle n'était pas d'humeur à voir sa gueule.

L'idée de démissionner lui traversa vaguement l'esprit. Mais c'était trop tard. Ça ne servait plus à rien. Il devait rester s'il voulait sauver le Crédit parisien. Et sauver sa peau par la même occasion.

# 12

Avec Isabelle Colson, le courant n'était jamais passé. Elle avait tenté d'avoir sa tête auprès du président de la République, mais les conseillers économiques de l'Élysée, apeurés par la perspective de se retrouver dans les réunions européennes sans pouvoir profiter de l'expérience acquise par le Trésor pendant toutes les années de crise, avaient vite mis le holà à ces velléités. Tout le monde connaissait évidemment les sympathies de Daniel Caradet pour la précédente majorité, qu'il avait servie dans plusieurs cabinets ministériels, ainsi qu'à Matignon.

Lors des dernières semaines de la campagne présidentielle, alors qu'il était clair que le président sortant allait échouer à se faire réélire, Daniel Caradet avait fait travailler ses technos sur le programme du candidat de la gauche, qui au fur et à mesure des semaines se modifiait à cause de l'alliance qui se dessinait avec l'extrême gauche. Il leur avait demandé de faire comme si, le lendemain, ils devraient mettre en œuvre les promesses distillées lors de meetings de plus en plus démagogiques. « Votre devoir, dans ce cas-là, leur avait-il dit lors d'une réunion dans son bureau, c'est d'appliquer le programme. Mais si ce programme est mauvais, votre devoir, c'est aussi de tout faire pour convaincre le ministre qu'il est mauvais et, si vous n'y arrivez pas, de limiter la casse par tous les moyens. » Il avait concocté à l'intention d'Isabelle Colson un « dossier ministre » ultracomplet où les dangers de la politique économique qui constituait sa feuille de route étaient clairement énoncés. Il n'avait même pas daigné le lui remettre en mains propres. Il avait prétexté une réunion à Washington avec son homologue du Trésor américain et il n'avait vu la ministre que deux jours plus tard. Elle avait pris le temps de lire le dossier. L'entretien avait été orageux, mais il avait fait passer le message : il n'était pas question que son administration laisse le nouveau gouvernement couler la France avec ses recettes des années 1970 et ses fantasmes non assumés d'une économie administrée.

« Vous vous foutez de moi, c'est ça ? avait-elle attaqué d'emblée.

— Pas du tout.

— J'ai bien lu. La hausse du Smic, la promesse la plus médiatisée de l'entre-deux-tours, vous préconisez de l'abandonner purement et simplement.

— Ce n'est pas ce que nous avons écrit. Nous évaluons les conséquences qu'une telle mesure aurait sur l'économie française. Nous établissons plusieurs scénarios, selon le rythme et l'ampleur de l'augmentation que vous voudrez appliquer. Nous sommes dans notre rôle. »

Elle était partie d'un grand éclat de rire. « Je résume les conséquences de vos différents scénarios, Daniel. La première, jouer à la roulette russe avec six balles dans le barillet. La deuxième, sauter dans la Seine. La troisième, se jeter nu dans le goudron. Dites, vous n'en avez pas une quatrième où on gagnerait au Loto ? »

Il l'avait regardée, silencieux, pendant quelques secondes qui avaient semblé durer une éternité. Elle n'avait pas baissé les yeux, et lui non plus. « Vous vous focalisez sur un aspect. Le but de ce classeur que je vous ai fait remettre, madame la ministre, c'est de vous mettre au parfum sur un certain nombre d'éléments qui n'étaient pas sur la place publique et dont vous, personnellement, n'aviez pas connaissance. Notamment, le fait que la croissance sera bien moins bonne que prévu. C'est aussi de vous *updater* sur toute une série de dossiers pour vous rappeler qu'ils ont une histoire, que nous, au Trésor, nous suivons sur le long terme. Ce sont des éléments de diagnostic, des analyses. Libre à vous de les apprécier, ou de les déprécier. Mais sachez que Bercy est un paquebot et qu'il faut le manœuvrer avec finesse et en respecter l'équipage. Autant que vous le sachiez : le Trésor est une administration loyale. La loyauté, c'est quoi ? C'est de répondre loyalement à vos instructions, mais c'est aussi la loyauté vis-à-vis de soi-même et de ce qu'on considère comme l'intérêt général. Il y a là une forme d'honnêteté intellectuelle qui est partagée par l'ensemble des agents qui travaillent sous ma direction. »

Isabelle Colson avait été estomaquée par tant d'aplomb mais elle n'avait pas eu le choix. Ordre de l'Élysée : il fallait composer avec Daniel Caradet. Composer, cela ne voulait pas dire tout encaisser. Elle avait entamé une espèce de guérilla qui passait par les détails les plus insignifiants. Par pur esprit de contradiction, elle avait ruiné la carrière administrative d'un jeune homme trop marqué à droite. Elle avait bloqué sa nomination à la tête d'un obscur bureau du ministère, et il avait dû se trouver rapidement un poste dans le privé. Un caprice qui avait été très mal digéré par le Trésor : c'était la première fois qu'un ministre se mêlait des changements d'organigramme à un si bas niveau.

Dès qu'elle pouvait l'humilier, notamment en public, elle ne s'en privait pas. Caradet se souvenait particulièrement de cette réunion dans le centre de conférences Pierre Mendès-France. Elle avait convoqué toute la direction du Trésor. Plus de quatre cents personnes étaient présentes. Elle était arrivée quelques minutes en retard, flanquée de toute sa garde rapprochée. Quelques hauts fonctionnaires s'étaient levés spontanément, et tout le monde avait suivi dans un réflexe pavlovien. Daniel Caradet aussi, même s'il avait trouvé cette initiative trop déférente et, à vrai dire, ridicule. Isabelle Colson était montée sur l'estrade, avait attrapé le micro et, avant même de saluer la salle, elle avait lâché : « Vous savez, cela me fait très plaisir que des fonctionnaires aussi talentueux que ceux de la direction du Trésor se lèvent quand j'arrive. Tous, sauf M. Caradet, évidemment. »

Caradet n'avait pas bronché. Surpris par la violence gratuite du propos, il avait peut-être rougi, mais personne, parmi tous ces hauts fonctionnaires sous son autorité, n'avait pu le remarquer, car il était au premier rang. Il avait fixé Isabelle Colson, sans protester, lui offrant son expression la plus neutre possible. Il avait fait voyager son esprit loin, très loin, pour ne pas succomber à la tentation de desserrer les dents pour lui dire son fait. Il ne résistait pas toujours. Daniel Caradet se foutait bien qu'elle se moque de ses costumes ou multiplie les réflexions sur son embonpoint. Ce qu'il ne supportait pas, c'était quand elle remettait en cause la compétence et l'honnêteté du Trésor. Quand elle le rabrouait, cela allait bien au-delà de sa petite personne. Elle s'attaquait à l'institution qu'il représentait. Elle s'attaquait aussi aux membres de son propre cabinet, qu'elle soupçonnait d'être à la botte du Trésor – ce qui n'était pas totalement faux d'ailleurs. Elle ne se doutait pas à quel point ces jeunes gens étaient dévoués à leur administration d'origine, et jusqu'où ils pouvaient aller pour lui obéir.

Il gardait en mémoire la mésaventure arrivée à son conseiller pour la politique européenne, Charles Becker, ce jeune homme qu'il avait réussi à imposer au sein de la garde rapprochée de la ministre, alors qu'ils étaient réunis dans le bureau d'Isabelle Colson, avec Demory. Becker et lui étaient assis face à elle, sur le canapé en cuir noir, avec plusieurs feuilles de son dossier éparpillées sur la table basse. Christophe Demory s'était lancé dans une interminable démonstration pour briller face à la ministre. Becker, lui, était obnubilé par le chien qui ne cessait de le renifler et de se frotter à sa jambe. Il tentait de garder une contenance, mais cela se voyait, il ne pensait plus qu'à ça, à cette petite bête sans gêne qui allait baver sur son costume et à la façon dont il allait pouvoir la chasser sans froisser la ministre.

Celle-ci ne s'en occupait pas, et laissait l'animal agir comme bon lui semblait. Elle était absorbée par la discussion avec Demory et Caradet, qui surveillait Becker d'un œil.

Le chien avait fini par s'éloigner un peu. Puis il lui avait semblé qu'il l'avait défié du regard alors qu'il pissait tranquillement sur la moquette, à quelques mètres du canapé, près de la fenêtre, pile dans le champ de vision de la ministre.

Elle n'avait pas prononcé un seul mot. Il avait suffi qu'elle regarde Becker pour qu'il se lève et se dirige vers les toilettes les plus proches. Il était revenu avec quelques feuilles de papier humidifiées à la main. Caradet l'avait fixé, éberlué : « Tu ne vas tout de même pas nettoyer ça toi-même ? » Et sans lui laisser le temps de répondre, il s'était dirigé vers le bureau de la ministre pour décrocher le téléphone. « Vous pouvez faire monter une équipe de nettoyage ? avait-il simplement demandé. — Vous voulez le descendre un peu ? avait ajouté la ministre en souriant. La pauvre bête reste enfermée toute la journée. Et puis ça vous fera une pause. Vous avez l'air fatigué, Charles. »

C'est ainsi qu'un conseiller technique, qui aux yeux de la ministre symbolisait le pouvoir technocratique par excellence, s'était retrouvé dans la cour de l'Hôtel des ministres, le chien tirant trop fort sur sa laisse, obligé de traverser ensuite toute l'allée pour gagner les quais de Seine. Daniel Caradet avait écourté la réunion en marquant nettement sa désapprobation. Il avait ensuite appelé Demory. « Elle est folle, avait attaqué d'emblée Caradet.

— Elle est fatiguée, dirais-je plutôt.

— Elle a humilié tout le Trésor.

— Je ne crois pas qu'il faille le prendre comme ça, Daniel.

— Tu ne vas pas justifier cela, Christophe. Pas toi. C'est d'une mesquinerie… »

Demory avait vaguement acquiescé, mais sans désavouer sa patronne. Il était maître dans l'art de louvoyer. Il aurait fait un excellent diplomate, mais lui, Daniel Caradet, commençait à en avoir assez de la diplomatie avec cette femme qui le prenait pour une serpillière.

Il en avait vu passer, des ministres, depuis le temps qu'il était haut fonctionnaire. Pour beaucoup d'entre eux, il leur fallait un exutoire. C'était aussi à ça que servait l'administration : à faire le punching-ball pour permettre aux politiques de se défouler. Mais depuis la nomination d'Isabelle Colson à Bercy, on semblait entré dans une autre dimension. Il encaissait, il encaissait comme jamais, parce que ça faisait partie du boulot et que, visiblement, elle aimait boxer. Mais si elle pensait qu'elle allait le mettre dans les cordes, elle se trompait.

## 13

Christophe Demory poussa la porte coupe-feu avec rage et se rendit à son bureau. Il croisa deux conseillers techniques à qui il n'accorda pas un regard et s'enferma. Il examina d'un œil les notes et les feuilles qui s'amoncelaient sur son bureau et envoya tout valser. Il essaya de se calmer mais il n'était plus en état de travailler. Tout lui était revenu, très clairement.

Nathalie dans une robe rouge, surexcitée, revenue à l'appartement un soir après avoir été conviée à un de ces déjeuners organisés par les inspecteurs des finances, où les plus vieux jaugeaient les plus jeunes, où démarraient les futures cooptations. « J'ai été invitée par Antoine Fertel, Christophe. Il n'organise qu'un seul déjeuner tous les trois ou quatre ans. C'est une occasion inespérée. Ce mec connaît tout Paris, tout le monde, partout. »

Nathalie dans un tailleur gris trop strict, le soir de cette fameuse journée, qui lui faisait un compte-rendu enthousiaste de sa première rencontre avec le financier le plus puissant de la place de Paris. « Ce type est tellement brillant, Christophe, tu ne peux pas savoir... Il nous a expliqué sa vision de la banque, et pourquoi il ne fallait surtout pas séparer le côté banque de dépôts et le côté banque d'investissement. Je te jure qu'après je ne savais plus quoi penser. Tu sais que je suis partisane de cette solution, mais ce qu'il nous a dit a du sens. Il nous a dit que c'était bizarre que des gens de gauche défendent cette séparation des activités qui avait servi de modèle de développement au secteur bancaire américain et qui avait donné naissance à des monstres comme Goldman Sachs et Lehman Brothers. Il a employé le mot "monstre", je te jure. Des "monstres", il a dit, "qui ne sont là que pour multiplier les profits sans se rendre compte qu'il y a d'autres aspects tout aussi fondamentaux". Je t'assure, on aurait presque cru entendre un mec du Bloc de gauche. »

Ce que Demory trouvait bizarre, lui, c'était qu'une fille comme elle, de gauche, justement, ait pu se laisser embobiner à ce point, mais il n'avait rien dit parce que cela aurait fini à coup sûr par une engueulade. Il n'avait jamais apprécié le conflit. Il l'avait laissé reprendre.

« Il nous a raconté la mondialisation depuis 1980 à travers l'itinéraire du Crédit parisien pour nous persuader que son système, fait d'arbitrages entre les risques, fait de l'imbrication des activités de marché et de financement de l'économie, est le meilleur. Bon, tu me diras, c'était couru d'avance, c'est son bébé. Mais le raisonnement était tellement limpide. On était tous bouche bée, tous les jeunes inspecteurs qui étaient là. Il y avait tout l'état-major de cette banque française et on avait l'impression d'avoir devant nous les généraux d'une armée qui lutte pour que la France conserve sa place dans un monde dominé par les Anglo-Saxons. Ah, on peut dire qu'il ne les aime pas, les Anglo-Saxons. Il ne se voit pas en patron de banque. Il se voit en défenseur des intérêts de la France dans la guerre économique mondiale.

— Et il t'a proposé quelque chose ? lui avait demandé Demory en souriant.

— Oui. Du café. »

Il revoyait aussi Nathalie, plusieurs mois après, dans un survêtement trop grand, rentrée à l'appartement plus tôt que lui pour une fois, mutique, le visage fermé. « Tu ne devais pas voir Fertel aujourd'hui ?

— Si.
— Et ?
— Rien. »

Il avait défait les lacets de ses chaussures, avait enlevé son manteau et s'était assis à côté d'elle, en la serrant dans ses bras. « Ça s'est mal passé ?

— Ce mec est brillant, mais… je ne sais pas comment te dire.

— Il t'a fait des avances ?

— Mais non, c'est pas ça, putain, tu déformes tout ! On le voyait pour parler du plan de 2008. Tu es au courant qu'on bosse là-dessus pour l'Inspection, non ? J'en parle à peu près tous les jours…

— T'énerve pas !

— Je m'énerve pas.

— Mais si.

— Mais non. Laisse tomber. »

Il avait essayé d'aborder de nouveau le sujet, à plusieurs reprises dans les jours et les semaines qui avaient suivi. Mais elle n'avait plus jamais voulu en parler.

De son bureau, Christophe Demory regardait la Seine. Jusque-là, il avait été incapable de dater le changement de comportement de Nathalie. Mais plus il y réfléchissait, plus il était persuadé que cette rencontre avec Antoine Fertel avait été un point de basculement.

Le jour même où il avait été nommé directeur de cabinet d'Isabelle Colson, bien après la mort de Nathalie, Christophe Demory avait reçu un appel du secrétariat du banquier, pour fixer la date d'un déjeuner. Il n'avait pas eu le loisir de refuser et avait décidé de ne pas en parler à Isabelle Colson, qu'il savait allergique à cet entre-soi symbolisé par ces petits gestes entre des personnes qui ne se connaissaient pas, mais qui venaient du même monde.

Quand il l'avait reçu, seul à seul, dans une somptueuse véranda située sur le toit de l'immeuble du Crédit parisien, rue du Quatre-Septembre, Antoine Fertel s'était d'abord intéressé à lui et à son parcours professionnel. « Je m'en veux de ne pas vous avoir connu plus tôt, Christophe, lui avait-il dit. La faute à cet affreux préjugé qui fait que je me tourne spontanément vers les inspecteurs des finances. Certaines mauvaises langues vous diront même que je ne m'intéresse qu'aux majors de l'ENA, mais il ne faut pas les écouter. » Et il avait fallu sourire à cette blague qui n'en était pas une. Il existait bel et bien une espèce d'amicale informelle des énarques arrivés en tête de leur promotion, pour peu qu'ils aient choisi l'IGF. « Mais on va se rattraper », avait ajouté Fertel.

Sur le coup, Christophe Demory n'avait pas fait le lien avec le déjeuner qu'avait eu Nathalie, plusieurs années auparavant, avec le banquier. Il en était ressorti avec la même impression. Un homme brillant, charmeur, mais lointain, qui avait essayé de sonder ses opinions politiques et avait semblé rassuré par son pedigree. Demory était un pur produit de Bercy. Certes, il avait activement participé à la campagne du candidat socialiste, mais il n'avait jamais vraiment milité. C'était un technocrate, pas un apparatchik : tout le contraire de la ministre qui venait d'être nommée. Il était suffisamment raisonnable pour tempérer les ardeurs d'Isabelle Colson et, espérait-il, aussi malléable que les autres pour laisser à ses idées la possibilité d'infuser doucement.

« Vous savez, lui avait dit Fertel, cette période me rappelle beaucoup le début des années 1980. Les socialistes sont au pouvoir après une longue période de disette, et c'est l'extrême gauche qui leur a servi de marchepied. Et on aura, j'en suis sûr, le même tournant qu'en 1983 sur la politique économique si le président se met en tête d'appliquer vraiment son programme au lieu de s'attaquer sérieusement au rétablissement des finances publiques. Ce qui, si j'examine la personne qui a été nommée ministre, ne fait guère de doute. J'avoue que j'ai été surpris par son audace. Franchement, mettre quelqu'un comme Isabelle Colson aux Finances, c'est… pardonnez-moi l'expression, couillu. C'est un message. Et vous pourrez lui dire que nous, les banquiers, nous avons bien compris le message. Même si nous ne sommes pas d'accord avec le constat que vous avez fait pendant la campagne. »

Demory avait essayé de l'interrompre, mais Fertel l'en avait empêché d'un geste de la main. « Je dis *vous*, avait-il poursuivi, mais je ne vous vise pas personnellement, Christophe. Vous étiez dans le staff de campagne, mais enfin, ce tournant gauchiste, ce n'est pas à vous qu'on le doit, si mes renseignements sont bons.

— Ils ne sont pas bons, monsieur Fertel, mentit Demory qui durant l'entre-deux-tours avait bataillé contre l'idée qu'il fallait se réapproprier certaines idées du Bloc de gauche. Enfin, pas tout à fait exacts.

— Ah, alors pardonnez-moi, répondit l'autre, un peu décontenancé.

— Peu importe. Vous disiez que vous contestiez quoi ?

— Nous contestons, évidemment, l'image qui a été donnée du "monde de la finance", puisque c'est comme cela qu'il a été nommé, comme il avait pu l'être aussi par le passé d'ailleurs. Vous savez, les banques n'ont jamais eu vocation à être les boucs émissaires du pays. Il y a, je ne le discute pas, un grand malentendu entre les banques et les Français et peut-être y avons-nous notre part de responsabilité. Sans doute avons-nous aussi mal expliqué notre métier. Mais enfin, les politiques aussi doivent se remettre en question car ils nous ont souvent malmenés. À droite comme à gauche, d'ailleurs, je ne fais pas de discrimination de ce point de vue-là. Et je crois qu'est venu le temps de la réconciliation. »

Une fois le repas terminé, Antoine Fertel l'avait fait descendre dans son bureau. Plusieurs fauteuils Louis XV, peu confortables mais dont il appréciait l'élégance, avaient été disposés et une bibliothèque remplie de livres anciens, serrés les uns contre les autres, comme dans les échoppes des bouquinistes de la Seine, achevait de donner à cette partie de la pièce une allure cosy de salon, au sens très britannique du terme. Cela correspondait parfaitement au flegme d'Antoine Fertel. Il lui avait servi le café lui-même. C'était sa façon de mettre ses visiteurs à l'aise, dans ce petit coin qu'il avait fait aménager, en face du bureau où il travaillait et passait ses coups de téléphone. Il y recevait les hommes politiques, les journalistes, les concurrents, ses anciens condisciples de l'ENA, des stagiaires – jeunes bien sûr, vives surtout et, de préférence, un peu empruntées. Qui ne l'était pas, de toute façon, au moment où il fallait faire face au grand homme ?

C'était là aussi, sans doute, qu'Antoine Fertel avait reçu Nathalie, lors du rendez-vous qui avait suivi le déjeuner auquel elle avait participé avec d'autres énarques. Là, peut-être, qu'elle et Stéphanie Sacco s'étaient heurtées à l'homme le plus puissant de France, quand elles étaient venues parler du rapport sur le plan de soutien de 2008.

Nathalie. Stéphanie Sacco. Ce rapport auquel il ne s'était guère intéressé à l'époque.

Christophe Demory tournait en rond dans son bureau, les mains derrière le dos, comme un vieux promeneur solitaire. Son regard se voila et les bruits lui parvinrent de façon très lointaine, ouatée. La ministre lui avait demandé – elle avait exigé, plutôt – qu'il trouve une solution pour couler en douceur la plus grande banque française et au lieu de ça, lui s'était mis soudainement en tête de résoudre une énigme qu'il avait renoncé à élucider plusieurs années auparavant.

Il se souvenait très bien de ce que lui avait dit le père de Nathalie, les larmes aux yeux : « Vous pourrez échafauder toutes les hypothèses que vous voudrez, Christophe. Vous ne saurez jamais pourquoi. *On* ne saura jamais pourquoi. Elle a choisi de partir avec son mystère. Ne vous sentez pas responsable. » Il avait obéi. Il n'avait pas cherché. Et maintenant le visage de Nathalie lui revenait, très nettement, qui semblait lui murmurer : « Cherche-moi. Ce n'est pas moi. »

Le message avait mis du temps à parvenir jusqu'à lui, mais il était là, aussi précis que ce souvenir resté enfoui. Le soir où elle était rentrée du rendez-vous avec Fertel, Nathalie était avachie sur le canapé du salon. Son portable, posé sur la table basse sur laquelle elle étendait ses pieds, avait sonné. Le bruit du vibreur en marche sur le bois strié de cette table avait agacé Christophe, qui lui avait crié de l'autre bout de la pièce : « Tu réponds, oui ou non ? » Deux minutes plus tard, le fixe avait sonné. Elle ne s'était pas levée et il avait fallu qu'il décroche. C'était son père. La conversation avait été banale et puis il avait demandé à parler à Nathalie. Mais elle s'était réfugiée dans la chambre. Elle avait tout fait pour ne pas lui parler, ce qui, chez elle, était très inhabituel.

Sur le coup, il n'y avait pas prêté attention. Il y avait d'autant moins prêté attention que ça n'avait pas duré. D'autres coups de téléphone avaient eu lieu, auxquels cette fois elle avait répondu. Ils avaient continué aussi à se rendre chez ses parents pour déjeuner, le week-end – peut-être moins souvent, maintenant qu'il y pensait.

Il chercha dans son répertoire la fiche d'Alain Renaudier. Il l'avait toujours. Il ne lui avait pas parlé depuis plus de deux ans. Cela remontait à quelques mois avant sa nomination comme directeur de cabinet. Il effleura la touche d'appel et hésita. Que lui dirait-il exactement ? Il renonça, puis tapa un SMS pour demander à le voir rapidement. C'était un peu direct, mais il tournait moins autour du pot depuis qu'il était dircab. En consultant l'historique de la conversation, il s'aperçut qu'Alain Renaudier lui avait envoyé un message de félicitations auquel il n'avait jamais répondu.

## 14

La banquette dessinait un arc de cercle, si bien qu'ils ne se faisaient pas vraiment face. Un thé fumait sur la table basse, tandis que Daniel Caradet touillait le café qu'il avait commandé, gêné, comme toujours, par l'odeur de la pipe d'Antoine Fertel.

C'était interdit, mais Félix, le propriétaire de l'établissement, laissait faire. On ne refuse rien à son meilleur client. Fertel avait conclu ici quelques affaires, sur cette banquette précisément, qu'il avait partagée avec ses pires ennemis ou des alliés de circonstance.

Daniel Caradet avait disposé sur la table plusieurs feuillets, et il les contemplait, dépité. Il y avait là une copie de la note qu'il avait transmise à Isabelle Colson. « Qu'elle soit dans une posture politique, d'accord. Mais j'ai du mal à comprendre à quoi joue Demory, commença Fertel.

— Attends, dit Caradet. Avant d'aborder le fond du sujet... Ça ne t'inquiète pas, la réapparition de Stéphanie Sacco ?

— Inquiéter, ce n'est pas le mot. Ça me surprend, oui. Mais c'est de l'écume, par rapport aux problèmes qui nous attendent. Tu es sûr que c'est bien elle, d'ailleurs ?

— Oui. Elle n'avait plus ses parents, et elle était fille unique, mais une tante l'a identifiée. Tu sais ce qu'on risque si... »

Antoine Fertel s'avachit dans le canapé et partit d'un grand éclat de rire un peu forcé. « Mais rien, Daniel, absolument rien, répondit-il en se redressant. Que veux-tu qu'on risque ?

— Je ne sais pas. Je n'aime pas les revenants, c'est tout.

— Il n'y a pas de revenants. Il n'y a que des morts, qui ne méritent jamais ce qui leur arrive. Quand Renaudier est morte, j'ai ressenti de la peine. Quand Sacco est morte à son tour – enfin quand tout le monde l'a crue morte –, je me suis demandé si j'avais foiré quelque chose, si nous n'avions pas été trop loin. Mais on n'a pas de prise là-dessus. Les gens sont imprévisibles.

— Je me suis dit qu'elle était revenue pour se venger. Enfin, ça m'a traversé l'esprit.

— Se venger de qui ? De nous ?

— Je ne sais pas.

— C'est ridicule, Daniel. Et même si c'était le cas… Elle est morte. Drôle de vengeance. Ça fait mal à qui, sérieusement ?

— Et si elle avait voulu…

— En se jetant de l'héliport ? l'interrompit Fertel. Il y a mieux, quand même. Arrête les constructions intellectuelles, Daniel. Je te connais : tu fais des rapprochements artificiels entre deux cadavres et un rapport que personne n'a lu en entier. Ce n'est pas maintenant que ça va arriver. »

Daniel Caradet tiqua sur le mot « artificiel ». Quelque chose le mettait mal à l'aise dans le fait divers de la matinée, et ce n'était pas le cadavre de Stéphanie Sacco. Pour la première fois de sa carrière, il ne se sentait plus protégé.

« Bon. Demory, alors ? reprit Fertel.

— Oui. Jusqu'ici, il jouait toujours son rôle. Face à une harpie comme Colson, il était très efficace dans le rôle de tampon. On a pu bosser ensemble en toute intelligence pour essayer de canaliser le programme. Mais là, ça coince…

— Il faut que ça se décoince.

— Vous en êtes où, vous ? »

Antoine Fertel soupira, très discrètement. Il avait l'air éprouvé, marqué par le manque de sommeil. « Cette question n'a pas de sens, Daniel, reprit-il, agacé. Et tu le sais très bien. Il n'y a pas de *nous*, ni de *vous*. Tout le monde est dans le même bateau. C'est pourquoi je te dis qu'il faut que ça se décoince. Rapidement. »

Caradet acquiesça, rajusta sa cravate, retira ses lunettes et les nettoya avec un pan de sa veste. Il regarda avec attention ce visage qui s'offrait à lui de trois quarts. Il n'avait jamais remarqué à quel point le bleu de ses yeux était délavé, comme si le temps avait fait passer leur éclat. À part ça, Antoine Fertel avait peu vieilli depuis leur première rencontre, une trentaine d'années auparavant. Ou plutôt, il était déjà vieux quand il l'avait connu. En fait, Antoine Fertel avait toujours été vieux. Ses rouflaquettes étaient sa seule fantaisie. Cet homme semblait n'avoir jamais été en apprentissage, et être né avec une expérience que lui, Caradet, avait mis toute une carrière à acquérir. Il avait toujours eu un temps d'avance. Sur tout le monde.

Daniel Caradet venait juste d'en finir avec la tournée et s'apprêtait à signer un contrat dans une banque d'affaires, où on lui proposait d'ajouter immédiatement un zéro à son salaire. Il n'avait jamais été particulièrement attiré par l'argent et, au fond de lui, il se voyait davantage comme un hussard de la République que comme un faiseur de deals. Mais c'était une chose de concevoir une vie au service de l'État en faisant le deuil d'une fortune virtuelle. C'était autre chose de devoir faire un choix quand on vous proposait, de façon très concrète, de gagner en un mois la rémunération annuelle du plus haut des hauts fonctionnaires de la République. C'est sa femme qui l'avait convaincu d'accepter, mais avant d'apposer son paraphe au bas du contrat, il avait sollicité un rendez-vous avec Fertel.

Il se souvenait très bien de ses premiers mots : « N'y allez pas. » « Vous n'avez pas envie d'y aller, alors n'y allez pas, avait insisté Fertel. Si tous les gens de valeur filent dans le privé, que vaudra encore la République ? » Daniel Caradet avait été surpris. Il s'était senti idiot. Et puis il avait trouvé que Fertel ne manquait pas de culot. Après tout, lui-même avait quitté le service de l'État pour aller s'empiffrer de billets de banque. Il le lui avait dit. L'autre était parti dans un grand éclat de rire. « Oui, mais j'ai fait mon temps, avait-il dit. Et j'étais barré pour monter plus haut. Mais vous... vous irez au sommet du Trésor. Et on aura besoin de gens comme vous.

— Et l'argent ? avait demandé Caradet. Vous faites comme si l'argent n'était pas important. C'est un élément de décision.

— Pour qui ? Vous ne me semblez pas particulièrement vénal, mon ami », avait-il dit en baissant le regard vers ses chaussures mal cirées.

Daniel Caradet se contentait de costumes bon marché, dînait dans des restaurants ordinaires et, si sa femme n'avait pas insisté pour emménager dans un appartement qui correspondait mieux à leur nouveau standing, il aurait continué à vivre avec elle dans le deux-pièces qu'ils partageaient depuis qu'ils s'étaient rencontrés, à Sciences Po.

« Ça compte, quand même, avait répondu Caradet.

— Ça compte, bien sûr. Mais vous savez, l'argent, ce n'est qu'un moyen. Je ne vous dis pas que ça n'a pas d'importance. Mais c'est secondaire. Et puis si on regarde bien, il y a toujours la possibilité d'en avoir. »

Caradet avala son café d'une traite. Il était tiède, et il l'avait trop sucré. À cet instant précis, même s'il était à peine plus de quatorze heures, il aurait préféré un whisky. Il admirait le calme de Fertel, mais ne put s'empêcher de faire une grimace.

« Elle raisonne en dépit du bon sens, reprit Caradet. Aucun argument rationnel ne la touche. J'ai l'impression qu'elle veut faire un exemple.

— Mais elle ne fera pas ce qu'elle veut, justement ! Ne t'inquiète pas pour ça. Isabelle Colson n'est rien, absolument rien. Des politiques médiocres qui voulaient se donner l'illusion de laisser une marque, j'en ai connu. Et un ministre qui ne connaît pas son métier, ça arrive. Ce qui est gênant, c'est quand il n'a pas l'humilité de le reconnaître, quand il croit qu'il peut te faire la leçon, à toi dont c'est le métier depuis… je n'ose même plus compter. Mais, crois-moi, à la fin, la raison finit toujours par l'emporter. »

L'échec ne faisait pas partie du vocabulaire d'Antoine Fertel. À soixante-neuf ans, la plupart des hommes étaient déjà rangés, pull-over et chaussons, le chat au coin du feu, un bon bouquin et puis quelques voyages pour agrémenter le quotidien.

Il aurait pu se retirer dans son manoir à Houlgate, en Normandie, il aurait pu aussi débuter un tour du monde des hôtels de luxe et dormir chaque soir dans des chambres à mille euros, jusqu'à sa mort, en entamant à peine la fortune qu'il avait amassée année après année. Mais ce n'était pas l'argent qui le faisait marcher. Ce n'était pas pour l'argent qu'il était resté.

Il était toujours aux manettes, sans plus rien à prouver. Toute sa vie, il s'était mesuré aux autres : ses collègues de l'Inspection, les hauts fonctionnaires de Bercy, les banquiers de France, ceux du monde entier. Il avait hissé le Crédit parisien à la première place des banques de la zone euro et il avait amassé des dizaines, des centaines de millions. L'ampleur de sa rémunération provoquait régulièrement des scandales en forme de feux de paille. Il laissait dire, il laissait faire. Et il traçait sa route.

Tout juste avait-il consenti à abandonner la direction générale à un autre inspecteur des finances, de quinze ans son cadet, mais à qui il ne laissait aucune liberté sur les choix stratégiques. Il avait toujours été président. Il ne s'imaginait plus autrement. Ça sonnait tellement mieux que « directeur ».

Il n'avait aucun mépris pour les bureaucrates. Dans une vie antérieure, il en avait été un lui-même, et des plus prometteurs. Il leur reconnaissait une certaine faculté d'écoute et d'adaptation. Il avait besoin d'eux, comme eux avaient besoin de lui. Daniel Caradet était une parfaite illustration de cette entente cordiale qui se conjuguait autour d'une communauté d'intérêts et pouvait prendre, parfois, l'allure de l'amitié. Les liens indestructibles qu'il avait noués avec Caradet, comme avec d'autres, l'avaient servi pour se hisser là où il était. Ils lui avaient servi pour y rester.

Daniel Caradet commanda un autre café, puis changea d'avis et demanda un calvados. Les deux hommes se toisèrent silencieusement. Fertel finit par soupirer de nouveau : « S'il ne s'agissait que de moi... ils ne semblent pas comprendre que c'est de la France qu'il s'agit, pas d'Antoine Fertel ni même du Crédit parisien. Quel manque de hauteur de vue ! » Caradet saisit la balle au bond et décida d'aborder le sujet qu'il avait évité jusque-là, par peur de déclencher une de ces colères froides dont Fertel avait le secret. Il ne supportait pas qu'on lui résiste. Il pouvait littéralement broyer ceux qui s'opposaient à lui. « Demory m'a expliqué qu'ils ne voulaient pas acculer le Crédit parisien à la faillite, quand même.

— Il ne manquerait plus que ça ! s'amusa Fertel. Un État qui regarderait sans broncher la première banque du pays se casser la gueule ! Ils seraient la risée du monde entier.

— De l'argent, vous en aurez.

— Arrête avec ce *vous*, Daniel. Ça commence à m'agacer sérieusement. Joue-la plus collectif. Tu es aussi concerné. Directement.

— Le Crédit parisien en aura, je veux dire. En cas de besoin. Simplement, ils ne veulent pas le lever sur les marchés. Ils ne veulent pas ouvrir un guichet qui soit financé par de l'endettement supplémentaire. On peut difficilement leur donner tort. On dépasse les deux mille milliards de dette.

— Et explique-moi comment ils veulent faire ?

— Ils veulent taxer les dépôts. »

Un voile passa sur le regard d'Antoine Fertel. Il vit devant lui non pas Daniel Caradet qui lui expliquait les plans du gouvernement, mais des files d'attente devant les distributeurs automatiques du Crédit parisien, des gens excédés aux guichets qui voulaient qu'on leur rende immédiatement leurs fonds, la conférence de presse où il faudrait annoncer le rachat de la banque en urgence par un concurrent ou, pire, sa nationalisation.

Il reprit ses esprits. « Elle est encore plus stupide que je ne le pensais, dit-il. Mais ça m'arrange. Personne ne peut souscrire à un tel non-sens. Crois-moi, quand le président saura ce que sa connasse de ministre est en train de fabriquer, c'est lui-même qui la fera sauter.

— Je pensais pouvoir convaincre Demory, mais…

— Qui est Demory ? Qui le connaît ? C'est un éphémère. Il s'éclipsera en même temps qu'elle et plus personne n'entendra parler de lui. Dès que j'aurai vu Danjun, les jours de tous ces gens seront comptés. Ou alors ils resteront, mais ils avaleront leur chapeau matin, midi et soir. Sans sel. Et ils le mangeront dans notre main.

— Tu le vois quand ?

— Dès que je pourrai. Aujourd'hui.

— Tu crois qu'il a encore de l'influence auprès du président ?

— De moins en moins. Mais là, crois-moi, je vais lui permettre de regagner des points. Il sera l'homme qui n'a pas laissé faire, celui qui avait raison contre tout le monde. L'opinion en a marre du *too big to fail*[1] ? Elle veut une victime expiatoire ? Bercy est prêt à la suivre ? Danjun fera barrage de son corps. Lui, crois-moi, il comprend les enjeux. Je n'ai pas passé plus de trente ans de ma vie à bâtir un fleuron de l'économie française pour qu'il puisse être mis en danger par les caprices des politiques. Quand tu construis un tel système, il faut commencer par les fondations. Et les fondations, ce sont les hommes et les femmes. Je connais trop le genre humain, et je sais bien qu'une vérité communément admise un jour peut être

1. « Too big to fail », c'est-à-dire « trop gros pour faire faillite », est une expression employée pour souligner le fait que certaines banques et certains établissement financiers font courir à l'économie ce qu'on appelle un « risque systémique ». Leur faillite entraînerait des conséquences désastreuses pour la vie économique, et c'est pourquoi l'État les empêche de faire faillite en les renflouant avec l'argent du contribuable.

remise en question un autre jour, quand bien même elle reste vraie. J'ai pris mes précautions pour éviter les états d'âme. J'ai une armée avec moi. Si je veux, je les fais attaquer tous en même temps et adieu Colson. Mais si je chute, tout le monde chute avec moi. Écoute, fais traîner les choses. Dis-leur que le Trésor étudie l'impact de leur idée de génie – ce qu'il ne fera pas, bien entendu. Je ne veux même pas que le Trésor *envisage* cette hypothèse. »

# 15

Cinq cents mètres à peine séparaient le restaurant du siège du Crédit parisien. Antoine Fertel se donnait normalement le temps de flâner. Cette fois, il pressa le pas, et bouscula une femme en manteau de fourrure qui tenait un chien en laisse et occupait tout le trottoir. Il se fit insulter, mais continua son chemin sans se retourner.

Il monta à pied les quatre étages qui menaient à cette vaste et curieuse pièce en triangle où il avait patiemment construit son empire. Debout derrière la table en chêne massif sur laquelle étaient posés son téléphone et son ordinateur, il consulta rapidement les notes laissées par ses collaborateurs. Il demandait expressément qu'elles soient imprimées et déposées sur son bureau, plutôt qu'envoyées par mail.

Fertel consulta une des notes et appela François Sérignac, son directeur général. Il avait les yeux rivés sur l'évolution de l'Euribor[1] tous les matins à 11 heures et, tous les matins à 11 heures, il comparait avec les taux auxquels le Crédit parisien empruntait

1. L'Euribor, pour « Euro Interbank Offered Rate », est une moyenne des taux pratiqués par une cinquantaine de grandes banques de la zone euro entre elles. Il est publié une fois par jour.

auprès des autres banques. « Hier nous avions un différentiel de 0,39 point si je prends la moyenne de tous les taux que les autres banques de la zone euro nous offrent, expliqua Sérignac. Ça veut dire 0,39 point en plus, évidemment. On n'avait jamais fait pire. Aujourd'hui, on était à 0,37. Tu vois qu'il y a du mieux. Mais tu sais aussi à quel point tout cela est volatil. Les autres se méfient de nous. Et à leur place, je me méfierais aussi.

— Je suis préoccupé, François. »

Quand Antoine Fertel disait qu'il était « préoccupé », même si rien, dans l'expression de son visage, ne le laissait paraître, il fallait comprendre qu'un cataclysme se préparait. François Sérignac, qui le connaissait depuis de nombreuses années, ne l'avait jamais vu avouer ses faiblesses, même pendant la crise financière qui avait suivi la chute de Lehman Brothers. À ce moment-là, la banque avait été, pendant quelques jours, au bord du gouffre. Il l'avait vu manœuvrer pour éviter qu'elle ne tombe. Il avait même fait mieux, grâce au plan de soutien qui avait été décidé par l'État.

Quelques semaines après la faillite de Lehman Brothers, une des plus grandes banques néerlandaises, l'Amsterdamsche Bank, avait frôlé le dépôt de bilan, elle aussi. L'État néerlandais l'avait rattrapée en urgence mais trois jours après, Antoine Fertel avait signé l'un des plus grands coups de l'histoire de sa banque : il avait trouvé le moyen de mettre quinze milliards d'euros sur la table pour racheter l'Amsterdamsche Bank à l'État néerlandais qui était bien content de s'en débarrasser, quitte à la brader. Ce qui avait eu pour conséquence de hisser le Crédit parisien au premier rang des banques de la zone euro. Un petit miracle, alors que le monde était plongé en pleine débâcle économique et financière. Personne ne l'avait vu venir. Personne, parmi ses concurrents, n'avait pu penser un seul instant que le Crédit parisien, qui affichait un ratio de solvabilité[1]

1. Une banque doit être en permanence solvable, c'est-à-dire qu'à chaque instant elle doit pouvoir faire face aux engagements pris vis-à-vis de ses clients.

jugé trop faible par la Commission européenne, avait les moyens d'une acquisition de cette envergure.

La Société de prise de participations de l'État, née quelques jours auparavant des cerveaux de Bercy, concoctée notamment par Daniel Caradet, avait joué un rôle majeur en fournissant au Crédit parisien de l'argent frais pour lui permettre de renforcer ses fonds propres et éviter la dégradation de son ratio de solvabilité, qui aurait fait de la banque une cible facile pour les marchés financiers. Antoine Fertel avait su convaincre l'Élysée que sa banque n'était pas la seule à avoir besoin de cet apport en capital : les autres établissements financiers avaient été contraints de se présenter au guichet ouvert par l'État, même ceux qui en avaient le moins besoin, ce qui avait évité au Crédit parisien d'être pointé du doigt. Si toutes les banques demandaient de l'argent à l'État, c'est qu'il y avait un problème d'ensemble. Si le Crédit parisien y avait été seul, tout le monde aurait interprété cela comme un aveu de faiblesse.

En tout, l'État avait prêté à la banque d'Antoine Fertel près de dix milliards. Et il n'avait rien reçu en contrepartie. Pour Daniel Caradet et Antoine Fertel, il était inimaginable que l'État ait son mot à dire sur la stratégie de la banque, quand bien même c'était lui qui fournissait le carburant nécessaire à son fonctionnement. Le Crédit parisien avait simplement émis des actions dites « de préférence », sans droit de vote, non échangeables sur le marché, avec juste une priorité à l'État pour le versement de dividendes. Résultat, l'État était temporairement entré au capital à hauteur de vingt-deux

---

En clair, pouvoir leur rendre l'argent mis en dépôt s'ils le demandent. Mais s'ils le font tous en même temps, notamment parce qu'ils manquent de confiance en elle, elle ne pourra pas leur restituer leur argent et ce sera la faillite. Elle doit donc être solide financièrement pour construire cette confiance. Cette solidité se mesure par un ratio dit « de solvabilité », qui compare le niveau de ses engagements (c'est-à-dire les crédits et les placements) au niveau de ses fonds propres (c'est-à-dire l'argent apporté par les actionnaires et les profits non distribués).

pour cent, mais sans exercer le moindre contrôle sur les décisions du *board*, et sans pouvoir y nommer la moindre personnalité.

« On n'est plus du tout dans la même configuration astrale qu'en 2008, reprit Fertel après un long silence. À l'époque, tout le monde se serrait les coudes. On était tous dans le même bateau, l'Élysée, Matignon, Bercy. Les gens ont changé. L'époque a changé. Ce pouvoir-là ne connaît pas le pragmatisme. Il est dans l'idéologie. Et on ne peut plus s'appuyer sur Caradet. Il est dépassé. Il n'a plus ce pouvoir d'impulsion qu'il avait à l'époque.

— Et Demory ?

— Tu le sais comme moi : c'est un petit jeune qui ne connaît pas grand-chose et qui n'est pas capable de résister à sa ministre. Je ne l'ai pas vu venir. On n'a pas bien verrouillé ce mandat.

— Il est un peu sorti de nulle part.

— J'ai surestimé Caradet. Je pensais qu'il aurait su imposer Saintonge. On n'en serait pas là s'il avait été nommé. Et j'ai sous-estimé Colson. Mais l'histoire n'est pas finie. »

François Sérignac acquiesça, rassuré. Antoine Fertel ne désarmait pas. Il ne l'avait jamais fait. Depuis plus de trente ans, il avait bâti un édifice unique basé sur une philosophie très simple : ce qui est bon pour le Crédit parisien est bon pour la France. Il avait noué dans le monde politique et dans celui de la haute fonction publique des liens privilégiés avec les personnes qui comptaient, ou qui allaient compter. Il s'était très rarement trompé. Dès le début de leur carrière, il allait voir ceux qu'il appelait les « jeunes talents » et il leur faisait son numéro de charme. C'était la première étape du piège qu'il tissait patiemment autour d'eux, jusqu'à ce que leur communauté d'intérêts avec lui et la banque soit devenue trop étroite pour qu'ils puissent dévier de la ligne.

Pour lui, le bonheur de l'humanité passait par le bonheur de la banque. De *sa* banque. Il était sincèrement persuadé que le système français, où les élites formées dans les mêmes écoles atterrissaient ensuite dans tous les centres de décision du pays, et baignaient dans un entrelacs d'intérêts objectifs, était le meilleur, et il avait décidé de le sécuriser à son profit.

Antoine Fertel savait que personne ne pouvait vraiment lui résister. Certains se faisaient prier, d'autres entraient dans des conflits intérieurs dont ils n'arrivaient plus à se défaire. Mais ce n'était pas son problème. La grandeur de sa tâche dépassait les destinées individuelles.

C'était aussi une question de timing. Il arrivait un moment où c'était trop tard et où il s'apercevait qu'il n'avait pas misé sur le bon cheval. Dans le tiercé de Bercy, il n'avait qu'un cheval sur les trois, lui qui jusqu'alors avait toujours remporté la mise.

Antoine Fertel avait gagné sa première bataille de lobbyiste dans les années 1980. Il avait fait défiler la moitié du cabinet du ministre des Finances, des dizaines de députés, et jusqu'au ministre lui-même qui était venu lui rendre visite un soir à 22 heures, dans le plus grand secret pour éviter le symbole malheureux d'un socialiste qui allait prendre ses instructions chez un banquier. Il y avait de cela, évidemment, mais une telle vision était trop réductrice. Fertel pensait à l'intérêt de son pays au moins autant qu'à celui de son entreprise et il arrivait à convaincre une bonne partie de la classe politique, de droite ou de gauche, que les deux se recoupaient : quand ils étaient aux affaires, les politiques s'apercevaient que le monde était bien plus complexe qu'ils ne l'imaginaient, et qu'ils avaient besoin de l'avis et de l'analyse de professionnels qui avaient les mains dans le cambouis. Il savait les convaincre.

Cela n'avait pas été facile, mais Fertel avait arraché au gouvernement socialiste une réforme de la gestion de la dette qui avait accouché d'enfants aux noms aussi barbares que OAT, BTF ou BTAN[1]. Elle avait permis à l'État, empêtré dans un déficit en

1. Respectivement « obligations assimilables au Trésor », « bons du Trésor à taux fixe et à intérêt précompté » et « bons du Trésor à intérêt annuel » : face à

constante progression, de trouver des sources de financement alternatives aux grands emprunts qui étaient lancés auprès des Français au son des tambours et des trompettes. Elle avait aussi permis aux banques, à la sienne en particulier, de mettre au point de nouveaux produits financiers particulièrement lucratifs.

Aujourd'hui que la dette dépassait les deux mille milliards d'euros, des voix, certes minoritaires, s'élevaient pour dénoncer cette dépendance dans laquelle on avait mis l'État vis-à-vis des marchés financiers. Il avait même entendu un ancien ministre, qu'il avait plutôt tenu en estime, regretter cette « banalisation » de la dette et parler de « pompe à morphine ». Comme si lui, Fertel, avait une gueule et une âme de dealer… Était-ce sa faute si les politiques dépensaient sans compter depuis trente ans ? S'ils étaient drogués, c'était à la démagogie, cette démagogie qui avait amené le pays là où il était, c'est-à-dire obèse de ces millions de fonctionnaires, dépendant de l'argent des marchés, sans doute, mais parce qu'il n'était pas décidé à mettre un terme au gaspillage de la dépense publique.

L'État insistait pour emprunter de l'argent et le jeter ensuite par les fenêtres : Fertel essayait de le convaincre que c'était inutile, mais pourquoi se serait-il privé de lui faciliter la tâche s'il était de toute façon décidé à le faire, tant que cela ne nuisait pas au Crédit parisien ?

Des batailles pleines de paradoxes comme celle de la gestion de la dette, Antoine Fertel n'avait jamais cessé d'en mener. Celle qui était en cours actuellement était sans doute la plus importante de sa vie. Et face à lui, l'adversaire était coriace, porté par une majorité de Français qui n'éprouvaient que du dégoût pour la finance. Ils

---

la dérive des comptes publics, ces instruments ont permis de trouver de nouvelles sources de financement, notamment auprès des investisseurs institutionnels, mais aussi des particuliers. La dette française est devenue un véritable produit financier, particulièrement prisé en raison du risque très réduit qu'il affiche : le risque de faillite de l'État est en effet proche de zéro.

étaient incapables de comprendre que leur quotidien médiocre dépendait de la bonne santé de ce secteur. Ils n'en connaissaient rien d'autre que la caricature véhiculée à dessein par des politiques et des médias engagés dans un concours de fainéantise intellectuelle.

Fertel avait confiance en lui, mais ce qu'il n'avouerait à personne, c'était que sa *grinta* commençait à décliner, en même temps que sa forme physique. Même s'il freinait des quatre fers et qu'ils étaient encore nombreux à être accrochés à son harnais, il se sentait glisser sur l'autre versant de la pente. Et un jour, comme tout le monde, il allait la dévaler. Il espérait juste que ça viendrait tard, et que ça se passerait vite.

En attendant, il continuait à s'agiter, à sa façon : calme, ferme, et patient. Cela lui avait toujours réussi et cette fois-là aussi, ça allait passer. Il fallait remporter cette dernière bataille, car c'était la plus importante de toutes, celle qui allait décider si l'œuvre de sa vie allait, ou non, lui survivre. S'il passait cette épreuve, il tirerait sa révérence, dans la sérénité.

Il connaissait les politiques. Beaucoup jouaient les matamores, mais ce n'étaient pas des aventuriers. Ils avaient pour le saut dans l'inconnu une certaine aversion, et aucun n'était candidat à la lapidation publique. Il n'y avait pas de raison qu'Isabelle Colson fasse exception.

# 16

La nuit allait bientôt tomber. Isabelle Colson rentrait tout juste d'une table ronde à Nantes, consacrée à l'emploi des jeunes, à laquelle elle participait aux côtés du ministre du Travail. Sur le fond, elle avait évidemment perdu son temps, mais elle avait capté une nouvelle fois les caméras et c'était l'essentiel. Elle n'entendait pas, maintenant que la courbe du chômage avait cessé de se dégrader, laisser à d'autres qu'elle le soin de récolter les lauriers qui s'annonçaient. Sans une ministre de l'Économie qui allait chercher les dixièmes de points de PIB avec les dents, le nombre de demandeurs d'emploi n'avait aucune chance de diminuer.

Les Français l'avaient bien compris, si l'on en croyait les instituts de sondage. Isabelle Colson arrivait systématiquement en tête des membres du gouvernement, et de loin, quand ils posaient à leurs panels la question rituelle : « Quelles personnalités politiques souhaitez-vous voir jouer un rôle important dans les mois à venir ? »

À part quelques-uns, personne ne savait qu'elle allait forcément se retrouver sur le devant de la scène dans les jours ou les semaines qui suivraient. La crise qui touchait le Crédit parisien était encore larvée, et la situation n'avait droit qu'à quelques brèves dans les journaux économiques. Mais dans deux heures ou deux semaines, la banque serait à court de liquidités.

Cette fois, contrairement aux crises précédentes, le politique ne serait pas pris de vitesse. Isabelle Colson ne voulait pas être dans la réaction, mais dans l'anticipation. Elle était persuadée que l'urgence amenait à prendre de mauvaises décisions, et pensait que si le plan de 2008 avait été si favorable aux banques, c'est parce que le gouvernement de l'époque avait le couteau sous la gorge.

Elle avait vu le coup venir, cette fois. Et elle entendait bien trouver une solution « de gauche » aux difficultés qui guettaient la banque dirigée par Antoine Fertel. De gauche, elle l'avait toujours été, et ça lui avait plutôt réussi. Mais elle se sentait bien seule aujourd'hui.

Elle n'avait pas eu à se plaindre de la loyauté de Christophe Demory depuis qu'elle l'avait choisi, mais elle le sentait fébrile. Elle avait du mal à comprendre si c'était à cause du suicide de la jeune femme, qui réveillait sans doute chez lui de mauvais souvenirs, ou s'il avait du mal à assumer la voie qu'elle avait tracée. Il est vrai que jamais elle n'avait demandé qu'on bouscule le système de pensée de Bercy à ce point-là. Elle n'était même pas sûre que l'Élysée et Matignon la suivraient. Elle se doutait bien qu'Antoine Fertel était en train d'actionner ses réseaux et qu'elle ne pourrait pas manœuvrer en catimini. Elle acceptait le combat, et, politiquement, elle avait une opportunité pour le gagner. L'opinion la soutiendrait dans sa volonté de cesser de financer les aventures des banques avec l'argent public. Encore fallait-il que, techniquement, le « package punitif », comme elle l'appelait, soit bien ficelé.

Elle se demanda si elle avait bien fait de laisser à Demory le soin de porter le message. Elle avait parié sur son talent de négociateur pour faire accoucher son administration d'origine d'une solution qui fasse cracher le Crédit parisien. Au bout du compte, il y aurait un compromis, mais elle avait estimé qu'il lui serait plus favorable si elle ne brutalisait pas le Trésor elle-même. Sur de précédents dossiers, Christophe Demory, avec son style tout en rondeur et en finesse, était parvenu à de bons résultats, même si parfois il s'était laissé bouffer. C'était inévitable. Il fallait juste en avoir conscience et savoir où placer les limites.

La limite, sur l'affaire du Crédit parisien, c'était que le plan de secours, s'il devait être dégainé, ne coûte pas un euro à l'État. Elle avait eu cette idée de taxer les dépôts, ce qui revenait pour la banque à financer son plan de sauvetage par ses clients. On pouvait lui laisser le soin de fixer le curseur pour savoir quels clients elle voulait faire payer, selon l'enveloppe dont elle avait besoin : c'était un piège tendu à Fertel. S'il laissait taxer tous ses clients, il courait le risque d'un *bankrun*[1] qui sonnerait le glas de sa banque. Et à ceux qui prétendaient que les plus modestes seraient les premiers touchés, elle rappelait que l'État garantissait les dépôts à hauteur de soixante-dix mille euros. Soixante-dix mille euros à la banque : elle avait du mal à s'apitoyer sur le sort de ceux qui en avaient autant. Elle-même devait péniblement les approcher en cumulant tous les comptes que son banquier lui avait fait ouvrir.

Si Fertel fixait un montant de dépôt plancher, par exemple soixante-dix mille ou même cent mille euros, en deçà duquel la taxe ne s'appliquerait pas, il viserait seulement les plus riches – et se couperait de la clientèle qui lui procurait les plus forts revenus. Elle savait qu'il devrait se résoudre à une solution de ce type. Et elle jubilait par avance de voir les nantis coincés par ceux à qui ils avaient fait confiance, furieux de comprendre qu'ils s'étaient fait baiser, eux qui, dans la vision du monde d'Isabelle Colson, se targuaient de toujours passer entre les mailles du filet quand il s'agissait de contribuer au bien collectif. Cette fois-là, il n'y aurait pas d'optimisation fiscale ou de délocalisation. Ils paieraient.

1. Ce phénomène, qu'on traduit en Français par « ruée bancaire », décrit une situation de panique où les clients d'une banque retirent tous leurs dépôts le plus vite possible dans la crainte qu'elle ne fasse faillite et qu'ils ne soient ruinés. Il peut devenir « autoréalisateur » : si la banque n'a pas assez de liquidités pour satisfaire toutes les demandes de retrait, elle devient effectivement insolvable.

C'est comme cela qu'elle voyait les choses. Mais elle avait laissé volontairement Demory dans le flou afin de voir comment cette administration allait s'en sortir pour appliquer cette feuille de route qui avait dû lui soulever le cœur. Daniel Caradet essaierait encore de louvoyer et ça pouvait durer longtemps.

Elle pensa à son père. Cela faisait dix-sept ans qu'il était mort. Elle avait l'impression qu'il était encore là, auprès d'elle. S'il la voyait aujourd'hui… Lui qui s'inquiétait tant de voir sa fille « happée par les gauchistes ». Il connaissait si mal ce monde dans lequel elle s'était introduite à la fin de l'adolescence, et qu'elle n'avait jamais quitté ensuite. Entre le petit entrepreneur et la rebelle qui avait aujourd'hui conquis le cœur des Français, il y avait eu des années de malentendu.

Pour une fois, elle n'avait aucun dîner prévu. Elle s'assit à son bureau et souffla un peu. Son regard s'attarda sur la planche de bande dessinée accrochée au mur, un original que l'auteur lui avait dédicacé lors d'une vente aux enchères. Elle était tirée d'un album érotique. On y voyait une femme, dans une cabine d'essayage, hésiter entre plusieurs vêtements et finir par retrousser sa jupe pour y aventurer ses mains. Cela amusait beaucoup la ministre de choquer ce monde des finances qu'elle jugeait beaucoup trop feutré et dont, en réalité, elle ne connaissait pas encore grand-chose.

Si elle l'appelait, il monterait aussitôt. Même si elle s'était juré de mettre un terme à cette aventure, elle aimait bien cette idée-là, de le sonner au gré de ses besoins. Elle flirtait avec le fantasme le plus basique et s'en voulut un peu, mais après tout, elle y avait droit elle aussi. Ses prédécesseurs masculins ne s'étaient pas privés de sauter une collaboratrice ou une journaliste dans ce bureau et elle ne voyait pas pourquoi elle s'en priverait, elle, du moment qu'on était entre adultes consentants. Et à vingt-neuf ans, Emmanuel Sauvage était depuis longtemps majeur et vacciné. Elle n'était pas amoureuse. À son âge, ça aurait été ridicule. Mais elle avait passé de bons moments avec lui. Elle avait eu le sentiment que c'était réciproque.

Il lui avait tapé dans l'œil dès qu'elle l'avait vu, après son embauche par Christophe Demory, plusieurs mois auparavant, mais il avait fallu du temps avant qu'elle se décide à lui faire des avances. Il y avait eu ces rumeurs d'OPA de Carrefour par l'américain Walmart, qui l'avaient fait monter au créneau dans les médias sur le thème du patriotisme économique. Elle avait eu l'idée de faire voter un dispositif pour éviter les OPA hostiles, et le président lui avait donné son feu vert. Après avoir détaillé les grandes lignes du projet avec la ministre, Demory avait dû la laisser avec le conseiller technique qui serait chargé de rédiger l'amendement au projet de loi. Ils s'étaient retrouvés tous les deux dans son bureau. Elle lui avait donné quelques *guidelines*, comme elle disait, pour convaincre le Trésor qui, elle le savait, traînerait des pieds pour répondre à la commande.

« Ce sont des *poison pills* à la française, avait-elle expliqué au jeune conseiller.

— Les pilules empoisonnées, oui, je connais, avait-il répondu. On autorise le conseil d'administration d'une entreprise française à attribuer à ses actionnaires des bons de souscription d'actions au moment où elle est agressée. Et ces bons donnent droit à leur titulaire de souscrire à une action jusqu'à une date déterminée et à un prix avantageux. C'est bien ça que vous avez en tête ?

— Oui. Avec un minimum qui est celui de la valeur du titre lors de son émission. Du coup, si les actionnaires exercent leur droit, le capital augmente…

— … et l'agresseur doit débourser davantage pour se payer la fraction du capital qui a été créée. Pas mal.

— On va vendre ça à la presse sous l'appellation “bons Colson”. Ça fait chic, non ?

— Très. Je suis pour. À fond. »

Ce langage très relâché et cet enthousiasme avaient plu à la ministre. Elle lui avait emprunté son stylo et avait commencé à se pencher sur la table pour dessiner des schémas dans tous les sens. Il le lui reprenait pour compléter, et elle aussi. « Il ne faut pas que l'existence de ces bons empêche toute OPA, sinon on va se faire retoquer par Bruxelles, avait prévenu Emmanuel Sauvage.

— Je pense que tu peux présenter ça au Trésor. Tu permets que je te tutoie ?

— Oui, bien sûr. Enfin, si vous voulez.

— Bien. Donc, au Trésor, tu leur dis que l'idée n'est pas de faire des entreprises françaises des forteresses imprenables. Le libéralisme est ce qu'il est : mangé et être mangé, c'est comme ça que ça fonctionne et ce ne sont pas ces *poison pills* qui vont empêcher ça. Mais tu leur dis que c'est un mécanisme qui doit inciter les différentes parties en présence à se mettre autour de la table pour négocier. Une sorte de dissuasion nucléaire, en somme. Tu comprends ?

— Bien sûr.

— Tu as faim ? Il est tard. Tu veux qu'on commande quelque chose ? »

Il avait hésité. Il avait dit oui et tout avait commencé comme ça. C'est lui qui avait pris l'initiative. Pour elle, c'était surtout un jeu. Elle avait été tellement désarçonnée par son culot qu'elle s'était à peine donné le temps de réfléchir. Il ne s'était pas si mal débrouillé ces dernières semaines. Et ils avaient réussi à faire ça en toute discrétion. Elle composa son numéro.

En l'attendant, elle consulta ses e-mails. Elle en avait une quarantaine en retard. Elle en effaça une trentaine sans les lire : des messages où elle était mise en copie par réflexe, mais sur lesquels Demory la brieferait. Elle lut les autres, machinalement. La situation la stressait et elle eut un mauvais pressentiment. Elle n'était plus si sûre de gagner le combat dans lequel elle s'était lancée.

Emmanuel Sauvage apparut quelques minutes plus tard dans l'embrasure de la porte. Il avait les cheveux gominés, une barbe de trois jours qu'il entretenait savamment, un costume anthracite et une cravate en soie déjà à moitié dénouée, comme s'il avait anticipé le jeu auquel Isabelle Colson voulait se prêter. Il posa sa serviette contre le flanc du canapé. « Entre, lui dit-elle. Comment vas-tu depuis la nuit dernière ?

— Bien, merci. Et vous ? »

Le vouvoiement lui fit un peu de mal, mais elle choisit de ne pas relever. « On a baisé ensemble, alors on peut bien se tutoyer, non ? » pensa-t-elle.

« Vous auriez pu me réveiller, vous savez, dit-il timidement. J'étais gêné quand j'ai vu que vous étiez partie. J'aurais voulu...

— Ne fais pas attention à ça. Je n'ai pas voulu te déranger. J'ai beaucoup de choses à faire, tu sais.

— Oui, je sais, sourit-il. Moi-même, j'ai l'impression d'être débordé. Alors, vous, j'ose à peine imaginer.

— Sur quoi tu travailles en ce moment ? demanda-t-elle en s'approchant de lui.

— Sur les participations publiques. Christophe m'a demandé de voir lesquelles on pourrait vendre. À brève échéance. »

Isabelle Colson tiqua. Vendre des participations publiques ? Il n'en avait jamais été question jusqu'à présent. Elle décida de faire celle qui était au courant.

« Il y a un budget à boucler, sourit-il. Mais quand on regarde bien, on n'a plus grand-chose à vendre. L'APE[1] est devenue une espèce de coquille vide : des participations minoritaires qui ne nous servent à rien et qu'on aurait dû céder depuis longtemps, mais qui rapporteront *peanuts*. Et des participations invendables parce que sinon on perd le contrôle des entreprises stratégiques. On ne va quand même pas mettre Areva sur le marché. »

Elle s'approcha encore. Elle pouvait sentir son haleine faite de tabac froid et de Freedent mentholé. Elle choisit de changer de

1. Il s'agit de l'Agence des participations de l'État. Intégrée au ministère des Finances, elle est chargée de gérer les parts que l'État possède dans le capital de certaines entreprises, comme Renault, Air-France KLM ou encore Areva.

registre. « Qu'est-ce qui te dérange le plus, Emmanuel ? Travailler pour une femme, ou travailler pour une gauchiste ?

— Je travaille, c'est tout. Ça n'a pas de sens, cette question.

— Vous avez tous été formés à l'ENA, vous avez eu une place ici – elles sont très prisées, si j'ai bien compris – et puis l'administration de Bercy vous a proposés pour un poste en cabinet. Ce sont des voies toutes tracées. Après, soit vous montez, soit vous partez. Tu aurais servi n'importe quel ministre, non ? »

Elle lui caressait la joue. Emmanuel Sauvage se laissait faire, contrairement aux nuits précédentes, sans prendre d'initiatives, sans savoir vraiment quoi répondre.

« Je ne sais pas, balbutia-t-il. Non, je ne crois pas. Vous savez, le cabinet, c'est un passage obligé pour nous, si on veut progresser. Et moi je n'avais pas d'incompatibilité idéologique majeure avec vos convictions.

— Que ces choses-là sont bien dites ! s'exclama-t-elle. Vous êtes tous un peu pareils. Vous avancez dans un sillon tracé d'avance. L'acceptation de la diversité, de la différence, la reconnaissance de la valeur de quelqu'un en dehors de vos références, c'est difficile pour vous. On est plus à l'aise dans son jargon, dans son milieu, entre gens de bonne compagnie qui ont fait les mêmes études et qui se sont retrouvés au fil des années, après avoir réussi les mêmes concours. Je me trompe ? »

Elle le poussa sur le canapé, dénoua sa cravate et commença à déboutonner sa chemise. Il se laissait faire mais protestait quand même, avec des mots bien choisis : « Je pense qu'il vaut mieux s'arrêter là », ou alors « Je ne crois pas que ce soit une bonne idée ». Elle poursuivit son monologue. « Depuis que je suis ministre, Emmanuel, je suis frappée par le conservatisme de cette maison. Oh il y a du talent, je ne le nie pas. Mais il y a une tradition qui me gêne. Quand je suis arrivée, j'ai senti les regards amusés, qui s'interrogeaient sur la pérennité de l'expérience. C'était très révélateur, ces regards. »

Elle était accroupie face à lui. Il commençait à réagir. Il tendit les bras pour lui entourer les hanches, mais elle les balaya d'un revers de main. « Laisse-toi faire, tu vas voir, ce n'est pas désagréable. » Elle caressa son torse et arracha sa chemise, qu'elle envoya valdinguer à l'autre bout de la pièce. « Oui, tu sais, cette tradition qui consiste à traiter le politique pour ce qu'il est vraiment, d'ailleurs : provisoire. L'administration sait qu'elle reste, et les ministres passent. Et vous, les membres de cabinet, vous êtes des êtres un peu hybrides. Vous êtes aussi temporaires que moi, mais si je pars, vous, vous restez quand même. De l'autre côté des portes coupe-feu, certes. Mais pour le moment, je suis toujours là, tu vois. Et je n'ai pas l'intention de partir. »

Emmanuel Sauvage était à moitié nu. Assis sur le canapé, il n'avait plus de chemise. Il avait gardé ses chaussures, impeccablement cirées. Elles brillaient sous la flanelle de son pantalon, qui était descendu sur ses chevilles. Isabelle Colson s'aperçut qu'il ne bandait pas sous son boxer. Elle tira un coup sec et son sexe apparut, aussi misérable que la position dans laquelle il se trouvait. Elle se leva, le regarda dans les yeux, comme si elle allait le fusiller. Des larmes perlaient sur ses joues. « Prends tes affaires, dit-elle. On arrête tout. »

# 17

Derrière la porte de la résidence, Christophe Demory vit un homme qui s'apprêtait à sortir. Il avait un yorkshire en laisse et une cigarette électronique aux lèvres qu'il mâchouillait comme le capuchon d'un stylo.

Il reconnut immédiatement Jean-Luc Bourdeaux, le gardien de l'immeuble, chez qui il avait été chercher autrefois les nombreux colis que Nathalie commandait sur Amazon.

Bourdeaux était plutôt du genre taiseux et, quand il vit cet homme qui attendait d'entrer en clandestin, il afficha d'abord un air méfiant. Ce n'est qu'après avoir ouvert la porte, quand il fut nez à nez avec lui, qu'il l'identifia.

« Monsieur Demory… Ben ça alors. Ça fait un bail.

— Vous allez bien ?

— On se débrouille. Et vous ? Depuis… Euh. Quand j'y repense. Quelle histoire ! Excusez-moi, hein.

— Ça va. On se débrouille, comme vous dites.

— Elle était tellement charmante, votre femme. Je veux dire, toujours gentille, toujours polie. »

Bourdeaux tira sur la laisse du chien et lui ordonna de rester tranquille. Il continuait de parler, mais chacune de ses paroles exaspérait encore un peu plus Demory : « Ça fait vingt-cinq ans que je suis là, et il y a beaucoup de personnes âgées, alors votre dame, vous pensez, c'est pas la première... Enfin, je veux dire... Une personne âgée qui s'en va, c'est dans l'ordre des choses, on a même l'impression parfois que ça soulage tout le monde, à voir la famille qui vient en procession. Et que ça plaisante, et que ça rigole après les recueillements d'usage. Mais votre femme, pardon... Je n'ai jamais ressenti une tristesse pareille dans l'atmosphère. Ça me fait plaisir de vous revoir en meilleure forme. »

À cet instant, derrière le poteau situé dans le hall à quelques mètres de l'entrée, dans l'alignement de Bourdeaux, Christophe Demory aperçut la silhouette voûtée de Mme Rabanès. Il lui sembla qu'elle avait écouté la conversation. Elle s'avança vers eux, posant maladroitement sa canne trop loin devant. Elle dévoila un sourire composé de fausses dents en argent, plantées dans ses gencives comme des stèles. « Bonjour, monsieur Bourdeaux, dit-elle avec une voix inquiète. Bonjour, monsieur, ajouta-t-elle en se tournant vers Demory sans qu'il sache si elle l'avait reconnu ou pas. Vous viendrez voir, pour ma Freebox, n'est-ce pas ? Vous n'oubliez pas ? Parce que j'ai la lumière verte qui clignote, et j'ai une lumière rouge sur le boîtier près de la télévision. Et ça ne marche pas. Comment je vais faire, moi, sans télévision ? Dites, ça ne va pas exploser, quand même ? Parce que ça clignote, sans s'arrêter...

— Mais non, madame Rabanès, ça va pas exploser.

— Et puis cette odeur... Vous viendrez voir, aussi ? Ça sent le rat crevé, là-dedans. C'est pas nouveau mais c'est de pire en pire. À se demander ce qu'elle fabrique ! » dit-elle en s'éloignant, maugréant un « quand même » qui n'avait rien de méchant mais trahissait une certaine inquiétude.

Même si ce n'était pas son boulot, Bourdeaux voulait bien rendre service, mais la vieille exagérait tout le temps. Il était déjà monté, une semaine auparavant. Ça sentait un peu, oui. C'était normal, L'appartement de Mme Rabanès était tout proche du vide-ordures. Les vieux avaient souvent des manies. Ils repéraient quelque chose qui n'allait pas, et s'y accrochaient comme si c'était leur dernière croisade. Une copropriété, pour eux, c'était un immense terrain de jeu qui leur permettait d'avoir toujours de quoi se plaindre.

Christophe Demory regarda Mme Rabanès marcher dans la rue et se perdre dans le flot des passants. Il se souvenait bien de cette vieille dame frêle, à moitié sourde, bourrée de troubles obsessionnels compulsifs. Elle prétextait sans cesse des problèmes pour qu'on s'intéresse à elle. Elle sonnait souvent chez eux, surtout le soir et le week-end, quand elle savait qu'ils étaient là, pour un problème de plomberie, de téléphone ou de facture. Il pensa à cette odeur dont elle venait de parler, dans cet appartement où il avait été heureux avec Nathalie. Cet appartement dont la clé lui avait été remise de la manière la plus terrible qui soit, par la mort et le hasard. Il la serra au fond de sa poche. Il fallait affronter la vérité. Le Crédit parisien était définitivement sorti de son esprit, tendu vers une seule question : qu'était-il arrivé dans cet appartement ?

Jean-Luc Bourdeaux cligna des yeux, tira un coup sec sur la laisse. Le chien, surpris, voltigea sur lui-même. « Il faut que je vous quitte, dit-il en sortant à son tour dans la rue. — À bientôt, monsieur Bourdeaux », répondit Demory qui se faufila dans le hall et prit la direction des ascenseurs du bâtiment A, sans que le gardien lui demande ce qu'il venait faire dans la résidence.

Quand l'ascenseur s'ouvrit sur le palier du quatrième étage, Demory s'aperçut que le couloir avait été repeint. Il ressemblait à des dizaines d'autres, dans d'autres immeubles. Au sol, la moquette était neuve, d'une autre couleur. Au bleu délavé de ses années avec Nathalie avait succédé un bleu marine qui contrastait davantage avec la pâleur des murs et où les néons ne faisaient pas de reflets compassés. L'idée que les copropriétaires avaient voulu effacer la mort de Nathalie de la mémoire du lieu lui traversa l'esprit. Après seulement, il se rendit compte de l'odeur qui avait envahi le couloir, une odeur d'œuf pourri ou de poubelle qui aurait macéré trop longtemps au soleil. Il ouvrit la porte du vide-ordures, mais comprit qu'elle ne venait pas de là.

Il saisit la clé et, sans hésiter, l'introduisit dans la serrure. La porte était bloquée. Demory força, donnant plusieurs coups d'épaule. Elle s'entrouvrit avec difficulté. Il mit la main devant sa bouche et se faufila. L'obscurité était à peine trahie par un rai de lumière, au fond de l'appartement, qui ne permettait pas encore à l'œil de distinguer quoi que ce soit à l'intérieur. Demory retint sa respiration, sortit son smartphone et ouvrit l'application Flashlight. Le bras droit tendu devant lui, les doigts de la main gauche refermés sur le nez, il pointa son portable à l'intérieur. Ce qu'il vit dépassait l'entendement.

## 18

Après avoir rempli les formalités d'usage, Antoine Fertel s'autorisa une petite transgression pour protester contre l'obligation qui lui était désormais faite de passer par l'entrée principale, et non plus par la petite porte réservée aux visiteurs du soir. Il fallait se rendre à l'évidence. Sous ce quinquennat, il n'en était pas. Le président avait refusé de le voir depuis son entrée en fonctions. Heureusement, il avait conservé des obligés un peu partout, y compris à l'Élysée.

Au lieu de gagner l'entrée principale du Palais par les côtés, il traversa donc directement la cour, au pas de charge, les chaussures raclant le gravier. Il eut droit à un regard réprobateur du garde républicain qui, l'ayant peut-être reconnu, n'osa pas le réprimander.

Il confia son manteau au vestiaire et monta les trois étages qui le séparaient du bureau de Claude Danjun, le conseiller spécial du président de la République. On le fit patienter quelques minutes dans un salon en contrebas, où quelques magazines soigneusement sélectionnés languissaient sur une table basse. Au mur, quelques portraits du président et de son épouse. « Guignol », marmonna Fertel. Par la lucarne, le banquier distinguait un croissant de lune.

Un huissier vint le chercher pour le conduire dans l'antichambre qui menait chez Danjun. C'était une pièce immense, qui avait été jadis la chambre de l'épouse de Napoléon III et surplombait les jardins de l'Élysée. Il semblait y avoir fait déménager toute sa bibliothèque. Sur son bureau, il avait laissé traîner plusieurs ouvrages qui devaient souligner aux yeux de ses visiteurs l'éclectisme de ses inspirations. Il y avait là, parmi d'autres, *L'Homme révolté*, d'Albert Camus, *La Troisième Révolution industrielle*, de Jeremy Rifkin, la dernière biographie en date de Churchill et *Le Casse du siècle*, de Michael Lewis. Claude Danjun lui serra la main et l'invita à s'asseoir autour de la table basse, en lui servant une San Pellegrino.

« Je ne vais pas tourner autour du pot, Claude. Je veux savoir à quoi joue Isabelle Colson. Et si elle prend ses instructions ici. Je ne peux pas croire un seul instant que le président ou le Premier ministre lui aient passé une commande politique aussi absurde. Sinon à quoi tu sers ?

— Calme-toi, Antoine. La situation politique a changé depuis la dernière crise bancaire. On ne peut plus ressortir les mêmes solutions. L'opinion publique n'achète plus ça.

— Il n'y a pas d'autre solution, et tu le sais bien. Trouvez un autre packaging, mais faites vite. Sinon, d'ici peu, c'est tout le système bancaire qui aura sauté. C'est ça que vous voulez ?

— Non. Bien sûr que non. »

Claude Danjun se racla la gorge, comme il le faisait quand il partait dans de longs discours. « On essaye de trouver une solution, reprit-il, une solution, disons, politique qui puisse réduire le danger économique. Et c'est pas facile. Isabelle Colson va trop loin, certes. Mais les gars de Bercy ne proposent rien.

— Ils proposent ce qui marche. Il ne s'agit pas de partir à l'aventure. Il s'agit de sauver les meubles.

— Le problème n'est pas le même qu'en 2008 et tu le sais très bien. Le problème, cette fois, ce n'est pas les banques. Le problème, c'est toi.

— Moi ou les banques, c'est pareil, Claude. Le bilan du Crédit parisien est supérieur au PIB français. On est aussi dépendant des trois autres grandes banques qu'elles sont dépendantes de nous. Tout est interconnecté.

— Je sais tout ça. Mais, toi et les autres banquiers, vous ne pouvez pas passer votre temps dans la course au gigantisme et venir vous plaindre après en disant *too big to fail* comme si vous jouiez à chat perché. Il y a quelque chose que vous avez raté dans votre rendez-vous avec les Français, Antoine. Il y a quelques années, sans l'État, vous étiez morts. Vous auriez pu témoigner une forme de reconnaissance, au lieu de quoi vous avez continué à parader en disant que la réglementation était trop contraignante et que vous payiez trop de taxes. Quand vous êtes la tête dans le fossé avec du sang partout, le politique revient en odeur de sainteté. Mais une fois votre dignité retrouvée, une fois que vous êtes retournés dans les salons en ville, le politique devient indigne et inepte. Il faut sortir de cette schizophrénie.

— Mais l'État aussi aurait pu être reconnaissant. Les taux d'intérêt pratiqués étaient usuriers. On n'a pas eu le choix, on a payé, mais le résultat, c'est que ce plan que vous appelez "de sauvetage" n'a pas coûté un sou au contribuable et qu'il a même rapporté deux milliards. Il faut arrêter avec ce mythe de l'État sacrificiel. Ce plan était un coup de génie : c'était du *win-win*.

— Oui, mais on l'a mal vendu à l'époque et on en paye toujours les pots cassés. L'opinion reste persuadée qu'on vous a donné des dizaines de milliards. Sans contrepartie. Et c'est cela qu'il faut s'employer à corriger. C'est de la politique, Antoine, pas de l'économie. Il faut qu'on donne l'impression qu'on vous punit. Je dis bien l'"impression". C'est une étape nécessaire dans le processus de reconquête de l'opinion qui est, pour vous comme pour nous, indispensable. Il ne s'agit pas de vous offrir en sacrifice, mais de faire en sorte que votre mea culpa soit compris, et accepté. Après, seulement, l'État et les banques pourront entrer dans une relation adulte. »

Claude Danjun alluma une cigarette et le silence se fit pendant un long moment. Antoine Fertel le fixait intensément, comme s'il était prêt à le mordre. Il semblait hésiter à parler. L'autre l'encouragea, et Fertel se lança. « J'ai deux choses à te dire, Claude. La première, c'est que notre exposition dans les pays émergents, notamment en Turquie, est encore plus importante que je ne l'avais annoncé à Bercy lors de ma dernière communication.

— Tu veux dire que tu avais caché des choses ?

— Non. Je veux dire que je découvre les cadavres dans le placard au fur et à mesure et que ça ne me fait pas plaisir. La Kredi Ankara va aller au tapis et ça va nous coûter trois milliards au bas mot. On peut les encaisser. Mais personne ne sait jusqu'où va aller la crise dans les BRICS[1]. On a besoin de fonds propres. On a besoin de garanties. Bref, on a besoin d'un dispositif à dégainer le jour où. »

Fertel se leva et fit quelques pas jusqu'à la fenêtre. Il se mit à contempler le jardin. Il commençait à être détrempé par une pluie fine qui, curieusement, ne masquait pas les premières étoiles. Il entendit Danjun derrière lui, la gorge prise : « Et la deuxième chose, Antoine ?

— La deuxième, c'est ce qui est arrivé ce matin à Bercy. Tu en as entendu parler, j'imagine ?

— Le suicide dans la cour de l'Hôtel des ministres ? Oui, évidemment, j'en ai entendu parler.

— Tu sais donc de qui il s'agit ?

— Oui, aussi. Je croyais qu'elle était déjà morte, d'ailleurs. J'avais suivi tout ça de loin en loin.

— Elle était supposée l'être, dit Fertel en s'asseyant de nouveau devant la table basse. Et moi j'avais suivi cela de très près, tu t'en doutes. Je l'avais reçue, avec Nathalie Renaudier. Pas du tout le même genre de femmes. Elles avaient l'air de bien s'entendre mais elles étaient en désaccord sur à peu près tout. Nathalie Renaudier

1. Acronyme pour Brazil, Russia, India, China, South Africa qui désigne les pays émergents.

était la plus forte des deux. L'autre n'en pensait pas moins, mais elle suivait. Tout cela est étrange. J'en ai parlé avec Caradet. Il est inquiet.

— S'il y en a un qui doit l'être, c'est lui. Si elles ont épluché tous ses mails à l'époque, il y avait de quoi.

— Si elles ont vraiment fait ça, il y en avait pour un peu tout le monde, à condition de savoir lire entre les lignes. Mais c'est de l'histoire ancienne. Si elles ont trouvé quelque chose, elles ont décidé de ne rien en faire. On leur a foutu suffisamment de pression, je pense. Mais…

— Mais quoi ?

— C'est juste la coïncidence. C'est étrange. Il n'y a pas d'autre mot. J'ai gambergé toute l'après-midi. Je ne peux pas m'empêcher de me dire qu'elle a peut-être laissé une grenade dégoupillée derrière elle. Et dans le contexte, pas la peine de te faire un dessin. Tu imagines l'ampleur de la déflagration.

— Allons, sois sérieux, Antoine. Tu ne vas pas me faire croire que c'était un acte politique. Si elle avait eu une quelconque revendication, si elle avait eu la moindre récrimination envers qui que ce soit, et toi en particulier, crois-moi, on serait déjà au courant.

— Tu as sans doute raison. Je suis à fleur de peau. Ce n'est pas comme cela que j'imaginais la fin de ma carrière. Après tout ce que j'ai fait pour la France… Je ne suis pas un mendiant, bordel ! Je ne demande pas l'aumône. Je demande qu'on se parle, entre adultes, sur la façon dont on doit sauver l'économie du pays. Seulement, ni ton président ni sa ministre ne semblent vouloir se comporter en êtres responsables et civilisés. Par idéologie, ils seraient capables d'emmener tout le pays dans le mur.

— Ils font de la politique, que veux-tu que je te dise. Mais ça va s'arranger. Tu sais, le président n'a pas vraiment le choix : vu sa popularité, il peut difficilement s'opposer à Colson. Mais, la popularité, ça va, ça vient. »

Danjun esquissa un petit sourire. Fertel, lui, se resservit un verre de San Pellegrino. Il fit couler l'eau méthodiquement, presque goutte à goutte. Il but calmement, inspira profondément et joignit les mains, les doigts entrelacés. C'était, chez lui, le signe d'une profonde exaspération. « Non, Claude, justement. Ce n'est pas de la politique. Je vais t'expliquer ce que c'est, la politique, puisqu'on dirait que tu l'as oublié. La politique, c'est quand, en 2008, alors que la situation n'a jamais été aussi tendue sur le marché interbancaire, les gouvernements européens annoncent publiquement, tous ensemble, qu'ils soutiendront leurs banques. Ça oui, c'est de la politique, parce que, à ce moment-là, tout le monde comprend que les gouvernements, les banques, que tout le système va tenir le coup. Et l'opinion des investisseurs change. La confiance revient. La politique, c'est ça : faire revenir la confiance et, quand elle est là, la cultiver. Ce gouvernement fait exactement le contraire. Il fait de l'idéologie. Et l'Histoire nous montre que l'idéologie cause beaucoup de dégâts. »

Il se leva de nouveau pour se diriger vers la fenêtre, sans attendre la réaction de Danjun. Un long silence s'installa, que le conseiller présidentiel savoura. Il regarda Fertel qui, les mains nouées derrière le dos, semblait surveiller le jardin. Il se tenait droit, digne, et pourtant il eut le sentiment que l'homme pouvait s'écrouler d'un instant à l'autre. Il le connaissait depuis très longtemps. Jamais il ne l'avait vu aussi vulnérable. Même au moment du raid manqué sur la Générale du Crédit, en 1996, il était resté droit dans ses bottes, malgré les critiques et les insultes. Il n'avait jamais laissé paraître tant de nervosité. Ce soir-là, il jouait sa survie et cela se voyait. Et Claude Danjun le savait : la survie d'Antoine Fertel, c'était aussi la sienne. Le banquier ne tarda pas à le lui rappeler.

« Le beurre et l'argent du beurre, commença Fertel, comme s'il déclamait un texte. Le pouvoir, les ors de la République, le service de l'État d'un côté, l'aisance financière, les hôtels de luxe de l'autre. Tant qu'il n'y a pas match, ce n'est pas grave, ça va bien comme ça. J'ai vu tellement d'hypocrisies que je ne te blâme pas, pas plus que d'autres, en tout cas. Mais quand il y a match, il faut choisir son camp. Et j'ai le sentiment que tu ne réalises pas la gravité de la situation. Le match est en train de se jouer et j'ai besoin des meilleurs éléments sur le terrain. Parce que si je le perds, ce match, il y a une bonne partie du personnel politique qui va valser avec moi. »

Claude Danjun se leva à son tour et sentit chacun de ses pas s'enfoncer dans l'épaisse moquette vert pomme de son bureau. Il se tint à côté de Fertel, tout près, jusqu'à le coller, sans le regarder. Enfin, il lui passa le bras autour du cou, et lui serra l'épaule, de plus en plus fort, jusqu'à ce que Fertel fasse mine de se dégager. Et là, il la serra encore plus fort. « Tu vois, Antoine, dit-il, je ne sais pas qui de nous deux est la plus grosse pourriture. Mais peu importe. Bien sûr qu'on va le jouer, ce match, à fond. On va le gagner. Mais personne n'a intérêt à menacer personne. »

# 19

Des boîtes de thon. Des dizaines, des centaines, peut-être des milliers de boîtes de thon, toutes ouvertes, vides, le long des plinthes, empilées les unes sur les autres, du sol au plafond.

Christophe connaissait par cœur la configuration des lieux et trouva rapidement l'interrupteur de l'entrée, caché sous l'interphone. Il ne fonctionnait pas. Il s'avança, en essaya d'autres dans le salon, sans succès. Il promena la lumière de son téléphone portable sur les murs. À bien y regarder, il n'y avait pas que des boîtes de thon. Des rillettes, du pâté, toutes sortes de boîtes de conserve, soigneusement disposées.

Sur la gauche, la cuisine américaine était remplie, d'un côté, de cartons de céréales vides, entreposés les uns sur les autres comme un jeu de construction et de l'autre, d'assiettes en carton usagées empilées, à côté desquelles, dans une énorme caisse, avaient été jetés des couverts et des verres en plastique. Une mince allée avait été aménagée pour atteindre l'évier où deux poêles et des casseroles baignaient dans une eau souillée. Là non plus, l'électricité ne fonctionnait pas. Demory ouvrit les placards. Des dizaines de bouteilles d'eau, vides, étaient alignées, certaines écrasées, d'autres intactes.

Il se tourna et regarda en face de lui, au-delà du bar où, dans des dizaines de bocaux en verre, étaient rangées toutes sortes de pâtes.

Il ne s'en était pas aperçu tout de suite, mais la porte de la chambre était à peine visible. Le passage était noyé sous des flots de sacs en plastique blancs gonflés à bloc, de toutes sortes de déchets qu'il n'eut aucune envie d'explorer. Tout autour de la porte, des piles de magazines formaient un improbable arc de triomphe.

Il s'habituait peu à peu à l'odeur et se fraya un chemin jusqu'à cette chambre. *Sa* chambre. Celle où il avait dormi tant de fois au côté de Nathalie. Il avait du mal à croire ce qu'il voyait, cette crasse qui polluait ses souvenirs. Il osa à peine tourner la poignée, mais il surmonta son dégoût. Tout autour du lit, des annuaires avaient été disposés — PagesJaunes et PagesBlanches — comme pour fabriquer un rempart. Il fallait les enjamber pour s'allonger. C'était ceux des dernières années qui revenaient sans cesse, en de multiples exemplaires. Sous le lit, de vieux journaux moisissaient, attachés avec des élastiques, concassés pour gagner de la place. Il reconnut des exemplaires des *Échos*, du *Figaro*, du *Financial Times*...

Il ouvrit la penderie. Un étage était consacré aux collants, tous noirs. Un autre aux jupes et aux pantalons, avec à peine plus de variété. Un troisième à un lot de corsages blancs, chacun posé sur un gilet noir.

La porte de la salle de bains semblait fermée, mais il savait que le loquet ne fonctionnait pas, ce qui avait toujours été le sujet de plaisanteries idiotes entre Nathalie et lui. Elle profitait de cela pour le taquiner quand il était aux toilettes. Il la poussa de l'épaule. C'était là que l'odeur était le pire. L'intérieur de la cuvette des toilettes était maculé de traces d'excréments, et du papier hygiénique usagé avait été disposé dans une corbeille à papier, située au pied du lavabo. Il appuya sur la chasse d'eau, mais elle ne fonctionnait pas. Le robinet du lavabo non plus. Dans la baignoire étaient posées, encore, des bouteilles d'eau et tout autour, sur le rebord, des gants de toilette avaient été mis à sécher. L'un d'eux était encore humide.

Christophe Demory regarda son portable. Il était dans l'appartement depuis dix minutes, fasciné par l'état dans lequel *on* l'avait laissé. Qui était ce *on* ? Son regard se bloqua sur le lit. Il le reconnut immédiatement : c'était celui dans lequel il dormait avec Nathalie, celui dans lequel elle avait été retrouvée morte. Tout à coup, sorti de nulle part, il accomplit un geste qu'il faisait avant chaque départ en vacances. Il chercha à tâtons la petite languette qui permettait de soulever le matelas pour découvrir un coffre peu profond placé dans le sommier, où Nathalie insistait pour cacher ses quelques bijoux. « C'est idiot, disait Demory, c'est le premier endroit où des cambrioleurs viendraient fouiller. »

Il tira un coup sec. Il n'y avait rien d'autre que des moutons de poussière. D'instinct, il passa les mains sous les lattes, où Nathalie, une fois, avait collé, dans un minisac de congélation, un pendentif en or accroché à une chaîne, auquel elle tenait particulièrement. « S'ils trouvent le coffre, avait-elle dit, ils n'auront pas idée de regarder là. » À sa connaissance, jamais aucun cambrioleur n'avait pénétré par effraction dans l'appartement, mais la chaîne n'était plus là. Scotché sous une latte, Christophe Demory sentit en revanche un petit objet. Sans réfléchir, il le décolla, l'examina et le mit dans sa sacoche. C'était une clé USB chromée, sans particularité, sans message publicitaire.

Il se figea en reconnaissant la voix de Jean-Luc Bourdeaux qui demandait, peu assuré : « Y a quelqu'un ? » Il hésita quelques secondes, mais il n'y avait rien d'autre à faire que de rebrousser chemin au milieu des immondices. Le gardien se tenait dans l'entrée, incapable de bouger. « C'est vous ? dit-il, incrédule. Qu'est-ce que vous faites là ? Et c'est quoi ce bordel ?

— Ça ? J'ai l'impression que c'est la réponse aux questions de Mme Rabanès.

— Mais que s'est-il passé ici ?

— J'allais vous poser la même question. »

Bourdeaux baissa les yeux et son regard s'arrêta sur les chaussures de Demory. De très belles chaussures en cuir, effilées, qu'on aurait dit cirées par un maniaque, mais qui lui faisaient comme des palmes.

C'était peut-être la mode. Il regarda ses Bensimon qui commençaient à partir en lambeaux. « Mais je n'en sais rien, moi. Y a personne là-dedans, vous êtes sûr ? Parce qu'il faut peut-être que j'appelle les flics, quand même.

— Si vous voulez, mais ça ne servira à rien. Aucune loi n'interdit d'accumuler les détritus. Écoutez, monsieur Bourdeaux. Il faut que vous m'aidiez à comprendre.

— J'ai bien peur de ne pas vous être très utile. Mais venez, on va aller dans la loge. Ici, ça pue la mort. »

# 20

Durant sa carrière de militante, puis de femme politique, Isabelle Colson avait déjà vécu des moments éprouvants. Elle avait par exemple passé une nuit en garde à vue après avoir répandu des poches de faux sang sur les bancs de l'hémicycle à l'Assemblée. Elle avait été traitée sans ménagement par des policiers qui ne partageaient visiblement ni son engagement à gauche ni son combat contre les discriminations dont étaient victimes les homosexuels.

Elle se souvenait très bien de cette femme flic qui avait entrepris de la fouiller au corps. Elle l'avait emmenée dans un local isolé qui ressemblait à une cabine d'essayage, où elle lui avait demandé de se déshabiller. Isabelle Colson avait obtempéré, calmement, et s'était retrouvée nue face à cette femme qui faisait une tête de moins qu'elle. D'un geste sobre, en la défiant du regard, elle avait écarté une mèche qui tombait constamment sur le front d'Isabelle Colson et avait rabattu ses cheveux derrière les oreilles. « Tu crois quoi ? lui avait-elle murmuré en se tenant sur la pointe des pieds, si proche d'elle qu'elle pouvait sentir son souffle sur son cou. Que j'ai envie de toi ? Je suis pas lesbienne, tu sais. — Moi non plus, avait rétorqué Isabelle Colson. — Tu dois bien l'être un tout petit peu pour fricoter avec tous ces homos », avait répondu la femme avant de lui faire signe de se taire, en mettant un doigt devant sa bouche.

Elle lui avait ensuite passé le doigt sur les lèvres, puis les avait écartées pour inspecter sa denture, elle lui avait demandé de lever et de baisser les bras. Isabelle Colson avait senti la policière effleurer ses aisselles mal épilées et avait éprouvé un frisson plutôt désagréable. L'examen de son entrejambe eut lieu dans la foulée, avec autant de tact que possible. La femme avait ensuite examiné ses pieds. Et Isabelle Colson avait pu se rhabiller. La policière avait simplement joué de sa position de domination, mais à aucun moment elle ne s'était sentie en danger. Aucune poursuite judiciaire n'avait été entamée à son encontre.

Isabelle Colson avait aussi eu des démêlés avec la justice, à la suite d'une plainte déposée par une ancienne permanente de l'association dont elle avait assuré la présidence pendant trois ans, Help ! Homophobie. Elle n'en avait pas voulu à cette femme, Hélène, parce qu'elle savait que, derrière, il y avait un dépit amoureux, qui s'était exprimé après qu'Isabelle Colson l'avait éconduite.

Hélène, qui avait dix ans de plus qu'elle, s'était d'emblée posée en initiatrice, avec un seul objectif : prouver à Isabelle Colson que son hétérosexualité n'était que de façade. « Ça se voit, je le sens. Tu briseras le tabou. — Je t'assure que non, lui répétait Isabelle Colson. Vraiment. »

Lassée par tant d'insistance, elle avait toutefois eu le malheur de lâcher, de guerre lasse : « Après tout pourquoi pas ? Il peut arriver qu'on soit attiré par des personnes, plus que par des sexes. » Mais elle avait rectifié aussitôt : « Une relation sexuelle avec une femme, non vraiment, Hélène, ce n'est pas pour moi. » Et elle avait ajouté, en son for intérieur : « Surtout pas avec toi. » Hélène, elle, était aux anges : « Je sais que tu y viendras. Et ce jour-là, je t'en voudrai si tu ne m'appelles pas. » Ce jour n'était jamais arrivé mais, un soir, alors qu'elle revenait au local de l'association, elle avait trouvé Hélène installée derrière son bureau, un sourire triomphant aux lèvres. Quand elle s'était levée pour s'approcher d'elle, Isabelle

Colson s'était aperçue qu'elle avait bu. Plusieurs verres. Pour se donner du courage, sans doute.

Elle lui avait placé une main derrière le cou et l'autre sur l'entre-jambe, puis avait posé ses lèvres sur les siennes. Cela avait duré une seconde, deux peut-être, pendant lesquelles, totalement prise au dépourvu, Isabelle Colson avait senti la langue d'Hélène tenter de se frayer un chemin dans sa bouche, et ses doigts masser son sexe à travers son pantalon. Elle avait fait mine de reculer, mais l'autre la tenait fermement et il avait fallu qu'elle la pousse du bras pour se dégager. « Tu as tellement de violence en toi, avait dit Hélène, j'aime ta brutalité et ta douceur, j'aime ce mélange. Je t'aime beaucoup, tu sais. » Elles en étaient restées là, mais, dès le lendemain, Isabelle Colson avait licencié Hélène, qui avait riposté en déposant une plainte pour harcèlement sexuel, et en alertant la presse sur les comptes de l'association, notamment les réserves financières, constituées des dons accumulés au fil des ans, qui avaient été placées en Bourse. La presse s'était aussi intéressée à la rémunération d'Isabelle Colson, qui s'élevait à quelque quatre-vingt mille euros annuels. Elle avait dû se justifier encore et encore, expérimentant pour la première fois ce que pouvait être le tribunal médiatique.

Sa ligne de défense n'avait jamais varié. Oui, elle venait d'une famille relativement aisée. Oui, elle avait un salaire bien meilleur que la plupart des Français. Et non, elle n'était pas homosexuelle. Tout cela la disqualifiait-elle dans le combat pour l'égalité des droits ? Elle ne le croyait pas.

Les langues s'étaient déliées. On s'était aperçu qu'elle avait plutôt réduit son train de vie par rapport à ses prédécesseurs, que les placements financiers rapportaient chaque année plus de cent mille euros et que personne ne pouvait corroborer les accusations formulées par Hélène. Cette dernière avait fini par retirer sa plainte et par s'excuser.

Après cet épisode, jugeant qu'elle avait désormais le cuir

suffisamment tanné, Isabelle Colson était entrée en politique. Le chantage, les coups bas, les renvois d'ascenseur, cela faisait partie du jeu et elle pouvait s'en dépêtrer. Mais en dix ans passés sur les bancs de l'Assemblée comme députée, jamais elle n'avait pensé que la violence en politique pouvait être autre que symbolique.

Pour la première fois, ce soir, elle doutait.

Lucky… Pourquoi lui ?

Après avoir renvoyé Emmanuel Sauvage à son bureau sans ménagement, elle avait décidé de se reposer dans son appartement, avant le dîner prévu à 21 heures avec des parlementaires de la majorité. Elle avait passé le badge sur le lecteur, puis elle avait ouvert la porte. Elle avait senti quelque chose qui faisait obstacle. Elle avait insisté, poussant des épaules, fermement. Une fois à l'intérieur de l'appartement, elle avait refermé la porte et vu le corps de son chien, allongé dos au mur, la butée enfoncée dans le dos, un filet de bave séché sur ses babines. Il baignait dans une mare de pisse et de vomissures. Le bas de la porte était recouvert de griffures, comme s'il avait tenté d'appeler à l'aide. Elle s'était mise à sangloter en découvrant les traces de diarrhée qu'il avait laissées sur plusieurs mètres, en se déplaçant depuis son panier, situé à l'autre bout de la pièce. Elle l'avait imaginé ramper pour sa survie et trouver porte close. Sans doute avait-il hurlé à la mort. Dans le vide.

Elle s'était laissé tomber par terre et avait gardé les yeux fixés sur le corps de son chien, éclairé à travers les baies vitrées par la lumière blanchâtre de la lune qui donnait à la scène des allures de crépuscule. Elle était incapable de dire combien de temps elle était restée prostrée. Quelques minutes tout au plus, qui lui avaient paru suspendues dans l'atmosphère surréelle de cette journée qui s'achevait. Elle avait voulu se raccrocher à quelqu'un mais, en sortant son téléphone portable, elle s'était aperçue qu'elle n'avait plus grand monde avec qui partager le désespoir qui l'avait envahie. Sa carrière l'avait éloignée de son mari qui, à Lyon, menait tambour battant une vie de chef d'entreprise où les maîtresses occupaient une part de plus en plus grande à mesure que sa start-up collectionnait les succès. Sa fille était en Chine pour deux mois. Et son fils, qui avait intégré la marine marchande l'été précédent, était en mer.

Et même si elle avait pu les joindre, que leur aurait-elle dit ?

Une jeune femme s'était jetée dans le vide. Quoi d'inquiétant là-dedans ? Il y avait trente suicides par jour en France. Son chien était mort. Et alors ? Il avait quatorze ans. Il avait fait son temps. On la prendrait pour une folle si elle verbalisait ses intuitions, si elle émettait l'hypothèse que cette jeune fille, tombée du haut de l'héliport, avait été poussée dans le vide, si elle assurait que son chien avait été empoisonné. Tout le monde lui dirait la même chose : « la politique te rend paranoïaque ».

Alors elle avait pensé à son père et cela lui avait donné la force de se relever. Elle avait d'abord appelé les urgences vétérinaires, puis Franck Lourmel. Elle le sentait. Elle le *savait*. Elle était attaquée. Il fallait reprendre la main. Raisonner en politique. Riposter par la raison, pas par l'émotion. Et surtout pas dans la précipitation.

# 21

La loge du gardien empestait l'encaustique. Il vivait dans cinquante mètres carrés avec sa femme et son chien. Le yorkshire se mit à grogner dès que Christophe Demory passa la porte qui séparait le vestibule du salon.

« Asseyez-vous », dit Bourdeaux. Demory regarda autour de lui mais ne trouva aucune place libre. Le canapé était recouvert par des magazines et des vêtements à repasser, et les mini-tabourets disposés autour de la table basse étaient occupés par des assiettes en plastique où traînaient des restes de cacahuètes et autres pistaches. Bourdeaux fit le ménage grossièrement pour permettre à Demory de s'asseoir. Il prit le yorkshire dans ses bras.

« Donc vous pensez que ça ne sert à rien d'appeler la police ?

— Les gens font ce qu'ils veulent chez eux. S'ils ont envie de tapisser leur appartement avec de la merde, aucune loi ne l'interdit. »

Bourdeaux pensa à cette jeune femme, mal à l'aise dans un corps effilé et qui pourtant s'obstinait à porter des talons. Elle était toujours vêtue de noir, lui semblait-il, avec une ou deux touches de couleur mal à propos. Elle disait bonjour, mais pas grand-chose d'autre. Elle n'était pas tellement plus bavarde que lui, et ça la lui rendait presque sympathique. Il fit un effort pour se souvenir de son prénom, sans succès. Elle vivait seule, il en était sûr. Mais il n'avait aucune idée de ce qu'elle faisait dans la vie. Il ne s'y était jamais intéressé. Ce n'était pas son rôle.

« Qui habite là, monsieur Bourdeaux ? reprit Demory.

— Eh bien... Je pensais que vous le saviez, non ? C'est une nièce de M. Renaudier. Une cousine à votre dame, quoi. Stéphanie Renaudier, je crois, ou Julie, un prénom comme ça, très commun. Je l'appelle toujours mademoiselle Renaudier. C'est complètement fou. Elle n'a pas du tout l'air d'une clocharde. J'irais pas jusqu'à dire que c'est un summum d'élégance, mais enfin les rares fois où je la vois, elle est maquillée, habillée de façon très ordinaire, pas avec des vieux trucs ou je ne sais quoi... C'est pas une fille Emmaüs, quoi. »

Demory décrivit physiquement Stéphanie Sacco. Le gardien lui confirma que le portrait correspondait. « Une nièce de M. Renaudier »... Le père de Nathalie était-il au courant qu'elle se réclamait de lui ? Avait-elle racheté l'appartement avant de s'y engloutir ? Est-ce qu'elle l'avait squatté, pendant tout ce temps, sans qu'il puisse la virer ? Était-ce une volonté délibérée de sa part d'occuper l'appartement où son ancienne collègue avait été retrouvée morte ? Au vu de son suicide, au vu de l'état de l'appartement, on ne pouvait pas exclure une fascination morbide pour le destin de Nathalie. S'il y avait une personne capable de répondre aux interrogations de Christophe Demory, c'était le père de Nathalie, et personne d'autre.

Une conversation qu'il avait eue avec Alain Renaudier lui revint subitement en mémoire. C'était le jour de l'enterrement. Il portait un pardessus bleu marine, toujours le même. Il était abrité par un parapluie qui empêchait les gouttes de s'écraser sur son crâne. Renaudier avait prononcé quelques mots, que tout le monde avait écoutés religieusement, mais il n'en avait gardé aucun souvenir. En revanche, juste après, il lui avait dit : « Je vais mettre l'appartement en vente. Je ne peux pas garder ça. C'est trop lourd, tu comprends ? » Christophe Demory avait eu l'impression qu'Alain Renaudier s'excusait, comme s'il lui devait quelque chose. C'était ridicule : cet appartement était à Nathalie, pas à lui. De toute façon, il n'aurait jamais pu y vivre après le drame. « Tu pourras venir récupérer tes affaires très vite », avait complété Renaudier. Demory avait gardé un double des clés, en se disant qu'il faudrait les rendre, et sans jamais le faire, par peur, peut-être, de trahir le souvenir de Nathalie. Les redonner, c'était prendre acte que tout était fini, et il n'était pas prêt à cela à l'époque.

« L'eau était coupée, j'ai l'impression, reprit Demory. L'électricité aussi. Sauf dans la salle de bains. Enfin, si on peut appeler ça une salle de bains. Peut-être qu'elle ne payait pas ses factures.

— Elle n'a pas l'air d'avoir de problèmes d'argent, pourtant.

— Comment ça ?

— Elle fait ses courses chez Monoprix. Elle doit faire ça par Internet. Je le sais parce qu'elle se fait tout le temps livrer. Et puis elle commande des bouquins aussi, toutes sortes de choses. Toujours chez Amazon. Elle vient chercher ça à la loge. C'est les seules fois où je la vois. »

Chacun semblait perdu dans ses réflexions. Demory se décida à lui poser une question qui lui brûlait les lèvres : « Elle habite là depuis quand ? » Il menait la conversation comme un interrogatoire, et cela ne semblait pas plaire à Bourdeaux, qui était sur la défensive. Ou peut-être était-il simplement choqué.

« Assez longtemps.

— Plusieurs années ?

— Oui. Je ne me souviens pas qu'il y ait eu d'autre locataire depuis votre dame, en fait. »

Bourdeaux reprit son souffle et, alors que le yorkshire lui léchait les phalanges, il demanda : « Mais vous, qu'est-ce que vous êtes venu faire chez elle ? Vous la connaissez, cette jeune fille ? » Et sans donner à Demory le temps de répondre, il embraya : « C'est terrible. Je n'arriverai plus à la regarder de la même façon, maintenant. »

Cette réflexion donna à Demory une porte de sortie. « Elle a été retrouvée morte là où je travaille. Elle s'est suicidée. Jetée dans le vide. Elle avait ces clés dans la main, et une adresse, mentit-il. Cette adresse. Vous comprenez ? Je n'aime pas les coïncidences. Je n'ai pas pu résister.

— Morte ? Alors les flics vont bien finir par venir. Qu'est-ce que je vais leur dire, moi ? »

Cela semblait être sa principale préoccupation. Demory le fixa droit dans les yeux. « La vérité. Vous allez leur dire qu'à cause de l'odeur vous vous êtes permis de vérifier que tout allait bien. Vous avez ouvert la porte. Et voilà ce que vous avez trouvé.

— Mais je n'ai pas ouvert la porte. C'est vous qui... Enfin, c'était déjà ouvert quand je suis arrivé.

— Peu importe. L'essentiel, c'est que vous n'avez rien fait d'illégal. Vous n'êtes pas obligé de leur parler de moi. Et puis comme ça, moi, je ne leur dirai rien sur vos petits trafics de location de places de parking à la journée. Vous faites toujours ça, n'est-ce pas ? »

## 22

Ce n'était jamais agréable d'être convoqué par la ministre pour se faire engueuler comme un gosse. Mais Lourmel avait un sens du sacrifice à toute épreuve. Il encaissait les coups et il en redemandait.

« Je n'ai rien contre vous personnellement, Franck, commença-t-elle. Mais j'aimerais comprendre. Qui a les clés de cet appartement ?

— Il n'y a jamais eu aucun problème. Personne ne s'aventurerait à pénétrer dans l'appartement de fonction d'un ministre sans autorisation.

— Ce n'est pas ma question. Qui a les clés de cet appartement ?

— Excusez-moi, madame la ministre, mais… pourquoi êtes-vous si sûre que votre chien a été empoisonné ?

— Franck, ne m'obligez pas à être désagréable. Je ne vais pas répéter ma question une nouvelle fois.

— Pardonnez-moi, mais elle n'a pas de sens. »

Excédée, Isabelle Colson regardait Franck Lourmel droit dans les yeux, prête à le frapper. Elle inspira fortement et lui tourna le dos pour faire face à la fenêtre. Ses yeux s'arrêtèrent sur la Cité de la mode et du design, posée sur le quai d'Austerlitz, qui brillait dans la nuit comme une luciole. Elle n'était pas emballée par cette construction qui polluait la vue. Mais, dans le reflet de la vitre, le visage de Lourmel l'écœurait davantage encore. Même si, jusqu'alors, elle s'était toujours entendue avec lui, cet homme la dégoûtait. Il avait un physique de petit marquis, un visage de vieille noblesse : un nez épaté, des lèvres charnues, un brushing impeccable. Et surtout, ce foulard en soie qu'il portait presque toujours autour du cou. Il respirait l'esprit courtisan. Elle avait su faire de lui un allié. Là, il était en train de la lâcher. Ça sentait la fin de règne.

« Franck, lui dit-elle en se retournant brusquement, vous êtes têtu, mais moi aussi. Si vous ne me répondez pas, je fais aussitôt rédiger un décret pour vous remplacer et je vous nomme à Wallis-et-Futuna où on vous trouvera bien un poste adapté à vos compétences. Et dès jeudi prochain, vous faites vos valises.

— Je n'approuve pas votre façon de faire, mais je vais vous répondre. Le secrétariat général est le seul à disposer d'un double du système d'ouverture : c'est celui-là qui sert pour tout le personnel amené à entrer dans l'appartement. Ce système d'ouverture n'est pas modifié après chaque passation de pouvoir, mais chaque ancien ministre doit donner le badge et la clé au secrétariat général après son départ. Ils peuvent en avoir fait fabriquer un double, mais, très franchement, je doute qu'il faille chercher de ce côté-là. D'où ma question, pardonnez-moi si j'insiste : pourquoi êtes-vous si sûre que votre chien a été empoisonné ?

— Vous êtes vétérinaire, Franck ?

— Quel est le sens de cette question ?

— Vous êtes vétérinaire, ou pas ?

— Arrêtez de me prendre pour un imbécile, ça commence à devenir vexant.

— Je vous prends pour un imbécile parce que depuis le début vous jouez à l'imbécile. Moi non plus, je ne suis pas vétérinaire. Donc quand je ne connais pas, je ne dis rien et je me range derrière l'avis de ceux qui savent. Quand je l'ai retrouvé, il s'était pissé dessus, il avait essayé d'ouvrir la porte avec ses pattes jusqu'à laisser dans le bois des traces de griffes d'un demi-centimètre de profondeur – c'est dire son désespoir – et il avait chié – excusez-moi de parler crûment – sur une dizaine de mètres dans l'appartement. Vous le savez, vous étiez là quand les deux femmes de ménage finissaient de nettoyer. Pour le vétérinaire qui a eu la gentillesse de venir en urgence, ça n'avait pas trop l'air d'un arrêt du cœur, vous voyez. Il a plutôt pensé à un empoisonnement. Voilà pourquoi depuis tout à l'heure je vous demande qui a les clés de cet appartement où quelqu'un est entré pour tuer mon chien. »

Franck Lourmel s'aperçut qu'elle était au bord des larmes. Il jugea que, au rythme où les événements s'enchaînaient, elle ne tiendrait plus longtemps. « Il y a certainement une explication, dit-il sans conviction.

— Votre empathie me touche énormément, ironisa Isabelle Colson. Allez ! Partez, maintenant. »

Il aimait les chiens et il était désolé pour Lucky, mais enfin, il avait tout de même été surpris qu'elle dérange aussi tard un des hauts fonctionnaires les plus influents du ministère pour compatir à la mort de son plus fidèle compagnon – plus fidèle que son mari, en tout cas, qui, s'il en croyait Bennarivo, s'en donnait à cœur joie à Lyon.

Franck Lourmel examina son visage dans le miroir, face aux lavabos. Il avait le teint un peu cireux, des cernes sous les yeux. Il appuya plusieurs fois de suite sur le distributeur de savon et se frotta les mains sous le jet d'eau, puis les sécha rapidement. En sortant des toilettes, il rajusta sa braguette alors qu'en face, au fond du couloir, arrivait un groupe de trois jeunes hauts fonctionnaires qui se dirigeaient vers la sortie. Il regagna son bureau en évitant de les saluer. Il envisagea d'appeler le vétérinaire qui était venu chez Isabelle Colson, mais il n'avait pas son nom. « À quoi bon ? pensa-t-il. Qu'est-ce que ça changera ? »

Il était passé pour un incompétent sûrement, un imbécile évidemment, mais pas pour quelqu'un de malhonnête. Il ne l'avait jamais été et, si Isabelle Colson pensait l'avoir pris en défaut de loyauté, elle avait tort. Comme tous les gens de sa génération, il avait été marqué par la démagogie de 1981, qui l'avait amené, lui et beaucoup d'autres, à faire preuve d'un certain réalisme et d'un sens du devoir qui entraient parfois en contradiction avec la fidélité au pouvoir politique. Le tournant de la rigueur, en 1983, avait fini par leur donner raison. Il s'était forgé au fil des années sa propre définition de la loyauté : une loyauté vis-à-vis de soi-même et de ce qu'il considérait comme l'intérêt général, une forme d'honnêteté intellectuelle qui n'avait jamais été contestée par qui que ce soit. Dans cette crise qui n'en finissait pas de durer, une seule politique pouvait être conduite et la différence entre la gauche et la droite devait se résumer à une simple histoire de packaging. Si le politique décidait, par caprice, par conviction ou par esprit de contradiction, de changer le produit à l'intérieur de l'emballage, il perdait aussitôt sa légitimité.

Franck Lourmel, comme les autres, pouvait accepter des changements d'orientation, à condition d'avoir les moyens de les absorber pour les rendre compatibles avec la direction que prenait le paquebot. Un changement de cap à dix ou vingt degrés était toujours envisageable. Mais personne n'avait le droit d'imposer un virage à quatre-vingt-dix degrés. Il ne fallait pas qu'Isabelle Colson s'étonne de se retrouver avec une mutinerie sur les bras. Et dans une mutinerie, il y avait parfois des morts. Tant que c'étaient des chiens, on pouvait s'estimer heureux. Dans la lutte qui s'était ouverte, Franck Lourmel savait où était son intérêt. Il n'avait aucun état d'âme. S'il avait fallu qu'il verse lui-même une pâtée pour chien empoisonnée dans la gamelle, il l'aurait fait sans hésiter.

## 23

Il manqua de tomber dans l'escalier, mais parvint à attraper le métro. Il trouva une place assise dans un carré. Le trajet lui parut interminable mais une demi-heure plus tard à peine, Christophe Demory était déjà face à son ordinateur. Il brancha la clé USB. Une icône apparut, intitulée « sans titre ». Il l'ouvrit. Il y avait un dossier baptisé « Rapport Fertel » et un fichier .wav nommé « sound 1 ». Le dossier contenait plusieurs fichiers Word : « Rapport Fertel V1 », « Rapport Fertel V2 », jusqu'à la version 7. Demory examina les dates des modifications, qui s'étalaient du 23 novembre 2009 au 4 mars 2010. Quelques semaines avant la mort de Nathalie.

Il ouvrit le premier fichier et en examina les propriétés. C'est bien elle qui l'avait créé. En tout cas, il avait été créé à partir de son ordinateur, celui-là même qui avait disparu après sa mort.

Demory retint son souffle et enclencha la lecture du fichier sonore. Des crampes lui lacérèrent le ventre et il sentit ses jambes devenir cotonneuses au moment où il reconnut la voix. Elle était faible, mais facilement audible, comme si elle avait chuchoté directement dans le micro. Elle ne s'adressait pas spécialement à lui.

« Je suis Nathalie Renaudier, inspectrice des finances en disponibilité. Le dossier présent sur cette clé USB contient toutes les versions du rapport de l'Inspection des finances sur le plan de soutien aux banques de l'automne 2008 en général, et sur l'affaire dite de l'Asmterdamsche Bank en particulier, sur laquelle j'ai travaillé en duo avec une autre inspectrice, Stéphanie Sacco. Les versions intermédiaires et la version finale proposée au directeur de l'Inspection, la version retenue, édulcorée, pour ne pas dire censurée. Et la version qui aurait dû être écrite. Et communiquée à l'opinion. Libre à celui qui la trouve de la faire connaître à qui il jugera utile. Pour ma part, je n'en ai pas la force.

Nous avons mis du temps à comprendre que le but de ce rapport n'était pas d'établir *la* vérité, mais *une* vérité qui avait été décidée avant même que nous commencions à nous pencher sur l'affaire. Ce rapport avait pour objectif de cautionner officiellement le fait qu'il n'y avait eu aucun dysfonctionnement de l'État dans la façon dont l'argent public avait été utilisé. Et que, par conséquent, les accusations sur un traitement de faveur accordé au Crédit parisien étaient fausses. Pour être clair, ce rapport avait été commandé à l'Inspection avec une feuille de route implicite : concluez qu'il n'y a pas eu faute. Même s'il y a eu faute.

Stéphanie et moi, nous étions inexpérimentées. Zélées. Curieuses. Et de gauche. Cela fait beaucoup de points communs. Cela nous a donné envie d'aller au-delà des auditions des acteurs du plan. Nous avons demandé l'accès aux mails échangés par les principaux acteurs du ministère pendant l'élaboration du plan. Et on nous les a donnés. C'est la magie de Bercy. C'est une maison qui archive tout. Très bureaucratique. Une demande, une réponse, puisque nous avions la lettre du ministre qui disait : "par tous les moyens que vous jugerez appropriés". Une sorte de formule de politesse, à ne pas prendre au pied de la lettre

Nous avons épluché tous ces mails. C'était fascinant de revisiter la crise à travers cette correspondance. C'était fascinant aussi de voir que personne ne prenait vraiment de précautions, ou alors le strict minimum. Oh, rien n'était jamais *dit*. Mais c'était tellement clair, après coup.

Les pontes de Bercy n'ont pas tardé à apprendre que nous avions demandé l'accès à leur correspondance. Ils nous ont auditionnées. Il y avait là Jean-Paul Malleray, le patron de l'IGF, Daniel Caradet et un troisième homme que je ne connaissais pas. Il reniflait et se raclait la gorge, mais parlait peu. J'avais l'impression d'être devant un tribunal. Ce tribunal nous a rudoyées, mais il nous a acquittées. Enfin, c'est ce que nous avons cru. La vraie peine, elle a été prononcée après. Cela revenait à une peine de mort professionnelle. Nous avons reçu un coup de téléphone de la secrétaire d'Antoine Fertel, pour prendre rendez-vous. Quand il *demande* quelque chose, il est impossible de refuser. Nous y sommes allées. »

Christophe Demory ferma les yeux un instant et cliqua sur « pause ». Il respira un grand coup et passa à la cuisine se servir un verre d'eau. Il reculait le moment, sans savoir pourquoi. Pour mieux le savourer, ou parce qu'il en avait peur. Rester cloîtré dans l'incertitude était parfois plus confortable, et la vérité, quand elle apparaît telle qu'elle est, nue et trop simple, risque de décevoir. Il examina son portable. Il avait douze appels en absence, quinze SMS et trente-deux mails non lus. Instinctivement, il parcourut du regard tous les messages. Certains émanaient d'Isabelle Colson, d'autres de Daniel Caradet. Le plus récent avait moins d'une heure. On le conviait à une réunion le lendemain à la Lanterne. Il savait d'ores et déjà qu'il n'irait pas, que cette partie-là de sa vie était derrière lui. Il ne répondit pas. Il appuya de nouveau sur « lecture » et écouta attentivement le récit de leur rendez-vous avec Antoine Fertel.

« Fertel savait que nous savions. Il a justifié son lobbying pendant cette période. Au fur et à mesure, j'étais tétanisée par le talent et l'aura de cet homme. Tout son discours justifiait ses actions. C'était simple à résumer : l'intérêt de l'État passait par celui de sa banque, et celui de sa banque passait par le sien. On pouvait aussi prendre l'assertion à l'envers, peu importait.

En sortant de ce rendez-vous, Stéphanie et moi nous sommes assises dans un café, près de l'Opéra, et on s'est engueulées. Elle m'accusait d'inventer un grand complot au sommet de l'État pour favoriser le Crédit parisien. Elle m'a reproché de prendre cette mission trop à cœur et m'a dit que tout cela finirait par me rendre folle. Je lui ai répondu qu'elle n'était pas assez concernée. Nous sommes adultes, et professionnelles. Nous avons été jusqu'au bout de la rédaction du rapport, même si nous avions des désaccords importants. Il ne contenait rien d'explosif dans la version que nous avons donnée à Jean-Paul Malleray. L'IGF a fait fuiter quelques extraits dans la presse, sans que la polémique sur le sujet s'éteigne pour autant. Elle ressurgit périodiquement et cela continuera. Tout cela n'a aucun intérêt, au fond. Ce rapport est un épiphénomène. C'est ce qui a tout déclenché, mais cela aurait pu être autre chose. Des rapports comme celui-là, il aurait pu y en avoir des dizaines pour raconter l'histoire des trente dernières années, mais cela n'intéresse personne.

Un mois plus tard, alors que l'Inspection ne nous avait toujours pas attribué de nouvelles missions et que nous étions en train de nous morfondre chez nous, Antoine Fertel a fait savoir qu'il souhaitait nous inviter dans son manoir en Normandie. Il avait affrété un hélico, qui nous attendait sur le toit de Bercy. Tout un symbole. Maître chez lui. Je n'ai pas dit à Stéphanie pourquoi j'ai accepté d'y aller. Elle m'a accompagnée dans l'espoir d'être réhabilitée. J'avais, pour ma part, un autre objectif. Cet objectif était présomptueux. Je voulais finir le travail, et un abîme s'est ouvert devant moi. »

Il restait une minute où elle parlait de son père. Les dernières phrases lui firent l'effet d'un coup de poignard.

« Mon monde s'est écroulé. Je ne vois pas à qui, autour de moi, je peux encore faire confiance. Je me sens seule. En danger. Et je ne vois aucune issue. »

Après, elle cessait de parler. L'enregistrement, lui, semblait continuer. Il fit défiler encore un peu plus d'une minute. On n'entendait plus rien, quelques bruits de klaxon, au loin, qui s'épuisaient en même temps que s'étirait la *timeline.* Il appuya sur « stop ».

Des larmes se forçaient un chemin à travers les yeux de Demory. Nathalie ne lui avait jamais parlé de cette escapade à Houlgate. De la ville, il ne connaissait que le front de mer, la promenade escortée par les cabines de bain et, en seconde ligne, les maisons à colombages qui défiaient la Manche, pas le manoir d'Antoine Fertel.

Elle avait cessé de lui faire confiance. Est-ce qu'elle avait aussi cessé de l'aimer ?

Il essaya de se souvenir de la dernière fois qu'ils avaient fait l'amour, sans succès. Seuls lui revinrent en mémoire des moments d'insouciance qui dataient d'avant, avant qu'elle se plonge dans l'affaire de l'Amsterdamsche Bank. Une crique dans une île grecque, une balade à Giverny, les docks de Lisbonne. C'était loin, tout cela.

Il attrapa son portable et, malgré l'heure tardive, essaya de joindre Alain Renaudier.

# 24

Sa femme faisait semblant de dormir. Il s'allongea à bonne distance d'elle, trente ou quarante centimètres, et ne lui déposa aucun baiser, ni sur les lèvres, ni sur le front comme il avait l'habitude de le faire. Quelque chose le préoccupait et elle brûlait de lui demander de quoi il s'agissait, mais elle connaissait bien son mari. Il lui fallait du temps pour digérer, souffler, et refaire surface. Alors seulement, il se confierait. Si elle lui murmurait quelque chose maintenant, elle ne récolterait qu'un mutisme vexant, peut-être même agressif. Il fallait le laisser venir.

Ils se tenaient tous les deux côte à côte, allongés sur le dos, comme deux cadavres attendant d'être découverts. Il regardait le plafond. Il y rejouait les films qui le hantaient, espérant être terrassé par le sommeil. Cela pouvait prendre des heures, mais il ne se levait pas. Il subissait, sans bouger.

« Bonjour Alain. J'aurais besoin de vous voir. Rapidement. C'est à propos de Nathalie. » Le SMS qu'il avait reçu dans l'après-midi était laconique. Il lui semblait sec, impérieux même, mais on pouvait toujours interpréter ce genre de messages de plusieurs façons. Croire aux coïncidences. Il s'était félicité de ne pas y avoir répondu quand, plus tard dans la soirée, il avait reçu l'appel de Bourdeaux. Et plus tard encore, l'appel de Demory, qu'il avait laissé volontairement sans réponse.

Que savait exactement Christophe Demory ? Comment avait-il fait le lien avec Stéphanie Sacco ? Alain Renaudier n'avait pas de réponses à ces questions, pourtant il fallait se préparer à l'inévitable confrontation qui aurait lieu avec celui qui aurait pu être son gendre. Il ne pourrait pas ignorer longtemps son invitation, mais il ne voulait pas y aller sans avoir réfléchi à ce qu'il lâcherait sans danger et à la façon dont il faudrait cacher le reste.

Les choses étaient très simples, en vérité : Alain Renaudier avait voulu faire au mieux. Il avait fait en sorte que sa fille suive le destin le plus enviable, qui consistait à servir l'État et à se vouer à l'intérêt général, comme lui.

Il avait rencontré son épouse, Véronique, à l'ENA. Tous deux avaient fait une carrière plus qu'honnête d'administrateurs civils, lui au ministère de l'Intérieur, elle au ministère de l'Éducation jusqu'à ce qu'elle arrête pour se consacrer à sa fille. Il n'avait jamais envisagé une autre voie pour Nathalie et, après le bac, il avait tracé son parcours sans qu'elle trouve rien à y redire tant, depuis des années, l'évidence qu'elle finirait elle aussi à l'École nationale d'administration avait été instillée dans son esprit à petites doses continues, comme une perfusion qui lui aurait été collée à l'âge de dix ans et ne lui aurait été retirée que quinze ans plus tard, à sa sortie de l'école.

Elle avait suivi la voie royale. Lycée Henri IV, hypokhâgne, Sciences Po, ENA. Elle avait même fait mieux que ses parents puisqu'elle avait fini dans la botte, ce qui avait comblé les attentes d'Alain Renaudier au-delà du raisonnable. Véronique avait insisté pour qu'elle choisisse le Conseil d'État plutôt que l'Inspection des finances. « C'est mieux pour une femme, tu verras. Le Conseil d'État c'est un vrai cocon : tu y seras chouchoutée, si tu veux partir, quand tu voudras faire des enfants, ce sera possible et tu seras assurée d'y retrouver ta place. Bercy, c'est trop machiste et tu ne t'épanouiras pas là-bas. » Son seul acte de rébellion avait été de choisir l'Inspection. Au lieu du « cocon », conseillée par plusieurs femmes du ministère des Finances qui lui avaient été opportunément présentées, elle avait opté pour l'« élastique » : après les quatre ans de tournée, elle pourrait être propulsée quasiment où elle voulait. « Même s'il n'y a aucun espoir de retour, c'est ce que j'ai envie de faire, avait-elle dit à ses parents. Je ne compte pas m'encroûter. »

Alain Renaudier avait cru déceler dans ce choix l'influence de Christophe Demory avec qui elle avait entamé une relation un an auparavant. Il n'avait pas d'affection particulière pour ce garçon, qu'il jugeait trop dilettante, mais éprouvait pourtant un réel soulagement de voir que Nathalie n'avait pas déniché un prof ou un intermittent du spectacle. Un énarque, même médiocre, restait un énarque, et tout le monde ne pouvait pas rivaliser avec les meilleurs des meilleurs. Lui-même avait échoué dans cet exercice.

Christophe Demory était sorti dans le milieu du classement. Il avait eu son premier poste au ministère de l'Agriculture, puis il avait bifurqué vers Bercy, au bureau des affaires bancaires, qui dépendait de la sous-direction des banques et du financement d'intérêt général. Alain Renaudier l'avait souvent entendu se plaindre : quatre travées, un bureau à partager avec un de ses condisciples, le nez collé en permanence à l'ordinateur. Il décrivait une ambiance plutôt terne, au contraire de celle qui régnait chez les inspecteurs des finances. Partis aux quatre coins du pays par groupes de deux, ils se retrouvaient pour rédiger leurs rapports dans une salle de réunion spécialement aménagée pour eux, qu'ils avaient appelée « le loft ». Mais il n'avait jamais exprimé la moindre jalousie ni le moindre ressentiment à l'égard de Nathalie, et Alain Renaudier lui en savait gré. Ils partageaient tous les deux une admiration sans limites pour elle. Renaudier se retrouvait presque dans le chemin qu'entamait Demory, qu'il voyait bien mener une carrière comparable à la sienne. Il saurait aussi bien donner des coups de collier jusqu'à deux heures du matin s'il le fallait que profiter de ses RTT. Comme eux, il deviendrait un des nombreux rouages, certes talentueux et bien huilés, nécessaires dans la mise en œuvre d'une politique décidée par d'autres. Le sort du pays ne dépendrait pas de lui et cela lui convenait très bien, comme cela avait convenu à Alain et Véronique Renaudier, qui n'avaient plus qu'une seule ambition : quitter Paris pour profiter d'une retraite bien méritée.

Alain Renaudier devait admettre qu'il s'était trompé. Christophe Demory était d'une autre trempe que lui. Ses analyses, ses décisions, sa capacité à influencer la ministre lui donnaient une responsabilité. Il n'était pas un simple morceau de l'engrenage. Il était celui qui appuyait sur le bouton de la machine. Il était aussi celui qui pouvait la détruire. Mais savait-il seulement où il s'aventurait ?

# 25

Il était là, devant elle, affable comme il savait l'être. « Entre, assieds-toi, Isabelle », dit le président. Ils étaient dans le salon doré où il passait le plus clair de son temps, derrière un bureau vieux de plus de trois cents ans où aucun ordinateur n'avait jamais été installé. Le smartphone du président était posé sur une console en bois verni, juste à côté. Il se mit à vibrer. Le président contourna le bureau, attrapa le téléphone et y jeta un œil, puis tapa quelques mots et le reposa. « Voilà, je suis à toi », dit-il.

Isabelle Colson savait ce qu'elle lui devait. Il avait transformé une militante passionnée aux méthodes basées sur la provocation et le happening en une véritable femme politique. Avec sa cote de popularité, certains la voyaient désormais à Matignon pour la seconde moitié du mandat. Elle prit quelques secondes pour admirer le tapis au sol. Du Louis XV, bien loin de la moquette vive qu'elle avait fait installer à Bercy. Elle eut à ce moment-là, sous les cinquante-six cristaux du lustre Napoléon III, le sentiment aigu d'être entrée par effraction dans le monde de la politique. Cet homme, en face d'elle, avait insisté pour qu'elle accepte de se présenter aux législatives et, sans même attendre son accord, lui avait trouvé trois circonscriptions où la victoire était promise. Elle n'avait eu qu'à choisir et, depuis, elle n'avait cessé de gravir les marches du pouvoir.

Le président la dévisagea. Avec ses yeux rougis, son nez camus et son cou froissé, elle lui fit l'effet d'une vieille guenon perdue dans la jungle, paniquée par la nuit qui tombe.

« Bon. Dis-moi tout, Isabelle. Que se passe-t-il ? Quelle était l'urgence de se voir là, maintenant, de si bonne heure ?

— Tu n'as pas idée des attaques que je subis en ce moment, dit-elle.

— Des attaques ? De quoi parles-tu ? »

Elle avait envie de lui faire confiance. Elle avait *besoin* de lui faire confiance, surtout. Car elle n'avait plus que lui. Lui et l'opinion publique. Mais s'il la lâchait, elle se condamnait au destin qu'avaient connu les ministres dites « de la diversité », lors du quinquennat précédent. Éjectées du gouvernement, elles n'avaient eu que les médias pour se défendre. Elle savait que ce n'était pas suffisant. Il fallait un réseau d'élus, une structure politique pour exister. Elle avait toujours rechigné à fabriquer tout cela et elle se sentait désormais vulnérable. Sa seule armure, c'était le président.

« Mon chien est mort », commença-t-elle. Le président la regarda, sans savoir quoi dire, puis balbutia un « désolé » à peine audible. Il avait du mal à cacher son indifférence et son agacement. Elle ne lui laissa pas le temps de parler. « Dans la vie, c'est comme en politique. Il ne faut pas trop s'attacher. Sinon on finit toujours par souffrir. » Le président hocha la tête, sans que cela signifie qu'il était d'accord, ou qu'il comprenait. C'était un réflexe, juste pour dire : « Je t'écoute, mais dépêche-toi. »

« Une jeune femme est morte. Mon chien a été tué. La pression monte autour de moi de façon malsaine. À quel point tout cela est lié, je n'en sais rien. Mais ce que je sais, c'est que ces gens-là sont prêts à tout.

— Mais de quels gens parles-tu ?

— Je ne sais pas de qui il s'agit. Mais je sais *pourquoi* ils font ça.

— Et pourquoi ?

— Ne fais pas l'idiot. Ils veulent une garantie de survie, et gratis.

Je ne la leur donnerai pas. Face à eux, je n'ai que toi. Je n'ai pas d'ambition personnelle et je suis là parce que tu l'as voulu. Parce que tu as voulu qu'on aille plus loin pour arrêter avec la domination des banques. Je sais que sans ton soutien, je ne suis rien. Alors ne me lâche pas. »

Le président regarda Isabelle Colson avec une certaine pitié. On lui prêtait toutes sortes d'aventures, et il était bien placé pour savoir que ce n'était pas tout à fait faux. Mais elle était très secrète sur son intimité. Il décida de la pousser dans ses retranchements pour la tester. « Ton discours est très confus, Isabelle, dit-il. De quel chantage parles-tu ?

— Je ne le sais pas encore. Mais on ne va pas tarder à le découvrir, si tu veux mon avis. Je ne suis pas loin de baisser les bras. L'attachement que je porte à mon chien a suscité beaucoup de moqueries derrière mon dos. Et je n'en veux à personne d'avoir persiflé là-dessus. Moi-même, ça aurait été assez mon style de faire ça. Tu sais, il avait quatorze ans, c'est assez vieux pour un chien. Il fallait bien qu'il meure de toute façon. Mais de cette manière. C'est atroce. »

Elle était au bord des larmes, mais se reprit en reniflant très discrètement. « Quand j'étais une petite fille, j'ai tanné mes parents pour qu'ils prennent un chien. Ma meilleure amie, à l'école, en avait un et chaque fois que j'allais chez elle, je passais les plus belles heures de ma vie. Mais ils n'ont jamais cédé. Mon père se réfugiait derrière le fait que ma mère était censée être allergique aux chiens, ce qui, en plus me faisait culpabiliser. J'ai compris des années plus tard qu'en désirant si ardemment un chien c'était peut-être à ma mère que j'en voulais, mais c'est une autre histoire et je ne vais pas t'infliger un résumé de mes séances de psychanalyse. Bref, ça m'a passé avec l'âge. Mon adolescence a été plutôt difficile et mes différents engagements militants ont achevé de creuser la distance avec ma famille, une famille catholique pratiquante, à droite, très à droite, repliée sur des valeurs traditionnelles qui avaient quasiment la force des dix commandements. Mon père avait failli suivre une carrière militaire puis avait commencé à monter des petits commerces, ma mère est toujours restée à la maison et leur plus grand regret est d'avoir fait trois filles et aucun garçon. La référence politique de mon père, c'était plutôt Poujade que Mauroy. »

Le président esquissa un sourire. Il savait tout cela. Il connaissait par cœur l'histoire de la petite bourgeoise qui avait choisi délibérément le crypto-marxisme de la gauche de gouvernement.

« Avec le temps, nos tensions ont fait place à une indifférence mutuelle, poursuivit-elle. Mon père et ma mère se désintéressaient de mon engagement militant, et moi de leur vie que je jugeais médiocre. Un jour, pourtant, mon père a sonné chez moi à l'improviste, ce qu'il ne faisait jamais. Il avait un sac de sport à la main. J'étais seule à la maison, car mon mari était chez sa mère avec les enfants. Je n'étais pas ravie de le voir, mais je lui ai tout de même proposé de rester dîner. L'atmosphère était très étrange. Lui que j'avais toujours connu préoccupé par les difficultés de ses affaires, sur les nerfs, souvent en colère, semblait plus apaisé. Je ne dirais pas qu'il était zen, mais il était, comment dire, délesté de tout problème. Léger. Léger, mais triste à la fois. Nous avons reparlé du passé, des occasions manquées entre nous. Il m'a reparlé du chien et il m'a avoué, ce que je savais depuis longtemps, que ma mère n'avait jamais été allergique, qu'elle était juste trop maniaque pour avoir une petite bête à poils dans son pavillon de banlieue. Il m'a dit qu'il m'aimait, qu'il regrettait tout cela et puis il a ouvert le sac de sport. Il en a sorti un panier pour chien et il a dit très vite : “Voilà, c'est un cadeau, si… si tu n'en veux pas, ce n'est pas grave.” Je l'ai regardé sans comprendre pourquoi il m'offrait un panier pour chien et un moment je l'ai cru fou. Il a ri et il m'a dit : “C'est un cocker, il a trois semaines. Il t'attend dans ma voiture. Si tu veux de lui, bien sûr.” L'espace d'un instant, j'ai eu l'impression d'avoir huit ans et de vivre un de ces bonheurs d'enfant indescriptibles tant ils sont forts. Je l'ai serré dans mes bras, je n'ai pas réfléchi à ce que dirait mon mari en revenant et je lui ai dit : “Bien sûr que j’en veux, Papa.” On est descendus tous les deux à sa voiture et on est remontés à l’appartement avec Lucky. C’était un moment de joie intense. Surréaliste. »

Elle s’arrêta un moment, fixa la moquette du bureau et, sans relever la tête, reprit, la voix légèrement brisée : « Et le lendemain, ma mère m’a appelée pour me dire qu’elle avait retrouvé mon père pendu dans le garage. »

Le président la regarda, bouche bée. Il ne sut quoi répondre. « Je ne savais pas, dit-il simplement. Je pensais qu’il était mort d’un arrêt cardiaque.

— Quelle différence ? C’est la vie qu’il menait qui l’a tué. La vie d’un bosseur acharné bouffé par le système. Il y en a des milliers comme lui. Des millions. Tu le sais : c’est la finance qu’il faut changer. »

Le président s’imagina tout à coup en empereur romain, au milieu des tribunes du Colisée. Pouce baissé, ou levé. Il avait décidé depuis longtemps. Il attendait juste le bon moment. Et ce moment était arrivé.

# 26

Il se tenait droit face au miroir, dans l'entrée de la maison, la cravate de part et d'autre du col de chemise. Il n'arrivait pas à lever les mains pour la nouer autour de son cou. Ses bras restaient ballants, le long du corps, au garde-à-vous. Il fixait son propre visage avec une telle intensité que son regard partit dans le vide et il sursauta quand Véronique, collée à son dos, passa ses mains sur son torse, en un geste d'affection qu'elle avait coutume de faire. Un sourire s'esquissa. Malgré sa chevelure en bataille, les rides qui avaient colonisé le coin de ses yeux et la commissure des lèvres, la peau de son cou flétrie par le bronzage et les années, il la trouvait toujours belle, tout simplement.

À l'ENA, promotion Clemenceau, 1970, c'est lui qu'elle avait choisi. Lui et pas Antoine Fertel, lui et pas Bernard Bennarivo, ses deux camarades de promotion les plus brillants. Lui, même si dès le départ tout le monde savait qu'il aurait une carrière de rond-de-cuir sans éclat, comme la majorité de ses condisciples. Lui, même si elle avait longuement hésité avec le futur banquier, qui s'était lancé auprès d'elle dans une cour patiente et flatteuse.

Alain Renaudier savait que Véronique y avait succombé avant d'entamer sa relation avec lui. Fertel en avait conçu sur le coup une légère amertume mais lorsque, quelques années plus tard, ils s'étaient retrouvés à un dîner, comme se retrouvent souvent les énarques tout au long de leur carrière, il paraissait à peine se souvenir d'elle. Cette distance avait heurté Véronique Renaudier. Elle s'en était ouverte à son mari, mais c'était une des rares fois où Antoine Fertel s'était invité dans leurs conversations. Le sujet était tabou.

Ils s'étaient croisés, de loin en loin, au fil des années, Renaudier assistant en spectateur à l'envolée de Fertel sous des cieux que personne, à l'époque de Clemenceau, n'avait pu seulement imaginer, ceux de la banque moderne, où les actionnaires avaient remplacé la tutelle de l'État et où les stock-options[1] avaient permis d'ajouter un, deux, parfois trois zéros aux rémunérations des hauts fonctionnaires qui avaient fait le grand saut de la finance.

En 1996, au moment du raid contre la Générale de Crédit, cela faisait bien quatre ou cinq ans que Fertel et Renaudier ne s'étaient pas vus. L'action du Crédit parisien avait été sacrément secouée. Les marchés avaient d'abord applaudi l'audace d'Antoine Fertel et la perspective d'avoir, au terme de l'opération, un leader européen de la banque capable de rivaliser avec les institutions financières de Wall Street. L'action avait gagné plus de quinze pour cent dans les premiers jours, mais rapidement, au fur et à mesure que la bataille entre les deux banques révélait le caractère irréductiblement hostile de l'offensive et l'impossibilité évidente d'une entente entre les deux établissements sur un prix quelconque, ils avaient sanctionné une

1. Les stock-options sont des avantages financiers octroyés aux cadres dirigeants des grands groupes. Il s'agit d'une option d'achat sur une quantité donnée d'actions, à une date déterminée et à un prix fixé. Cette option peut être levée quand le bénéficiaire le souhaite : il achète les actions, et les revend aussitôt pour empocher la plus-value. Le système est simple : il calcule la différence entre le prix de son option et le cours de Bourse, et cette différence constitue sa plus-value. C'est une forme de rémunération sans aucun risque. Au pire, si le cours de Bourse reste plus bas que le prix fixé pour l'achat, il n'empochera rien. Mais il ne perdra rien non plus. Le système a progressivement perdu de son attractivité à la suite de plusieurs scandales dans les années 2000 et a souvent été remplacé par l'octroi d'actions gratuites.

stratégie jugée hasardeuse en infligeant à la valeur une perte de plus de trente-cinq pour cent en deux mois. Au terme de l'offre publique d'échange, l'échec avait été complet : elle n'avait permis de récolter que quarante pour cent du capital de la Générale, alors que le Crédit parisien avait affiché son intention d'en racheter les trois quarts. L'opération avait été annulée par la Commission des opérations de Bourse.

Alain Renaudier avait évidemment suivi cela de très près. Il était à l'époque chef de la division nationale d'investigations financières et fiscales au ministère de l'Intérieur. À ce titre, il savait que ces épopées boursières étaient des moments propices aux délits d'initiés. Il avait eu des échanges informels avec la Commission des opérations de Bourse. Tout avait semblé propre mais, à la fin de l'opération, il avait reçu un coup de téléphone. La personne, visiblement très bien informée, n'avait pas voulu se présenter. C'était sans doute quelqu'un de l'intérieur même du Crédit parisien, qui avait choisi de passer à l'ennemi. L'homme lui avait appris qu'Antoine Fertel, en mars 1996, avait fait voter lors de l'assemblée générale des actionnaires un plan massif d'attribution de stock-options aux dirigeants, qui avait été approuvé à quatre-vingt-dix-sept pour cent. Comme c'était la règle, l'assemblée avait délégué au conseil d'administration le soin de fixer les bénéficiaires, le nombre d'actions auxquelles il avaient droit, le prix auquel les options pouvaient être exercées et surtout le délai dans lequel elles devaient l'être. L'homme était entré dans des détails très techniques – trop, même pour Alain Renaudier qui s'y connaissait pourtant extrêmement bien – mais avait fini par cracher le morceau.

Le conseil d'administration du Crédit parisien, présidé par Antoine Fertel, avait validé les détails du plan le 2 avril 1996. Sur proposition du président, qui en était le principal bénéficiaire, l'exercice des options avait été rendu possible à partir du 3 avril 1996, jour où l'action valait trois cent deux francs, avec une date limite suffisamment éloignée pour pouvoir se refaire au cas où, fixée au 3 avril 2002. Le même jour, il avait évoqué officieusement son projet d'OPE contre la Générale de Crédit avec les sept membres du conseil, qui se trouvaient eux aussi parmi les bénéficiaires. À cette date, Fertel était certain d'empocher la mise. Il rêvait d'un cours à cinq cents francs, qui, selon ses calculs, lui aurait permis d'empocher une petite vingtaine de millions de francs. Près de trois millions d'euros d'aujourd'hui. Au terme de l'attaque manquée, tout s'était écroulé : l'action du Crédit parisien ne valait plus que cent quatre-vingt-dix-huit francs. Tout l'intérêt du plan de stock-options partait en fumée : il fallait attendre que le cours remonte au-delà de trois cent deux francs pour pouvoir espérer gagner de l'argent.

« Du coup, avait conclu l'interlocuteur de Renaudier, Fertel a sondé les membres du conseil d'administration, et ils se sont mis d'accord pour effacer purement et simplement ce plan d'attribution de stock-options, et le remplacer par un autre, dont la date était postérieure, au moment où le cours de l'action était au plus bas.

— Mais il y avait bien une trace des délibérations du conseil, quand même, avait objecté Renaudier.

— Bien sûr. Mais elle a été effacée. Ce n'était pas bien compliqué : il suffisait de changer la date de la réunion et les valeurs de l'action. C'est le directeur financier qui s'est chargé de cela. L'assemblée générale avait fixé le cadre, libre au conseil ensuite de faire ce qu'il veut. On est entre gens de bonne compagnie : le risque de fuite est quasi nul puisque ça profite à tout le monde. De toute façon personne ne veut perdre sa place au sein d'un *board* où une demi-journée de réunion par trimestre vous assure quatre cent mille francs de rémunération annuelle. Le seul problème, c'est que c'est complètement illégal. Je pense que ça vaut bien l'ouverture d'une enquête, non ? Qu'en pensez-vous, monsieur le directeur ? »

Alain Renaudier n'était pas « directeur », mais il avait remercié. Et il avait hésité. Dans le contexte, ouvrir une enquête, qui ne manquerait pas d'être relayée dans les médias, revenait quasiment à tuer Antoine Fertel. L'idée ne lui déplaisait pas. « Et vous avez, bien sûr, les preuves de ce que vous avancez ? avait-il finalement demandé. — Sinon je ne vous aurais pas appelé », avait répondu l'autre.

Renaudier avait hésité, mais, en souvenir des années Clemenceau, il avait téléphoné à Fertel et demandé à le voir. Il était impossible de se lancer dans une attaque contre un ex-camarade de promotion sans avoir la courtoisie de le prévenir. Ils s'étaient retrouvés pour déjeuner au siège du Crédit parisien. Une table avait été dressée rien que pour eux. Ils étaient seuls dans une immense pièce. À ce moment-là, déjà, les convictions de Renaudier avaient vacillé. Il était venu dans l'idée d'informer Fertel qu'il allait ouvrir une enquête, mais ce n'est pas de cette façon qu'il avait abordé le problème. Il avait semblé ouvrir une porte de sortie à Fertel, et celui-ci s'y était engouffré.

« Nos services ont mis au jour la possibilité que votre dernier plan de stock-options soit illégal », avait-il lâché au moment des antipasti. Fertel avait encaissé la nouvelle sans rien laisser paraître, n'avait rien dit et l'avait laissé venir. « J'ai suffisamment d'éléments pour ouvrir une enquête », avait-il poursuivi, avec la voix qui déraillait. Avant de conclure : « Je suis emmerdé… On fait quoi ? »

Le premier réflexe de Fertel avait été de faire le tour des membres du conseil d'administration pour identifier le traître, puis il avait changé de priorité pour appuyer sur la faille de Renaudier. Son cerveau fonctionnait vite. Il avait une carte maîtresse qu'il n'avait jamais envisagé d'abattre, mais il n'avait pas eu le choix. Il s'était souvenu de sa dernière rencontre avec Alain et Véronique Renaudier, des années auparavant. Alain ne cessait de parler de sa fille, leur fille, qu'ils avaient eue sur le tard. Nathalie par-ci, Nathalie par-là. C'en était presque gênant. Véronique, elle, était plus mélancolique. Plus pragmatique aussi. Il avait senti poindre chez elle un certain décalage entre le discours sur le service de l'État et les sacrifices financiers qu'il fallait consentir pour cette noble tâche, et la frustration face à d'anciens camarades de promotion qui se vautraient dans le luxe après avoir quitté l'administration – dont il était le plus éminent représentant. Elle avait eu le sentiment de ne pas avoir misé sur le bon cheval au moment de l'ENA : il en avait eu la preuve quand ils s'étaient revus à Belle-Île, sur un bateau qu'un autre camarade de promotion avait loué. Et il savait que, pour conserver Véronique, Renaudier était prêt à tout.

Il avait essayé de se souvenir combien pouvait gagner un chef de service. Trente mille, quarante mille francs par mois ? Il avait joué son va-tout et cela avait fonctionné. Renaudier avait été KO. Contraint d'accepter un deal qui pouvait le racheter aux yeux de sa femme. Il avait été « cornerisé », disait-on dans le milieu d'Antoine Fertel. Depuis, Renaudier essayait de vivre avec ça. Il n'en était pas fier mais cela faisait partie de son histoire, qu'il le veuille ou non.

« Tu es sûr que tout va bien ? » lui demanda Véronique en se postant devant lui pour nouer son nœud de cravate.

Il fixa le sol, incapable de soutenir son regard. Il y avait tellement de non-dits entre eux. Elle ne posait jamais de questions. Il ne lui apportait pas de réponses. L'idée lui vint que cette absence de communication entre eux cachait la peur de découvrir d'autres secrets. Que savait-elle, et était-elle comme lui, contrainte de lui dissimuler certaines choses ? À bien y réfléchir, il n'avait pas envie qu'elle le lui dise.

« Pourquoi pas ? » fit-il après quelques secondes. Et il ajouta pour lui-même : « On a tenu quarante ans comme ça. On ne va pas tout changer maintenant. » Il claqua la porte et marcha d'un pas lent vers la station de RER. Il détestait les escapades imposées, mais certaines invitations ne se refusaient pas.

# 27

Antoine Fertel aimait marcher quand Paris était désert, à l'aube. Il se rendait régulièrement à pied au bureau, à l'heure où les trottoirs n'étaient pas encore encombrés. L'hôtesse d'accueil fut surprise de le voir sourire, lui qui d'ordinaire traversait les portiques de sécurité comme un fantôme, sans un regard pour personne, trop concentré pour s'abaisser à une politesse élémentaire.

Les nuages semblaient s'éloigner du Crédit parisien. Les taux auxquels empruntait la banque s'étaient rapprochés de l'Euribor et il faisait confiance à Claude Danjun pour régler le problème politique et finaliser ce week-end-là un parachute sur mesure en cas de besoin. Dans ces périodes où le marché semblait guetter le meilleur moment pour planter ses banderilles, les périodes d'accalmie pouvaient être trompeuses. Ça allait continuer à tanguer et c'est pourquoi il avait mis tant d'énergie à obtenir, par avance, le soutien de l'État. Sans compter les possibles embûches qui pouvaient résulter du « problème Sacco ».

Bernard Bennarivo avait été très vite. Stéphanie Sacco n'avait plus d'existence légale depuis sa disparition. Sur Google, il n'y avait rien sur elle qui datait de moins de trois ans, aucun abonnement EDF à son nom, aucun opérateur télécoms ne l'avait répertoriée dans ses fichiers clients, les impôts ne lui avaient rien réclamé depuis deux ans, elle n'avait pas de compte bancaire et n'avait laissé aucune trace en ligne. Un véritable fantôme, mais qui ne semblait pas réellement se cacher.

La preuve, c'est qu'elle avait gardé dans la poche de son sac un relevé de retrait d'argent dans un distributeur automatique situé dans le VI^e^ arrondissement. Il avait fallu peu de temps à l'équipe de Bennarivo pour consulter l'historique du compte bancaire associé, le nom de son titulaire, relever plusieurs achats sur Internet et découvrir l'adresse à laquelle ils avaient été livrés. Ils étaient arrivés sur place en fin de soirée. Le concierge, à qui ils avaient présenté une photo, leur avait confirmé que la jeune fille habitait bien là. Fertel avait été informé des avancées de l'enquête en quasi-direct. Il ne savait pas ce qui l'avait le plus surpris : l'identité du propriétaire de l'appartement ou ce que les policiers dépêchés sur place y avaient trouvé.

Au départ, Stéphanie Sacco ne lui avait pas donné le sentiment d'être une femme sur le point de sombrer dans il ne savait quelle maladie mentale. Il se souvenait moins d'elle que de Nathalie Renaudier, évidemment, mais il l'avait presque trouvée plus équilibrée. Plus raisonnable, en tout cas.

Leur première rencontre avait eu lieu au siège du Crédit parisien, alors que les deux jeunes femmes travaillaient sur leur rapport, après leur convocation par Caradet et Malleray. Elles étaient arrivées en même temps, un peu en avance. Antoine Fertel les avait fait attendre sous la verrière, sur une des méridiennes disposées tout autour du puits de lumière. Il était venu les chercher lui-même et les avait précédées sans un mot jusqu'à son bureau, à une vingtaine de pas de là. Il les avait invitées à s'asseoir dans la bibliothèque, au milieu de ses livres anciens, et leur avait servi du café en essayant de jouer la complicité. « Alors, mademoiselle Renaudier, que devenez-vous depuis notre dernière rencontre ?

— Comme vous le voyez, avait répondu Nathalie, je travaille. Je travaille dur.

— Je vois ça, oui. Pas encore fatiguée de Bercy, donc ? »

Devant son silence, il avait aussitôt ajouté avec un sourire factice : « Je vous taquine. Je suis à vous, mesdemoiselles. » C'était lui qui avait demandé à recevoir les deux inspectrices des finances. Elles auraient dû normalement se contenter des informations internes, mais, devant l'urgence de la situation, Caradet lui avait demandé de jouer les démineurs. « Il faut les voir, avait-il argumenté auprès de Fertel. Tu arriveras à les retourner. C'est la meilleure façon de désamorcer la bombe qui est entre les mains de ces petites salopes. »

Il avait imprimé le rythme de la conversation. « Je lis la presse comme vous, mesdemoiselles, avait-il commencé, et si j'ai voulu vous voir c'est justement parce que je sais que, en tant qu'inspectrices des finances, vous ne vous contenterez pas des analyses partielles, et partiales, des journaux qui ne posent pas les bonnes questions. Ne tournons pas autour du pot. Je veux parler de la presse de gauche, qui a toujours ce prisme idéologique malheureux quand il s'agit d'analyser des situations pourtant claires. La question n'est pas de savoir si le plan de soutien sur lequel vous travaillez a favorisé telle ou telle banque. La question est de savoir si ce plan était nécessaire.

— Si je peux me permettre, l'avait interrompu Stéphanie Sacco, ce sont deux questions aussi légitimes l'une que l'autre.

— Non, mademoiselle. Vous avez rencontré Daniel Caradet, j'imagine ? »

Elles acquiescèrent. « Bien. Peut-être vous a-t-il raconté cet épisode. Ce jour-là, donc, c'était à la fin septembre 2008, après une longue hésitation, je décroche mon téléphone et je lui dis : "Daniel, si vous ne faites rien, dans dix jours, nous nous déclarons en faillite." Il avait reçu le même coup de fil de la part d'un autre banquier. Et il allait recevoir le même dans les heures qui suivaient de la part d'un troisième. Nous ne nous étions pas concertés. Simplement, tout le monde avait fait la même analyse, la seule qui tienne, frappée au coin du bon sens. Nous étions dans la situation d'un pompiste sur une autoroute qui ne sait plus s'il va être alimenté en essence :

il sait qu'il peut tenir encore sur ses stocks, mais pas longtemps, et que, si le carburant n'arrive pas, il y aura bientôt un blocage complet de la circulation. Là, Bercy a compris l'urgence de la situation.

— Ce que nous cherchons à savoir, reprit Nathalie, c'est si le plan a été fait sur mesure pour le Crédit parisien.

— J'entends bien. Mais si le ministre a commandé ce rapport à l'Inspection, ce n'est pas parce qu'il a un doute quelconque sur l'intérêt qu'il y avait à monter ce plan. C'est parce qu'il sait que ce rapport va permettre de démontrer qu'il n'y a eu, dans cette affaire, aucun dysfonctionnement de l'État.

— Vous êtes bien sûr de vous, répondit Nathalie. Nous n'avons pas encore rendu nos conclusions, monsieur Fertel. »

Il sourit, prit un air vaguement agacé mais continua sa démonstration. « Si vous me laissez poursuivre... La presse, enfin une partie de la presse, a utilisé le terme "conflit d'intérêt" parce que j'aurais été l'architecte du plan et son bénéficiaire. Cela est totalement faux.

— Mais vous avez été en contact étroit avec Bercy, et notamment avec Daniel Caradet. Beaucoup plus que les autres banquiers, si nous en croyons les relevés téléphoniques et les mails auxquels nous avons eu accès.

— Merveilleuse époque, soupira-t-il. Mais la loi vous donne cette possibilité d'espionner, et moi je n'ai rien à cacher, donc il n'y a pas de problème. Je dirige la plus grosse banque française, j'ai été à la tête de la Fédération bancaire française, donc oui, j'ai la faiblesse de croire que je peux avoir un avis éclairé sur la question. Et je trouverais anormal que le pouvoir politique ne me le demande pas. »

Il était volontairement devenu très cassant. Stéphanie Sacco semblait pétrifiée par la peur, mais Nathalie Renaudier poursuivit. « Certains échanges auxquels nous avons eu accès montrent une très grande proximité entre Daniel Caradet et vous.

— Je crains que nous ne nous éloignions du sujet, mademoiselle. Restons-en à ce qui vous a amenées ici.

— J'en reste là, monsieur Fertel. Certains échanges, disais-je donc, suggèrent que le pouvoir politique a été, comment dire…

— Eh bien, dites-le.

— Instrumentalisé.

— Je ne sais pas ce qui vous permet de dire cela. Il est normal que dans des cas comme celui-là, ce soit le Trésor qui soit à la manœuvre. C'est lui qui a le savoir-faire technique. Nous, les banquiers, nous l'éclairons sur la situation. C'est aussi simple que cela.

— Je ne dis pas cela de gaieté de cœur, monsieur Fertel, car j'ai une grande admiration pour vous. Mais vos échanges avec Daniel Caradet montrent que vous avez fait pression…

— Que voilà un mot désagréable, l'interrompit Fertel.

— Que vous avez demandé, en tout cas, que le Crédit parisien ne soit pas la seule banque à bénéficier du plan d'aide.

— C'était nécessaire.

— Mais certains de vos concurrents n'avaient pas besoin de cette aide.

— C'est faux. Ils en avaient tous besoin. À des degrés divers, je vous l'accorde. Mais il était nécessaire, encore une fois, que tous demandent l'aide de l'État. Dans le cas contraire, certaines banques auraient été attaquées par les marchés.

— Ce n'est pas ça, le jeu de la concurrence ?

— Ce n'est pas un jeu. Dans des situations comme celles de 2008, on ne *joue* pas, mademoiselle. Toutes les banques pouvaient, à un moment ou à un autre, avoir besoin de ce plan. Il était plus cohérent que tout le monde en profite au même moment, pour que personne ne soit stigmatisé. Le pouvoir politique a imposé cette décision pour que nous puissions, nous et les autres, continuer à proposer des crédits à l'économie française. C'était un gentleman's agreement. On n'a pas parlé de concurrence à ce moment-là. On a parlé de solidarité.

— Mais c'est cet argent qui vous a permis de racheter

l'Amsterdamsche Bank. Et si vos concurrents l'avaient su, je doute qu'ils auraient eu autant envie de se montrer solidaires.

— Je pourrais vous dire, mademoiselle, que je n'aime pas vos insinuations, mais cela serait faux. J'apprécie votre intelligence et votre ténacité. C'est tout à votre honneur. Ce que vous dites est vrai : oui, cette crise nous a donné la possibilité de prendre le contrôle de l'Amsterdamsche Bank, mais ce n'est pas grâce au plan de soutien. C'est grâce aux bénéfices que nous avons alignés cette année-là, à la stratégie que j'ai mise en place, à l'intelligence des pouvoirs publics. C'est tout un ensemble de facteurs. C'est dans ces moments-là qu'on distingue les bons capitaines des mauvais. Ceux qui sont capables de faire naître des empires en pleine apocalypse. Vous préférez quoi, mademoiselle ? Manger ou être mangé ? Pour ma part, j'ai choisi. Je me défends. Par tous les moyens. Il y a des moments où l'intérêt de l'État rejoint celui de ma banque. La crise de 2008 a été l'un de ces moments-là. Ces moments sont nombreux et vont l'être de plus en plus, mademoiselle. Nous avons besoin d'alliés au sein de l'État. Nous avons besoin des plus brillants. Vous en faites partie, je vous l'ai déjà dit la dernière fois. Vous aussi, mademoiselle », avait-il ajouté en se tournant vers Stéphanie Sacco.

Elles l'avaient regardé, toutes les deux, sans comprendre. « Vous avez beaucoup plus à gagner à être de notre côté, avait-il repris. Beaucoup plus. » Il y avait eu un long silence. « Combien gagnez-vous, à l'Inspection, mesdemoiselles ? Quatre mille, cinq mille euros ? À combien finirez-vous votre carrière si vous restez dans l'administration ? Huit mille, dix mille au mieux ? Réfléchissez-y. »

L'entrevue, qui avait duré près d'une heure, s'était arrêtée là. Fertel s'était levé sans attendre une réponse et les avait raccompagnées jusqu'à la porte de son bureau, où une assistante les avait prises en charge. Il les avait ferrées. Il avait attendu encore un peu avant de tirer un coup sec sur la canne à pêche.

Elles avaient fini par remonter à la surface. Comme deux poissons morts.

## 28

« Tu es déjà allé à la Lanterne, Charles ? » demanda Daniel Caradet en regardant, par la fenêtre de la voiture, Paris qui lui offrait son visage le plus banal : quai de Bercy, puis ce serait la place d'Italie et le périphérique.

Charles Becker ne répondait pas. Il était plongé dans ses notes, comme s'il révisait une dernière fois ses cours avant un examen.

« Tu vas voir, reprit Caradet. C'est un endroit superbe. Tu sais que Malraux a habité là-bas plusieurs années ? Il n'avait plus d'appartement, l'OAS l'avait fait exploser, et de Gaulle lui a prêté la Lanterne. On y est au calme pour bosser. »

Charles Becker referma la chemise bleue et lâcha : « En tout cas, je ne sais pas comment tu es parvenu à faire accepter ça à Colson, mais chapeau. Un vrai miracle. On va peut-être s'en sortir correctement, en fin de compte.

— Oui. Et ce ne sera pas grâce à elle. Je ne lui ai rien montré, Charles.

— Comment ça ?

— Je ne lui ai rien montré, parce qu'il va y avoir du changement, et je n'avais pas envie de perdre du temps. Demory non plus n'a pas vu la version finale. Mais peu importe. Ça commence à urger et si on n'agit pas vite, on va se retrouver avec une crise systémique sur les bras. On ne sait jamais comment vont réagir les marchés, le week-end approche, il faut qu'on finalise au cas où, lundi, on doive gérer la catastrophe pour ne pas être contraints de laisser la main à Bruxelles. Le président a été clair : il faut éviter à tout prix que la Commission européenne n'enclenche le testament du Crédit parisien[1]. Il faut que tout soit prêt *avant* le moindre signe de dépôt de bilan. On n'a plus le temps de tortiller du cul pour faire tamponner nos notes. Je tape au plus haut. Tu as bien bossé, j'ai le feu vert de Danjun sur l'architecture générale... ça me suffit.

— Elle va criser. Demory aussi, non ?

— Demory, il fait le *go-between* et il a souvent joué les funambules, mais c'est un gars très estimable et il est du Trésor, comme nous. On se comprend. De toute façon, l'arbitrage est fait : il n'est plus question de ménager qui que ce soit. Soit elle accepte, soit elle s'en va.

— C'est risqué, non ? Si elle claque la porte, bonjour la tempête politique.

— Ça c'est le président qui gère. Nous, c'est plutôt les tempêtes économiques. Finalement, tout rentre dans l'ordre naturel des choses. En 2008, quand Lehman a calanché, c'est le Trésor qui a tout fait. On n'avait eu que deux débats avec le politique. Le premier, c'était : est-ce qu'on prête à chaque banque selon ses besoins ? L'Élysée a tranché, rapidement, en disant non, on prête à tout le monde pareil, pour ne pointer personne du doigt. Ça a fâché quelques banquiers, qui estimaient qu'ils n'avaient pas besoin de

1. À la suite de l'accord sur l'Union bancaire, en 2013, une autorité de régulation des crises bancaires a été créée à Bruxelles. Avec la Banque centrale européenne, c'est elle qui est chargée de gérer l'éventuelle faillite d'une banque de la zone euro, selon un schéma déjà prévu par chacun des établissements financiers. Création d'une banque de défaisance, vente de certaines activités, restructuration, mise à contribution des créanciers et des actionnaires, voire des déposants : chaque banque a été contrainte de faire son « testament », au cas où elle ne pourrait éviter le dépôt de bilan.

nous, mais bon. Le deuxième débat, c'était que les politiques voulaient mettre plus d'argent. Là je les ai convaincus. Ce n'était pas évident, parce que je leur assurais que les milliards qu'on allongeait allaient suffire. Si ça ne suffisait pas, j'étais mal. Mais personne, je dis bien personne, n'a mis des idées saugrenues sur la table, comme l'entrée de l'État au capital des banques, qui était réclamée par les socialistes à l'époque.

— Demory en avait parlé, non ?

— Oui, c'est vrai. On avait mis ça sur le compte de la naïveté. Il était chef de bureau, ou adjoint, à l'époque. C'est-à-dire rien.

— Et maintenant vous vous parlez d'égal à égal. Ça ne te fait pas bizarre ?

— Et toi, ça ne te fait pas bizarre d'être sous l'autorité d'un type qui a dix ans de moins que toi ? C'est la vie, que veux-tu que je te dise. Écoute, pour le moment, on ne peut pas se plaindre. Il a plutôt aidé à limiter la casse.

— Je n'ai jamais senti ce mec.

— Tu dis ça à cause de l'histoire du chien. Je peux comprendre, mais ça n'en fait pas un…

— Je me suis senti humilié, et il n'a pas bougé un cil pour me défendre, le coupa Becker. Évidemment que je l'ai encore là », dit-il en passant l'index sous sa gorge.

Cela avait été un moment particulièrement embarrassant pour tout le monde. Le chien avait uriné en fixant Becker. Isabelle Colson n'avait même pas eu besoin de parler. Elle s'était contentée de regarder le conseiller qui s'était empressé d'aller chercher du papier toilette pour absorber la pisse et, pendant ce temps, elle avait lâché en riant : « Il est un peu incontinent. » Caradet avait pensé que Becker n'avait vraiment aucune fierté lorsqu'il avait dû empêcher son ancien collaborateur de nettoyer lui-même. Et quand il avait accepté de descendre le chien pour le promener, il avait changé d'avis. Charles Becker ne manquait pas de fierté. Il avait un sérieux problème de soumission à l'autorité. La ministre lui aurait demandé de se jeter par la fenêtre ou, pire, de tirer au revolver sur lui ou Demory, il l'aurait fait. Sans se poser de questions. Le ressentiment ne venait qu'après. Charles Becker n'avait toujours pas digéré. Caradet pensa que c'était un vrai Pierre Laval en puissance, mais il s'en voulut. On n'en était pas là, quand même. Et Becker était un excellent technicien. Il maîtrisait la législation européenne sur le bout des doigts et, qualité très rare chez un haut fonctionnaire, il faisait preuve d'une grande créativité dans les solutions qu'il proposait. Une grande créativité, mais toujours dans l'« esprit Trésor ».

Caradet fut tout à coup projeté en avant. Sa tête heurta le siège de devant. « Désolé, monsieur, dit le chauffeur en se retournant, inquiet. Tout va bien ? » Caradet se frottait le crâne. « Oui, ça va aller. Mais qu'est-ce qui vous a pris ?

— J'ai dû éviter un chien. Il a surgi de nulle part. Sans laisse, ni rien. Je suis désolé.

— Je savais que j'aurais dû prendre mon scooter... Allez, roulez. Moi je boucle ma ceinture. »

Une ou deux minutes passèrent en silence. Daniel Caradet reprit : « Quelle idée de s'embarrasser d'un clébard...

— Je ne te le fais pas dire », répondit Becker en souriant.

Caradet se frotta de nouveau le crâne à l'endroit où il avait heurté le siège de devant. Il dévisagea Becker. Le chauffeur arrêta la voiture à une station-service. « Il faut que je prenne de l'essence », dit-il, et il descendit. Par la fenêtre, Caradet le voyait penché sur le réservoir. Il s'éloigna d'un pas lent vers la boutique. Il avait à sa disposition une carte bleue du ministère et tout le monde savait qu'il profitait de chaque arrêt aux stations-service pour acheter des bouteilles de vin destinées à sa consommation personnelle.

« Tu sais que j'ai tellement aimé le promener, ce chien, que je lui ai proposé de le faire de nouveau », confia Becker.

Caradet le fixa, éberlué. Ce Charles Becker était difficile à cerner. Sa flagornerie le poussait à des actions stupides. Et il s'en vantait, en plus. « Si tu crois que c'est avec ça que tu vas gagner l'estime de la ministre », pensa-t-il. Mais il s'abstint de commenter.

« Et le pire, c'est qu'elle a accepté, poursuivit Becker. Elle a vraiment cru que je m'étais pris de sympathie pour cette sale bête. »

Il ricana. « Tu savais que les chiens ne supportaient pas le chocolat, toi ?

— Comment ça ?

— Le chocolat contient une molécule qui s'appelle la théobromine. Cette molécule est toxique pour les chiens. Il y en a plus dans le chocolat noir. C'est con…

— Qu'est-ce qui est con ?

— C'est con, c'est tout ce que j'avais ce jour-là, du chocolat noir, ricana-t-il. Du soixante-dix pour cent, carrément. Le chien de la ministre, quand même : il mérite le must ! Je croyais lui faire plaisir. Tu aurais vu le clébard, comme il frétillait de la queue. Il a bouffé une tablette entière, et il en redemandait. »

Sans savoir pourquoi, Caradet imagina Charles Becker, descendu sur les quais de la Seine, sortir de sa poche sa tablette de chocolat noir pour le fourrer dans la gueule du chien d'Isabelle Colson. Il n'avait aucune sympathie particulière pour Lucky, mais il éprouva une grande pitié à l'égard de Charles Becker. Il ne faut jamais humilier les gens qui ont déjà une propension à la soumission. Leur frustration peut les rendre cruels. Qui fallait-il blâmer ? Celui qu'on avait poussé à la faute ou celle qui l'avait sans cesse rabaissé dans une belle démonstration de sadisme ordinaire ? Caradet refusa de trancher et fit celui qui n'avait rien entendu.

Le chauffeur s'approchait tranquillement. Avant qu'il ouvre la portière, le directeur du Trésor lança tout de même : « Elle sait que c'est toi ?

— Mais non, répondit Becker. Quand je suis allé la voir pour lui présenter mes condoléances, elle avait les larmes aux yeux. Elle a vraiment cru que j'étais sincère. Quelle conne ! »

Le chauffeur ouvrit la porte, s'assit sur le siège et démarra alors que Charles Becker, à l'arrière, partait d'un grand rire artificiel.

« Si ça peut aider à ce qu'elle se barre, après tout, pensa Caradet… Voilà une initiative *out of the box*, comme elle dirait. »

# 29

Ses yeux s'ouvrirent comme des volets qui claquent. Pendant la nuit, son cerveau avait fait le tri parmi toutes les informations qui s'étaient accumulées depuis l'avant-veille. Un sentiment nouveau dominait. Il se sentait trahi.

Jusqu'alors, il avait toujours respecté le silence de Nathalie à propos de la maladie qui la minait. Il fallait la laisser venir, le jour viendrait où elle se confierait, parce que celui qu'on aime est toujours celui auprès duquel on s'épanche. Il avait été sonné par son suicide mais ne lui en avait jamais voulu, au contraire de certains membres de sa famille qui, pour éteindre leur propre tristesse, avaient préféré charger la victime en pointant un « choix égoïste ». Christophe Demory s'était toujours refusé à parler de « choix ». Elle était acculée et ce n'était pas une histoire de libre arbitre.

Maintenant, il lui en voulait. Il lui en voulait de ne pas avoir eu confiance en lui. Il se demandait à quoi servait tout cet amour qu'il avait essayé de lui donner si, en secret, elle avait choisi de le refuser. Il se demandait surtout pourquoi elle ne l'avait pas jugé digne de sa confiance.

Il passa rapidement sous la douche et enfila un jean et une chemise. La priorité n'était plus de trouver un plan pour sauver une banque en faillite virtuelle, mais de reconstituer le puzzle qu'il avait commencé en écoutant l'enregistrement. Nathalie ne parlait malheureusement que par allusions, mais le brouillard derrière les causes de sa dépression, sinon de sa mort, commençait à se dissiper. Il fallait débusquer Alain Renaudier, contre son gré si besoin était puisqu'il ne se manifestait pas. Mais avant, Christophe Demory se résolut à prendre un chemin sur lequel il n'avait pas osé s'aventurer après la mort de Nathalie. Il ne s'agissait plus de respecter son intimité. Il s'agissait d'être sûr d'avoir tout compris pour pouvoir passer à une autre étape de sa vie, en laissant derrière lui Bercy, les Renaudier et le service de l'État. Une vie normale où le sacrifice et le don de soi ne sont pas érigés en valeurs suprêmes.

L'idée d'aller voir la psychiatre de Nathalie lui avait traversé l'esprit après sa mort, mais il l'avait abandonnée, persuadé qu'elle ne pourrait rien lui révéler à cause du secret médical. Il avait aussi pensé à aller la voir en tant que simple patient, juste pour imaginer ce qu'avaient été les séances auxquelles s'astreignait Nathalie, comme si les murs, les objets auraient pu lui parler. Il ne l'avait pas fait.

Il connaissait la rue où elle exerçait, dans le XIVe arrondissement, pas loin de la porte d'Orléans. Il ne se souvenait plus de son nom, mais il n'y avait que deux psychiatres rue Marié-Davy et, quand il vit les noms sur le site des PagesJaunes, il se rappela instantanément laquelle Nathalie consultait une fois par semaine. Il décida de s'y rendre directement, sans l'appeler. Il vérifiait régulièrement les SMS et les mails qui s'accumulaient sur son smartphone pour s'assurer qu'Alain Renaudier n'essayait pas de le joindre. Tous les autres, il les ignorait.

La porte en bois, peinte en vert, était imposante, et très lourde. Christophe Demory la poussa avec peine, enjamba la traverse sur laquelle elle pivotait, et se retrouva à l'entrée d'un long couloir sombre qui donnait, quelques mètres plus loin, sur une cour bercée par une demi-obscurité. Il marcha vers cette lumière douce et passa devant la loge du gardien. Il resta immobile quelques instants, qui lui suffirent pour entendre des bruits indistincts sans doute sortis de son téléviseur.

Ses semelles cognèrent sur les pavés de la cour. Il monta les trois petites marches pour pénétrer dans le bâtiment, chercha le nom puis sonna. Il imagina Nathalie, quelques années plus tôt, la première fois qu'elle était venue ici. Avait-elle hésité ? Ou était-elle décidée, avait-elle marché vers la porte, sans tergiverser, persuadée qu'elle n'avait pas le choix ? La donne, pour Demory, était différente. Il venait là pour terminer une histoire, pas pour la commencer.

Lorsqu'il arriva devant la porte du cabinet, une porte comme toutes les autres, sans plaque ni apparat, il sonna de nouveau, puis entra. Il s'était attendu à tout sauf à entrer dans un appartement ordinaire, avec une cuisine, dont la porte était entrebâillée, une salle de bains, qu'il pouvait deviner derrière une vitre granitée, un salon dans lequel il pénétra après les quelques mètres de couloir. Et au fond, une porte fermée d'où rien, pas un son, ne s'échappait et derrière laquelle, pourtant, deux personnes devaient parler, à moins que depuis une demi-heure elles ne se regardent en silence. Il ne savait pas, après tout, comment cela se passait. Les non-dits pouvaient peut-être valoir bien mieux que les logorrhées.

Il s'assit dans le canapé qui faisait face à la fenêtre, et qu'on avait installé derrière un paravent aux allures japonaises, afin que la personne qui quittait la pièce du fond ne croise pas celle qui attendait son tour. Ces précautions lui parurent stupides et inutiles, et il dut se retenir pour ne pas aller fracasser la porte derrière laquelle avaient lieu les séances. Pour contenir son impatience, il regarda par la fenêtre. La pluie s'était mise à tomber très fort, très dru, claquante. Elle semblait près d'inonder la cour.

Le docteur Azarquand devait frôler la soixantaine, les cheveux longs et gris ramassés en queue-de-cheval, la peau fripée ou grêlée, c'était difficile à dire. Elle portait de fines lunettes par-dessous lesquelles elle examina Demory. Elle n'était ni belle ni élégante. « Vous n'avez pas rendez-vous, je pense ? dit-elle.

— Non. Je viens vous voir pour un renseignement. Je ne sais pas si vous voudrez me le donner.

— Cela m'étonnerait, monsieur. Je trouve votre façon de faire assez cavalière. Ici, on prend d'abord rendez-vous. Ce n'est pas une agence de renseignement.

— C'est à propos de Nathalie Renaudier. Je suis son... »

Il s'arrêta. Il ne trouvait pas le mot juste. Le docteur Azarquand l'invita à entrer dans la salle de consultation. Il s'assit face à elle, sur une chaise qui lui rappelait celles du bureau d'Antoine Fertel.

« Parlons franchement, dit-elle. Vous auriez été n'importe qui d'autre, je vous aurais envoyé promener. Je ne vous connais pas, mais j'avais énormément d'affection pour Mlle Renaudier. C'était une personne très intelligente et très attachante. J'ai été réellement peinée d'apprendre son décès – et le décès d'un patient, pour un psychiatre, c'est, croyez-moi, quelque chose à quoi on finit par s'habituer. Mais que vous figurez-vous ? Que je vais dévoiler l'intimité de ma patiente sur simple demande ? C'est compliqué pour moi de parler d'elle. Pendant les séances, elle évoquait toutes sortes d'aspects de sa vie. Sa vie professionnelle en faisait partie, sa vie privée. Pour le reste, vous comprendrez que...

— Oui, je comprends », acquiesça Demory.

Il prit un air de chien battu, en regardant ses pieds, mais sans se lever. Il sentait que le docteur Azarquand n'avait pas dit tout ce qu'elle avait envie de dire.

« Il y a quand même deux choses dont je peux parler, reprit-elle. La première, c'est que j'ai été très surprise par son suicide. Je vous l'ai dit, j'ai une certaine expérience de la chose. Je n'étais pas du tout préparée à cela, je n'avais pas repéré l'imminence du passage à l'acte et ça a été pour moi un échec dur à avaler. Je me suis demandé où j'avais échoué. Je cherche encore. Je suis catégorique : Mlle Renaudier était dépressive, mais elle ne présentait à mon sens aucun signe suicidaire. Elle n'était pas en perdition. Son traitement fonctionnait correctement. L'état de sa dépression était stationnaire.

— Elle n'a rien laissé, aucun mot, aucun indice pour justifier son geste. Vous avez été étonnée ? Moi j'ai été… il n'y a pas de mot assez fort.

— La deuxième chose dont je peux vous parler, c'est que je fais partie d'un groupe de recherche spécialisé dans un domaine très peu répandu en France, mais qui se pratique beaucoup au Canada, notamment. Il s'agit de l'"autopsie psychologique". Le terme est un peu impropre, parce que le psychisme ne peut pas se disséquer avec la même précision que le corps. Mais ça dit bien ce que ça veut dire. Nous interrogeons les proches de la victime pour tenter de comprendre les ressorts exacts du passage à l'acte, afin d'en tirer des leçons pour éviter la reproduction de ces actions chez des sujets qui montreraient des symptômes similaires. Cela se fait généralement après un certain délai de décence, pour respecter le deuil des proches. Nous avons voulu – je dis "nous" parce que je ne l'ai pas fait moi-même, étant en porte-à-faux de par ma position de thérapeute de la victime – interroger son père en premier. C'était une suggestion de ma part. Il a accepté de voir la psychiatre mais c'était uniquement pour lui dire qu'il lui interdisait de mener son enquête à bien, au nom de la tranquillité de la famille. Nous n'avons pas été plus loin. Il ne s'agit pas de passer en force.

— Et cela vous a étonnée ?

— Je ne peux rien vous révéler sans trahir le secret médical. Je suis désolée de vous le dire, monsieur : les personnes qui se suicident emportent toujours avec elles beaucoup de mystères. C'est frustrant, mais c'est ainsi. Il faut vivre avec. »

À ce moment-là, le smartphone de Demory se mit à sonner. Quelques secondes plus tard, il sonna une deuxième fois. Puis une troisième. Les alertes des sites d'information s'accumulaient alors qu'il prenait congé du docteur Azarquand. Elles disaient toutes la même chose, comme les quelques SMS qu'il avait déjà reçus. Sans aucune pitié, une mise à mort politique venait d'être décidée. Il y avait pris sa part. Cela lui parut tellement loin. Une autre vie.

# 30

Isabelle Colson avait passé sa matinée à naviguer de rendez-vous inutiles en déplacements protocolaires. Après avoir vu le président, à 8 h 30, elle avait reçu deux députés de la majorité pour examiner avec eux comment on pouvait aider l'un des plus gros employeurs de leur département, proche de la faillite en raison d'une impossibilité de rembourser ses crédits en temps et en heure. À 10 heures, elle avait reçu un collectif de petits patrons remontés comme des coucous face au projet de surtaxe sur les cessions d'entreprises, qui avait fuité dans la presse. Elle s'apprêtait à déjeuner avec des journalistes pour leur parler du sommet européen prévu la semaine suivante quand elle reçut l'alerte sur son smartphone.

Elle n'avait pas vu Daniel Caradet ni Christophe Demory de la matinée. Non seulement elle ne les avait pas vus, mais ils n'avaient pas répondu à ses appels et à ses messages. Elle aurait aimé faire un point sur l'avancée du plan de résolution de la crise bancaire qui guettait le pays à cause du Crédit parisien. Elle attendait toujours une note qui, elle le savait, ne viendrait plus.

Normalement, quand la ministre demandait à voir un directeur, il abandonnait ce qu'il était en train de faire et accourait dans les cinq minutes. Si la personne se situait plus bas dans l'organigramme, c'était encore plus rapide. Malgré les dissensions sur la politique menée, les hauts fonctionnaires avaient conservé avec elle comme avec tous ses prédécesseurs une déférence formelle qui avait parfois le don de l'agacer. Cette fois, personne n'était là. Personne ne lui répondait. Elle était seule et, dans la vie d'un ministre, les moments de solitude sont rares. Ils sont rares, mais surtout inquiétants.

Cela avait commencé avec le bruit d'un message, caractéristique des alertes info du *Monde*. Elle en recevait au moins une dizaine par jour. Il y eut un autre message. Encore une alerte. Puis un autre. Un quatrième. En quelques minutes, une dizaine s'étaient affichés, car elle était abonnée à de nombreuses applications de sites d'information. Ils disaient tous la même chose.

Elle inspira en essayant de maîtriser sa colère. Elle voulut appeler Emmanuel Sauvage, mais à quoi bon ? Il restait quelques minutes avant que la lessiveuse se mette en marche.

Elle n'avait pas eu le sentiment de l'avoir forcé. Est-ce qu'il s'était senti obligé ? Obligé de quoi ? Et par qui ? Quand elle refaisait le film des événements, elle se rendait compte qu'elle avait peut-être mis Emmanuel Sauvage dans une position difficile. On ne se rendait pas toujours compte du pouvoir qu'on exerçait. Et en même temps, quand elle pensait à tous ces hommes qui s'étaient dérobés à son désir… Il fallait croire que ce n'était pas si difficile de lui dire non.

Elle n'avait pas pu s'empêcher de lire les journaux en ligne. Elle avait coupé son portable et cela faisait une heure qu'elle attendait un signe que tout n'était pas complètement fini, dans ce grand bureau où elle avait baissé les stores pour s'abriter d'éventuels voyeurs en face, pour se recroqueviller le plus possible et faire en sorte que personne ne remarque sa présence, de peur d'être prise pour une intruse. Elle était là chez elle, mais ce ne serait plus vrai d'ici à la fin de la journée.

La première alerte qu'elle avait reçue avait été rédigée simplement : *Un membre du cabinet d'Isabelle Colson porte plainte contre la ministre pour harcèlement sexuel.* Les autres étaient écrites dans la même veine. En dix minutes, cela avait été une véritable mitraille. Curieusement, elle n'avait pas pensé à son poste, ou à sa carrière, elle ne s'était pas demandé quelles conséquences cela aurait sur son avenir au gouvernement, elle n'avait pas maudit Emmanuel Sauvage ni même pensé à le dégager illico. C'était venu après.

Sur le moment, elle avait simplement pensé à son mari, à Lyon, et à quel point ils s'étaient éloignés depuis sa nomination à Bercy. Lui non plus n'avait pas répondu à ses messages. Tout le monde la lâchait, alors que le matin même le président de la République lui avait exprimé son soutien. Du moins, c'est ce qu'elle avait cru.

Elle s'effondra dans un fauteuil. Isabelle Colson était une battante et elle avait le cuir tanné. Des crasses, elle en avait fait plus qu'elle n'en avait reçu et elle n'était pas du genre à se laisser aller pour la première broutille venue. Mais elle connaissait très bien le système médiatique. Prouver son innocence et obliger l'administration à boucler comme elle l'entendait le plan de soutien au Crédit parisien constituaient deux chantiers trop importants pour être menés de front.

L'affaire avec Hélène allait ressortir et même si la plainte avait été retirée, ce serait une circonstance aggravante devant le tribunal médiatique. Sans doute Hélène serait-elle interrogée pour donner son sentiment sur cette nouvelle affaire à laquelle elle ne connaissait rien. Elle ne saurait pas résister à cette tentation d'un nouveau quart d'heure de gloire. Isabelle Colson allait vivre dans les jours à venir le remake de Help ! Homophobie, en bien pire car elle était aujourd'hui l'une des personnalités les plus exposées de France.

Sa liaison avec Emmanuel Sauvage avait duré quelques semaines à peine. Elle ne se souvenait même plus combien de fois ils s'étaient retrouvés : trois, peut-être quatre ? Elle ne pouvait pas le nier : c'étaient les meilleurs moments qu'elle avait passés ces derniers temps. Elle ne l'avait pas trouvé très vif, elle l'avait même parfois trouvé en retrait, mais elle avait mis cela sur le compte d'un certain émoi : baiser avec une ministre de vingt ans son aînée, c'était quand même intimidant.

Elle ne parvenait pas à en vouloir à Emmanuel Sauvage. Quand elle pensait à lui, elle pensait d'abord à son visage, quasi imberbe, un visage d'ange traversé par un effarement constant d'être arrivé là où il était. Elle avait de l'admiration pour ce fils d'instituteurs du Gard que rien ne prédisposait à embrasser une carrière aussi brillante. Elle pensait à ses lèvres. Elle n'en avait jamais embrassé de si pulpeuses.

Elle se demanda à quel moment il avait été manipulé, si c'était dès le début et qu'à chacune de leurs rencontres il fabriquait lui-même un délit imaginaire, ou si quelqu'un avait saisi l'occasion de leur liaison pour le convaincre qu'il s'était laissé abuser. Dans les deux cas, elle avait été imprudente et elle allait le payer cash. Il fallait bien se rendre à l'évidence ; il avait joué un rôle pendant ces quelques semaines. C'était bien lui qui avait porté plainte. Et lui non plus ne décrochait pas son téléphone. Isabelle Colson se sentit peinée, plus que trahie.

Son smartphone, posé sur le bureau à quelques mètres d'elle, se mit à biper. Elle se leva péniblement et, sans regarder le message, le balança par terre. Le choc fut amorti par la moquette épaisse sur laquelle l'appareil rebondit, mais la protection se détacha. Il était à nu, fragile, à la merci d'un coup de talon.

Isabelle Colson le ramassa. Elle lut le message de sa fille : « C'est quoi encore ces histoires ? ! ! Je suis avec toi Maman. Rappelle-moi quand tu peux. » Elle fit un rapide calcul. C'était le début de soirée à Pékin. Elle eut le sentiment que la terre entière avait non seulement un aperçu de sa vie intime, mais un aperçu biaisé, comme si on l'avait installée dans une cage en verre déformant sur laquelle chaque être humain était désormais autorisé à venir cracher.

Il était impossible de savoir qui avait imaginé ce scénario pour l'éliminer, mais cela importait peu car, quel que soit le lieu d'où venait le coup, la conséquence était la même. Elle allait devoir se battre pour sa dignité. Ce combat-là était plus important que le combat contre la finance folle et ses liens avec le pouvoir politique. Caradet et Fertel avaient désormais le champ libre.

Isabelle Colson attrapa son smartphone. Elle tremblait légèrement et elle dut s'y reprendre plusieurs fois pour taper le bref message qu'elle envoya au président de la République.

# 31

Le pilote se posa un peu abruptement. Antoine Fertel sursauta mais ne dit rien. Il appuya sa main sur le bras de l'homme assis à ses côtés dans l'appareil, et lui fit signe de sortir en tenant bien le chapeau qu'il avait sur la tête. Malgré le très fort désir de s'envoler seul un jour, il n'avait jamais osé passer sa licence et cet échec lui interdisait, à ses yeux, de critiquer les pilotes qui l'emmenaient de Paris à son manoir de Normandie. Au fond d'un parc qui approchait les deux hectares, il avait fait installer un héliport, avec un double objectif : lui faire gagner un temps précieux et en imposer à ses hôtes. Certains se voyaient même offrir le privilège de l'accompagner pour survoler la région.

Fertel et son invité empruntèrent le chemin qui menait à la porte d'entrée, où les attendait un majordome au service du banquier depuis plus de vingt ans. Il y avait une petite centaine de mètres à parcourir. À chaque fois, Fertel pensait au château de Moulinsart et aux dessins d'Hergé. Toute la collection de *Tintin* était disponible dans la bibliothèque du salon. Il voulait montrer qu'il n'était pas sectaire : qui se méfierait d'un banquier qui aimait la bande dessinée ?

Il avait acheté ce manoir pour pouvoir recevoir tranquillement, loin de Paris, les personnes sur qui il avait décidé de miser. Parmi les faveurs qu'Antoine Fertel accordait, le déjeuner dans la véranda située sur le toit de l'immeuble du Crédit parisien était la médaille de bronze. Pour décrocher l'argent, il fallait être invité à dîner à son domicile parisien. Le week-end à Houlgate constituait le summum de la reconnaissance : il distribuait régulièrement cette médaille d'or à ses plus proches, mais décorait aussi quelques inconnus au gré de ses besoins.

Daniel Caradet et son épouse y avaient leur chambre attitrée, la plus grande, au premier étage, qui faisait plus de trente mètres carrés. Claude Danjun aussi était venu souvent, en solitaire parce que sa femme ne supportait pas les mondanités. Dans la chambre située tout au bout du couloir, au premier étage, il s'était parfois autorisé quelques écarts avec des jeunes filles que Fertel conviait uniquement au titre de faire-valoir.

C'était dans le boudoir, une pièce à l'étage où se faisaient les couples d'un soir, que le président de la commission des finances du Sénat, un catholique traditionaliste opposé au mariage homosexuel, avait caressé la cuisse du ministre de l'Économie britannique qui, lui, revendiquait haut et fort l'égalité des droits pour les couples gays. Désinhibé par le calva que Fertel servait systématiquement en fin de repas, un jeune apparatchik du Parti socialiste avait lancé, lors d'un tournoi de pétanque nocturne dans l'allée centrale, une boule au visage d'un banquier espagnol, qui l'avait loupé de peu : elle avait atterri sur le pied nu de la jeune épouse d'un riche industriel du Nord. C'est de cette manière qu'avait commencé leur liaison.

Un peu à l'écart du lieu des festivités, au fond du parc, le long du mur d'enceinte, en se promenant avec le ministre de l'Industrie, le patron d'un opérateur télécom s'était laissé convaincre de racheter son rival, en perdition sur les marchés après une succession d'erreurs stratégiques.

Le président lui-même était venu, une quinzaine d'années auparavant, même s'il faisait mine de ne pas s'en souvenir puisque l'heure était désormais au combat contre la finance. Il était alors premier secrétaire du Parti socialiste. Antoine Fertel se souvenait très bien de s'être appuyé sur lui pour qu'il convainque le Premier ministre de lancer une grande vague de privatisations qui allait faire le bonheur du Crédit parisien. Prévenues avant les concurrents de l'imminence des deals qui arrivaient, les équipes d'Antoine Fertel avaient pu mieux se préparer et remporter la moitié d'entre eux – un ratio inespéré alors que l'État préférait panacher pour ne pas donner lieu à de quelconques soupçons de favoritisme.

Fertel l'avait emporté et la Fierté – ainsi avait-il baptisé son domaine – avait été un précieux allié. Sans doute le meilleur investissement de sa carrière de banquier.

C'est là aussi qu'il avait tenté de convaincre les deux jeunes femmes qui avaient enquêté sur le plan de soutien de 2008. Il n'était pas sûr de lui, mais avait décidé de jouer à quitte ou double. Tout le monde disait qu'elles étaient promises à un grand avenir et malgré le faux pas sur le rapport qu'elles avaient été chargées de rédiger, elles méritaient une seconde chance. Le fait qu'elles acceptent son invitation l'avait conforté dans le bien-fondé de son pari. Il avait dépêché son hélicoptère pour leur éviter l'autoroute et, à sa grande surprise, aucune des deux n'avait refusé au nom d'une quelconque déontologie. Elles étaient arrivées pour l'apéritif, comme prévu.

Il les avait installées dans le salon, l'une à côté de l'autre, assises sur une méridienne, face à lui qui avait pris place sur un fauteuil Louis XV. Il les avait dans son viseur, en légère contre-plongée, comme deux petites filles déjà punies et à qui on devait expliquer les nouvelles règles du jeu. Nathalie Renaudier faisait un effort visible pour se tenir le plus immobile possible, mais levait régulièrement le bras pour décoller les squames logées sous sa chevelure ébouriffée. Stéphanie Sacco, elle, s'empiffrait d'olives et de tomates cerises sans rien dire.

« J'espère que cette histoire de rapport ne vous a pas causé trop de torts, dit Fertel.

— Oh, on est un peu placardisées, répondit Nathalie Renaudier, dans un euphémisme qu'elle voulait plein de distance.

— C'est dommage. Des jeunes femmes de votre valeur doivent pouvoir exercer tout leur talent. Je veillerai à ce que le ministère en tienne compte.

— C'est gentil de votre part. Mais on peut se débrouiller toutes seules.

— En êtes-vous si sûres ? Si je ne remets pas votre réputation d'équerre, vous êtes grillées au sein de la fonction publique. Et vous ne trouverez jamais de travail dans la finance. Ce serait du gâchis. Ce serait aussi une tache indélébile sur la réputation de l'Inspection, à laquelle je suis, vous le savez, très attaché. Bref, je suis disposé à vous aider. À condition que vous jouiez les règles du jeu. Mais il faut d'abord savoir de quel jeu on parle.

— Et de quel jeu parle-t-on, monsieur Fertel ?

— J'ai sans doute déjà eu l'occasion de vous détailler tout cela lors de notre première rencontre, mais il est important que vous ayez à l'esprit une vision d'ensemble. Dans le monde d'aujourd'hui, les pays occidentaux continuent de se faire la guerre. Simplement, ils ne s'envoient plus des tapis de bombes ou des missiles, mais ils se disputent des parts de marché avec une violence que vous ne soupçonnez pas, ils se livrent une course aux brevets sans pitié, et leurs agences de renseignement rivalisent d'ingéniosité pour avoir toujours un coup d'avance. Si je simplifie à outrance, mais je ne suis pas là pour vous faire un cours de géopolitique, cette guerre économique a été engendrée par la mondialisation. Disons que ce sont les deux faces d'une même pièce. Dans cette guerre, l'Europe est mal placée. Et en Europe, la France n'est pas bien positionnée. J'ai une conviction : on ne s'en sortira que si nous jouons tous ensemble. L'État, les banques, les entreprises, tout le monde doit tirer dans le même sens. Nos destins sont inextricablement liés. La guerre économique transcende la lutte des classes qu'essaient parfois de nous jouer nos politiques. La société, sans doute, est imparfaite.

Mais personne ne meurt de faim et tout le monde a un toit pour se loger. Ce n'est pas là-dessus que nos efforts doivent porter, mais sur l'amélioration de notre arsenal pour aller au front. »

Les deux femmes n'osaient pas l'interrompre. Elles l'écoutaient, mais leurs visages ne trahissaient aucune émotion. Fertel ne parvenait pas à deviner leurs pensées. Étaient-elles à ce point intimidées ? C'était pourtant lui qui prenait le risque le plus important. La meilleure des précautions aurait été de les laisser pourrir sur le bord de la route. Mais il s'en serait voulu à jamais. Il leur devait quelque chose. Plus exactement, il devait quelque chose à Nathalie Renaudier.

« Les politiques ont le pouvoir de décider. Les banquiers ont la maîtrise des flux financiers. Ma conviction, c'est que nous devons jouer en équipe. Au sein de l'appareil d'État, les établissements financiers ont besoin d'alliés qui partagent leur analyse sur le monde tel qu'il est, et qui travaillent à l'améliorer, pour le bien de tous. Vous êtes toutes les deux brillantes. Les plus brillantes de vos promotions respectives, et je le tiens de plusieurs sources. Même si nous ne sommes pas partis sur les meilleures bases, je ne peux pas me résoudre à me priver de votre intelligence. Je suis prêt à passer l'éponge. Et vous, dans quel état d'esprit êtes-vous ? »

Il laissa passer quelques secondes, mais aucune ne répondit. Il eut la tentation de laisser tomber, cependant Nathalie Renaudier glissa timidement : « Oui, nous sommes ouvertes à vos propositions. Enfin, je crois, n'est-ce pas, Stéphanie ? » L'autre acquiesça. Elle n'avait pas dit un mot depuis le début. Elle se contentait de hocher la tête, comme si elle était sous l'emprise mentale d'un gourou.

« Bien, reprit Fertel. Vous savez, je vous l'ai dit aussi, j'ai toujours été choqué par le niveau de rémunération que l'État offre à ses meilleurs éléments. J'ai été haut fonctionnaire moi aussi. J'ai côtoyé des gens brillants qui avaient un niveau de vie à peine supérieur à celui d'un banal bac+2. Vous trouverez sans doute que j'exagère, mais en France, c'est ainsi : pour travailler pour l'État, il faut un esprit de sacrifice qui n'est pas, croyez-moi, donné à tout le monde. Le sacrifice, ça va un temps. J'en ai assez de voir des inspecteurs des finances quitter le service de l'État parce qu'on est incapable de les payer correctement. Le résultat, quel est-il ? Les meilleurs partent multiplier leur salaire par dix ou même davantage et il ne reste que deux catégories de hauts fonctionnaires. Les plus brillants qui ont été élevés dans une espèce de culte du don de soi, aussi noble que stupide. Ils sont peu nombreux. Et les médiocres. Cela explique à mon sens les piètres performances de la France, qui n'a cessé de perdre en influence au fur et à mesure que la mondialisation devenait plus dure. Il y a de bons politiques, qui ont des idées, mais ils n'ont ni le courage ni le temps de les mettre en place. Et les hauts fonctionnaires, qui peuvent, eux, se permettre de travailler sur la durée, n'ont pas d'idées, et se vautrent dans un conservatisme mortifère. J'ai essayé de corriger cela. De faire en sorte que les meilleurs restent au service de l'État sans faire le deuil d'une vie confortable et d'une rémunération à la hauteur de leur talent. J'ai envie de vous proposer le même deal, mesdemoiselles.

— Vous êtes en train de nous parler de corruption, c'est bien cela ? Pour que les choses soient claires. »

Antoine Fertel planta ses yeux dans ceux de Nathalie Renaudier, jusqu'à ce qu'elle détourne le regard. Il sourit en pensant : « Elle a du tempérament. Mais elle est naïve. » Elle avait parlé avec un curieux rictus, comme un signe de victoire mêlé de dégoût. « Libre à vous d'employer les mots que vous voudrez, répondit-il. Légalement, un juge vous donnerait sans doute raison. Pour ma part, je ne le vois pas ainsi. La corruption supposerait que j'obtienne des avantages en échange de ce que je vous propose. Mais je n'ai rien à gagner personnellement dans tout cela. Je mène la bataille au nom de la France. Au nom de l'État. Pas en mon nom propre. Il s'agit d'inciter les meilleurs à rester en première ligne dans la bataille économique. Mais je vois que cela ne vous intéresse pas. N'allons pas plus loin, si vous le voulez bien.

— Concrètement, ça donnerait quoi ? » demanda soudain Stéphanie Sacco, sortant de sa torpeur.

Il expliqua. Elle le fixait, incrédule. Elle avait le même air ahuri que tous ceux à qui Antoine Fertel avait fait cette proposition auparavant et qui, en quelques secondes, devaient peser le pour et le contre avant de se lancer. Il vit un sourire se dessiner sur les lèvres de Nathalie Renaudier. Il n'eut aucune difficulté à l'interpréter.

« Nathalie, je sais que vous êtes sceptique.

— C'est un euphémisme, monsieur Fertel. Vous jouez un jeu très dangereux.

— Laissez-moi évaluer moi-même le danger, mademoiselle. Laissez-moi parier aussi que vous accepterez.

— Je ne crois pas. Je ne suis pas venue ici pour accepter des pots-de-vin, je suis désolée. Et si vous comptez vous en tirer comme ça…

— Et pourtant, vous allez accepter. Pour deux raisons. La première, c'est que si vous vous aventurez à refuser, votre carrière est terminée. Si brillante que vous soyez, toutes les portes se refermeront sur votre joli minois. »

À ce moment-là, il jeta un coup d'œil à Stéphanie Sacco pour bien lui faire comprendre qu'un éventuel refus de sa part entraînerait exactement les mêmes conséquences.

« La seconde, reprit Fertel, c'est que personne ne vous croira. Donnez-moi votre portable, Nathalie. Je n'aime pas que ce genre d'enregistrement se balade dans la nature. C'est dommage, n'est-ce pas ? Vous aviez tout prévu et là, patatras. Il faut toujours avoir au moins un coup d'avance. Personnellement, j'aime à en avoir deux. Laissez-moi vous raconter une histoire. Vous savez qui m'a mis au courant de votre projet d'enregistrer cette conversation pour l'utiliser ensuite contre moi ? Votre père. Oui. Votre propre père. Lui avait accepté ma proposition. Vous aviez quel âge à l'époque ? Seize ou dix-sept ans, je ne sais plus, mais vous voyez, si, depuis tout ce temps, ce petit arrangement avait fait de votre père un pourri, vous

vous en seriez aperçue, quand même. Vous avez envie de savoir pourquoi il m'avait dit oui ? »

Il avait laissé partir les deux femmes peu après, sans prendre la peine de les raccompagner. Il avait demandé au pilote de les déposer à Bercy, sur cet héliport où les atterrissages étaient si périlleux que plus personne ne se risquait à l'utiliser. Cela faisait partie de l'intimidation. Daniel Caradet devait les réceptionner pour s'assurer de leur coopération. Ensuite, rien ne s'était passé comme prévu, mais cela n'avait eu aucune conséquence pour lui. Jusqu'à aujourd'hui où il voulait s'assurer de ne pas avoir à payer le prix de son arrogance.

Il tendit son imperméable au majordome et lui demanda si la chambre de son invité était prête. L'employé de maison acquiesça et fit signe à ce dernier de le suivre. En attendant qu'il prenne ses quartiers, Fertel pénétra dans le salon et s'affala quelques secondes dans le sofa. Il se redressa lorsque la cuisinière vint le saluer, avec une bouteille de San Pellegrino et quelques olives sur un plateau en teck.

Alain Renaudier entra dans la pièce. Il avait visiblement pris une douche car ses cheveux étaient encore humides. Une odeur de déodorant bon marché flottait dans l'air.

« Tu as toujours eu du mal à comprendre que tu étais sorti de la classe moyenne, hein ? dit Fertel avant de lui demander, sans lui laisser le temps de s'asseoir : Maintenant qu'on est là… Je n'aime pas trop qu'on joue au con avec moi. Tu vas peut-être me dire ce que Stéphanie Sacco faisait pendant toutes ces années dans *ton* appartement ? »

# 32

« Il faudra penser à avoir un peu plus de personnel ici, dit le président en faisant le tour de la piscine. Regarde-moi ça, Claude… La bâche est dégueulasse. Je sais bien qu'on n'a pas prévenu, mais quand même. »

Il se baladait le long du bassin, les mains derrière le dos, son pardessus fermé jusqu'au cou. Ses lunettes étaient piquées par la bruine qui avait commencé à tomber quelques minutes auparavant.

« Tu comptais faire quelques brasses ? » répondit Danjun. Le président ignora la boutade. « C'est quoi cette histoire de chien crevé, Claude ?

— De chien crevé ?

— Tu es mauvais comédien. Colson m'a dit : “Ils ont tué mon chien.” Tu sais d'où ça vient, non ?

— Je crois qu'on en est arrivé à un tel degré de haine contre elle au sein de l'administration qu'il ne faut plus s'étonner de rien. Et ce clébard était presque aussi détesté qu'elle. Du directeur du Trésor aux femmes de ménage, personne à mon avis ne regrettera sa disparition. Il pissait partout, y compris sur la moquette du bureau du sixième et sur les notes de l'administration. Il faudra penser à la changer, cette moquette, d'ailleurs.

— Je vois déjà le haut de la page 2 dans le *Canard* : “Qui a tué le chien de la ministre ?" On frôle le ridicule. Ça fait un peu barbare, comme méthode, quand même.

— D'ici là, ils auront autre chose à se foutre sous la dent. Ça doit tanguer là-dedans, ajouta Danjun en désignant son crâne. Surtout avec ce suicide. Là, pour le coup...

— Oui. Ça va accentuer le côté malsain du climat. On ne peut pas dire que ça tombe mal. Comme quoi, le hasard.

— Je ne crois pas au hasard.

— Tu crois à quoi, alors ? Au complot ? Laisse-moi rire. Cette fille était paumée. »

Le président s'arrêta de tourner autour de la piscine, et, après avoir sorti un mouchoir en papier pour l'essuyer sommairement, s'assit sur un transat. Il resta silencieux pendant quelques secondes, le regard perdu au-delà de la haie, vers le jardin impeccablement entretenu de l'ancienne résidence du Premier ministre, récupérée par l'Élysée en 2007.

« Il a tenu ses promesses, finalement, le petit Demory, reprit-il. Même s'il ne l'a pas toujours fait consciemment... Je t'avais bien dit que ça marcherait en le mettant à Bercy. Cela aurait été un plus de l'avoir directement auprès de nous, au Château. À Bercy, il est sous-employé, finalement. C'est quand même grâce à lui si je me suis fait élire.

— Il ne faut peut-être pas exagérer.

— Oh, tu sais... À quoi ça tient, ces choses-là. »

Le président faisait allusion à une réplique qu'il avait sortie durant le débat de l'entre-deux-tours, et qui avait beaucoup fait pour modifier son image, notamment auprès des jeunes. Alors que son adversaire lui reprochait de ne pas vouloir s'attaquer aux dépenses de la Sécurité sociale, il l'avait regardé en souriant et il avait sorti, tranquillement : « Vous savez à qui vous me faites penser ? À ces oiseaux dans *Angry Birds*, qui s'agitent et qui se font catapulter n'importe comment contre les citadelles de ces créatures bizarres, pour récupérer leurs œufs. Vous vous acharnez contre notre modèle social en espérant grappiller quelques dizaines de millions, mais vous oubliez que si ce modèle ne fonctionne pas, c'est parce que, depuis que vous êtes au pouvoir, il y a deux millions de chômeurs supplémentaires. C'est le travail qui finance notre modèle social. En vous attaquant à la Sécurité sociale, vous vous trompez de combat et tout ce à quoi vous aboutirez, c'est détruire le pacte de solidarité qui soude notre nation depuis la Libération. Je ne le souhaite pas. Un conseil : intéressez-vous un peu à l'emploi ! »

Dès le lendemain du débat, des vidéos, préparées par la cellule web du PS, avaient envahi YouTube et les réseaux sociaux, qui parodiaient le jeu en remplaçant les oiseaux par des clones du président sortant. Le succès d'image pour le candidat socialiste avait été d'autant plus énorme que la France entière avait vu le visage ahuri du sortant, qui n'avait pas saisi l'allusion mais n'avait évidemment pas osé demander d'explications. Il y avait plus de dix millions de personnes accros à ce jeu et lui ne le connaissait pas. Difficile de rêver mieux pour symboliser l'enfermement dans lequel il avait vécu pendant son quinquennat.

Dix jours auparavant, le candidat PS lui non plus ne connaissait pas le jeu qui faisait fureur dans le métro. Mais au QG de campagne, en allant voir Christophe Demory pour lui demander des précisions sur une note qu'il lui avait fournie au sujet du financement de la Sécurité sociale, il était tombé sur un bureau vide, avec un smartphone allumé d'où s'échappaient des cris égrillards. Quand il était revenu des toilettes, il lui avait demandé de quoi il s'agissait. Demory lui avait expliqué qu'au lieu de descendre fumer, il faisait des pauses régulières en jouant à balancer ces oiseaux contre les murs, et, de fil en aiguille, c'est lui qui avait trouvé cette métaphore du modèle social.

Le conseiller en communication avait trouvé l'idée géniale et il avait été convenu de monter toute une opération sur les réseaux sociaux si le candidat arrivait à placer la phrase à bon escient. Il y était parvenu, de façon très naturelle, comme si le futur président était lui-même un joueur assidu d'*Angry Birds*. Tout à coup, alors que la droite l'attaquait depuis des semaines sur la ringardise de ses propositions, la ringardise avait changé de camp. Peut-être cet épisode avait-il convaincu une partie de la jeunesse de se déplacer pour aller voter.

Ils marchaient maintenant dans les allées gravillonnées du pavillon. La pluie avait cessé, le ciel s'éclaircissait un peu. Le président s'arrêta, ouvrit son pardessus, prit ses lunettes et les essuya négligemment avec sa cravate.

« Ça me fait un peu de peine pour elle, reprit-il. Je l'apprécie et puis elle nous a pas mal servi. Mais c'était une mauvaise idée de la caser à Bercy. On ne peut pas se permettre d'avoir une harpie à ce poste-là.

— Je te l'avais dit.

— Je sais, je sais, Claude. C'est ma créature et elle m'a échappé. Mais comprends que je puisse avoir encore un peu d'affection pour elle. Elle va traverser une période difficile. Tu vois, je ne pensais pas qu'elle était si idéaliste. Qu'elle prendrait au pied de la lettre les discours de l'entre-deux-tours et se sentirait investie d'une espèce de mission…

— Tu aurais dû mettre les choses au point avec elle dès le début.

— Et prendre le risque qu'elle claque la porte ? »

Isabelle Colson était devenue impossible à éjecter du gouvernement. Or il n'y avait plus le choix. Si elle restait, elle risquait de provoquer un cataclysme économique. Le président faisait d'une pierre deux coups, puisqu'il éliminait aussi une rivale potentielle pour la prochaine élection. Il fit mine de s'apitoyer.

« Elle ne s'en remettra peut-être jamais.

— Elle ira bosser dans le privé, ce n'est pas non plus dramatique.

— Tu pourrais peut-être demander à Fertel de l'embaucher ? »

Ils partirent tous les deux d'un grand rire en entrant dans le bâtiment principal de la Lanterne.

# 33

S'il le regardait attentivement, il n'avait pas énormément changé. Il ne s'était pas dégarni, même si ses cheveux étaient moins épais et qu'il les teignait sans doute. Il n'avait pas pris plus de dix kilos, un miracle quand on pensait à tous les déjeuners d'affaires auxquels il avait participé. Le visage était marqué par le stress, mais c'était déjà le cas autrefois. Il était resté le même, en un peu plus parcheminé, à l'exception de ses mains, envahies par des taches brunes et desséchées par le manque de soins, qui trahissaient le passage du temps. Alain Renaudier connaissait Antoine Fertel depuis plus de quarante ans mais jamais il n'avait vu une telle fureur dans son regard. Il s'y attendait, en acceptant l'invitation expresse du banquier – comme s'il avait pu se permettre de la refuser.

« Évidemment, je peux tout expliquer, dit le père de Nathalie.

— Évidemment, répéta, narquois, Antoine Fertel.

— D'abord, il faut que tu saches que cela n'a jamais eu pour objectif de te nuire. Il n'y a pas eu d'objectif à proprement parler, d'ailleurs. Ça s'est fait… comme ça.

— Je suis curieux d'entendre l'histoire, Alain. J'ai le sentiment qu'elle est sensiblement différente de celle à laquelle je croyais jusqu'à présent. La disparition de Stéphanie Sacco, quelque temps après la mort de Nathalie, classée en suicide faute de l'avoir retrouvée après avoir découvert sa voiture stationnée à proximité d'une petite rivière. Près de Troyes, je crois.

— C'est ça. C'était bien sa voiture. Et elle a bien essayé de se suicider.

— Essayé ?

— Oui. Elle s'est bourrée de neuroleptiques et a roulé jusqu'à tomber de fatigue. Elle a cherché un cours d'eau pour disparaître. Et elle a eu un sursaut. L'instinct de survie. C'est ce qu'elle m'a dit.

— Et tu l'as crue ?

— Je n'avais aucune raison de ne pas la croire. Tu peux être sûr que j'avais d'autres préoccupations en tête quand je suis tombé nez à nez avec elle. J'étais revenu à l'appartement de Nathalie. J'avais des affaires à récupérer, un peu de rangement à faire avant de mettre l'appartement en vente. Et j'ai trouvé cette fille sur le palier, allongée sur le paillasson, les cheveux hirsutes, les yeux rougis, les fringues dégueulasses. J'ai cru que c'était une SDF, mais elle s'est levée et elle m'a demandé si j'étais bien le père de Nathalie. Elle s'est jetée à mon cou, elle a crié "pardon", plusieurs fois. Elle était complètement hystérique. Je l'ai invitée à entrer pour éviter de rameuter tout l'immeuble.

— C'était la première fois que tu la voyais ?

— Oui. Nathalie m'avait parlé d'elle, évidemment. Je connaissais son nom et quand elle me l'a dit, ça a fait tilt. Elle était sans doute à l'enterrement, mais je ne m'en souvenais pas. Je lui ai proposé de prendre une douche et de mettre des affaires sèches, avant de me dire ce qu'elle faisait là. Il y avait encore tous les vêtements de Nathalie, c'était un mois à peine après sa mort. Je pensais que ça allait l'apaiser un peu et qu'on pourrait discuter après. Tu sais, dans ces moments-là, n'importe quelle personne capable de me parler de Nathalie m'aidait à supporter la situation. Elle s'est dirigée vers la salle de bains sans rien dire, comme si elle connaissait les lieux. Ça n'avait rien d'étrange : elles avaient beaucoup travaillé ensemble sur ce fameux rapport, elle était peut-être venue plusieurs fois. Ça m'a fait bizarre d'entendre l'eau couler dans cette baignoire. Je crois même qu'elle a dû utiliser la serviette qui était accrochée au radiateur le jour où j'ai découvert Nathalie. »

Antoine Fertel n'était pas un homme facile à surprendre et, au crépuscule de sa carrière, il pensait avoir à peu près tout vu et tout entendu. Il s'était préparé à lui pourrir sa retraite – il avait les moyens de faire de la dernière partie de sa vie un enfer –, mais il retenait ses coups au fur et à mesure que Renaudier poursuivait son récit.

« Antoine, lève-toi, s'il te plaît », reprit le père de Nathalie. Le banquier n'était pas habitué à recevoir des ordres, mais il s'appuya sur les accoudoirs et laissa Renaudier s'approcher de lui et passer sa main dans la poche de sa veste. « Qu'est-ce qui te prend, réagit immédiatement Fertel. Tu es fou ?

— Je ne te fais aucune confiance. Si tu veux connaître la suite, je veux être sûr de parler en toute confidentialité. Les yeux dans les yeux. Pas d'oreilles extérieures. Laisse ton portable ici, montre-moi tes poches, et allons nous balader dans le jardin.

— Tu me déçois, Alain. Je suis bien placé pour savoir que ce genre de pratique vous est familier, chez les Renaudier, mais je ne joue pas ce jeu-là. Si j'avais voulu te faire chanter, je l'aurais fait depuis longtemps.

— Non, tu ne l'aurais pas fait. Tu sais très bien qu'on se tient en joue tous les deux depuis vingt ans. Si tu tirais, je ripostais instantanément.

— Peu importe. Je n'ai rien sur moi, pas d'enregistreur, pas de téléphone, pas de micro, rien. Mais allons-y, si tu y tiens. Ça nous fera prendre l'air. »

Le jardin était impeccablement entretenu et éclairé avec un goût certain. Au loin, Renaudier devinait quelques vers luisants, éparpillés près de la clôture. Il se dirigea machinalement vers eux.

« Elle est sortie de la salle de bains, reprit-il, elle s'est jetée sur moi une nouvelle fois et elle a encore murmuré "pardon". J'ai été pris d'un mauvais pressentiment. Je l'ai rejetée assez violemment. C'était de l'ordre du réflexe. Cette situation sentait le soufre. L'ancienne collègue de Nathalie, dans l'appartement où je l'avais retrouvée morte, qui me demandait pardon… Imagine. Dans un moment comme ça, il n'y a plus aucune place pour le raisonnement. Elle s'est retrouvée par terre. Elle m'a regardé bien en face. Je voyais ses larmes couler. Je n'avais qu'une seule envie : la frapper. La frapper pour qu'elle avoue, parce que je venais de comprendre. »

Alain Renaudier, qui jusque-là avait marché droit devant lui sans regarder Fertel, s'arrêta et se tourna vers le banquier, dont la moitié droite de la figure était cachée dans l'obscurité. Au bout d'une ou deux secondes, il lâcha : « Elle a enfoui son visage dans ses mains, et elle a marmonné, plusieurs fois : "Pardon. Pardon." Elle ne s'arrêtait plus. C'était terrible. »

Il y eut un long silence. Fertel ne savait pas trop quoi faire. Il attrapa le bras de son camarade de promotion, dans un geste qu'il voulait affectueux. Renaudier se dégagea, sans brusquerie, et tenta de se justifier sans attendre la réaction de Fertel : « Personne ne peut me juger. Personne n'est passé par où je suis passé. Mais tu ne m'as pas fait venir pour me réconforter, Antoine, je te connais bien. Tu veux savoir ce qu'elle foutait encore dans cet appartement, plusieurs années après ? Je vais te le dire. Elle ne se sentait pas en sécurité et, en toute honnêteté, je n'avais aucun élément pour la rassurer. La pression que vous aviez mise sur elle et Nathalie était très forte. C'était deux jeunes filles. Elles n'étaient pas habituées à ça. Quand je l'ai vue en détresse, sans nulle part où aller, après avoir ressenti de la colère, j'ai ressenti de la pitié. Je lui ai proposé de rester. »

Antoine Fertel rassembla les premières impressions qu'il avait eues de Stéphanie Sacco. Il lui avait semblé qu'elle était très intimidée, peu sûre d'elle, et qu'elle s'en remettait à Nathalie. Il avait jugé à tort qu'elles étaient d'accord sur la conduite à tenir vis-à-vis du rapport, de sa proposition également. Aucune d'elles n'avait pourtant donné suite. Nathalie Renaudier était morte quelques semaines après Houlgate. D'après le peu qu'il connaissait en psychiatrie, c'était un délai extrêmement court pour qu'une dépression aboutisse à un suicide, mais personne n'avait jamais décrété que sa dépression avait commencé après leur entrevue au manoir. Il ne s'était pas senti responsable.

Fertel arrêta Renaudier et le fixa. « Tu es en train de me dire que les discussions que j'ai eues avec ces deux jeunes femmes sont à l'origine de leurs troubles psychiques ? Mais c'est toi qui délires, Alain ! Tu délires complètement ! "Pas en sécurité", ça veut dire quoi ? Bientôt tu vas m'accuser d'avoir fait exécuter Nathalie ! Ressaisis-toi, mon vieux !

— Nathalie était une fille très pure. Moralement, je veux dire. Je l'avais élevée comme ça, aussi paradoxal que cela puisse te paraître. Je me doutais de ce qui l'attendait si elle venait te voir à Houlgate. Elle imaginait qu'elle pourrait avoir des preuves et que ça te créerait des ennuis. Je ne sais pas exactement ce qu'elle avait en tête. Je lui ai dit de laisser tomber. Je redoutais ta réaction. Je savais que tu n'hésiterais pas à frapper au-dessous de la ceinture pour essayer de la convaincre. Je t'en ai voulu. Je t'en veux encore. C'est cela qui l'a fait basculer dans une dépression sévère. Tu ne l'as pas tuée, Antoine. Évidemment non. Mais toi aussi tu as ta part de responsabilité.

— Comme c'est confortable de le croire ! s'esclaffa Fertel.

— Tu peux jouer les blasés, croire que tes actes n'ont pas de conséquences, croire que ton influence, ta puissance n'ont pas d'impact sur les vies que tu manipules, parfois sans le savoir. Mais c'est faux. À ton niveau, Antoine, le moindre mot, la moindre décision peuvent faire basculer des destinées. En leur confiant l'enquête, toi et les autres, vous pensiez vous dédouaner à peu de frais. Il n'y aurait eu que Stéphanie Sacco, cela aurait peut-être fonctionné. Manque de chance, vous êtes tombés sur Nathalie. Ma fille était une jusqu'au-boutiste : rigueur morale, exigence, etc. Ce sont les valeurs que je lui avais transmises. Oh tu peux sourire !

— Oui, je souris parce que je pense à ce jour où tu es venu me voir pour cette histoire de stock-options. Il n'a pas fallu longtemps pour te convaincre. Tu joues les pères la morale, mais tu ne vaux pas mieux que les autres, Alain.

— Tu as appuyé sur mon point faible.

— Mais l'argent, tu l'as pris, quand même…

— Bien sûr que je l'ai pris. Mais je ne l'ai pas pris pour moi, tu le sais.

— Je t'ai rendu service. Je t'ai permis d'offrir à ta femme un petit bout de la vie dont elle rêvait, d'offrir à ta fille de bonnes conditions pour étudier, travailler. Ce n'est pas rien, quand même.

— On s'est rendu service, mutuellement. Je n'en suis pas fier. À la limite, j'aurais pu comprendre que tu utilises cela contre moi. Mais contre Nathalie… c'est tellement médiocre.

— Mais qu'est-ce qui lui est passé par la tête de vouloir jouer les chevaliers blancs ? Elle croyait quoi ?

— Elle croyait à ce qu'on lui disait : qu'elle faisait partie de l'IGF, un corps d'exception, d'élite. Intégrité. Loyauté. Fidélité. Elle avait demandé l'intégralité des correspondances de la période, et elle les avait obtenues. C'est un échange de mails entre Caradet et toi qui lui a mis la puce à l'oreille sur le fait qu'il y avait autre chose qu'un intérêt commun entre l'État et les banques, mais que plusieurs acteurs du plan étaient liés *intuitu personae*, et depuis longtemps, notamment son principal architecte et son principal bénéficiaire. Elles avaient un contentieux sur la manière de mener l'enquête sur le plan de 2008. Stéphanie Sacco était très prudente et ne voulait pas risquer sa carrière pour ça. Elle était beaucoup plus réaliste, beaucoup plus mûre que Nathalie qui, elle, était persuadée qu'au contraire, mettre au jour un tel système de corruption, non seulement servirait l'intérêt général, mais ne pouvait que favoriser son avancement.

— “Système de corruption”… Quelle vilaine expression, Alain ! Pour un peu, tu me ferais passer pour un criminel.

— Ne joue pas les vierges effarouchées, Antoine. Théoriquement, le système que tu as mis en place suffirait à lui seul à te faire passer le restant de ta vie en prison. Ça n'arrivera jamais, on est d'accord. Mais pénalement, c'est comme ça que les faits seraient qualifiés.

— Ce n'est pas impossible. Les juges sont ce qu'ils sont, prisonniers de leurs certitudes. Ils vivent dans une bulle protectrice qui les rend ignorants des nécessités économiques. Mais c'est une pure hypothèse d'école, Alain. J'ai toujours été prudent, et j'ai des avocats bien meilleurs que ces petits procureurs qu'on côtoyait déjà, toi et moi, à Sciences Po.

— Stéphanie Sacco était moins naïve que Nathalie. Plus arriviste aussi. Et puis elle venait d'une famille d'instits. Elle en avait bavé beaucoup plus pour réussir l'ENA. Elle voulait en être. Faire partie de l'élite. Elle y était arrivée et il n'était pas question que qui que ce soit remette en cause sa réussite. »

Les deux hommes marchèrent quelques secondes en silence. La nuit était froide. Antoine Fertel frissonna. Il finit par tourner son visage vers celui de Renaudier. Il eut du mal à capter son regard. « Et maintenant ? dit-il en regardant le ciel étoilé au-dessus de l'épaule de Renaudier. Il se passe quoi, maintenant ?

— Maintenant ? Je vais te dire, Antoine : il est temps que je remette de l'ordre dans ma vie. Je le dois à Nathalie, aussi. »

# 34

« Il y aurait moins de vent, j'irais bien piquer une tête, finalement », dit le président en regardant la piscine, par la fenêtre. Comme tout le monde autour de la table en teck qui trônait au milieu du salon, il avait enlevé sa veste et, en bras de chemise, il achevait d'annoter la dernière version du plan qui venait d'être finalisée. « Il est peut-être un peu tard, à la réflexion, poursuivit-il en regardant sa montre qui indiquait près de minuit. Si tout va bien, on n'aura même pas à dégainer, n'est-ce pas, Daniel ?

— Si tout va bien », répéta Caradet. Il avait posé ses lunettes dépliées sur la table, ce qui laissait son visage étrangement nu. Ses yeux étrécis s'enfonçaient dans des orbites creusées par les cernes. Il était temps pour lui que tout cela se termine. « Mais j'en doute, poursuivit-il. Vous avez entendu ce qu'a dit François Sérignac tout à l'heure en *conf call*. Mercredi, le *spread*[1] était à 0,39 ; jeudi à 0,37 ; aujourd'hui à 0,4. Tout cela est hypervolatil. C'est pas franchement bon signe. Mais on est parés, maintenant, c'est l'essentiel. »

Ils étaient en comité restreint. Côté Élysée, le président, le secrétaire général adjoint qui pilotait toutes les mesures économiques, le

1. Différentiel entre deux taux. Ici, l'écart entre l'Euribor et le taux auquel emprunte le Crédit parisien.

conseiller économique et Claude Danjun. Côté Bercy, le directeur du Trésor – Daniel Caradet – et le conseiller de la ministre pour la politique européenne – Charles Becker. Matignon n'avait pas été convié. Isabelle Colson non plus, au contraire de Christophe Demory, qui n'était pas venu.

« C'est bien la première fois qu'on boucle un truc aussi important sans le ministre concerné, ricana Claude Danjun, qui avait dénoué la cravate et ouvert le col de sa chemise.

— Quelqu'un a des nouvelles de Demory, au fait ? demanda le président. Ça commence à être inquiétant, non ? Ce jeune homme n'est pas du genre à disparaître dans la nature. Ou alors je me suis trompé sur lui. »

« Ce ne serait pas la première fois que tu te plantes », pensa Daniel Caradet. Le directeur du Trésor avait toujours du mal à digérer les atermoiements de l'Élysée au sujet du plan qui venait d'être mis en place. Cela faisait plusieurs jours qu'il en avait tracé les grandes lignes. Demory avait tergiversé pendant plus de vingt-quatre heures avant de le présenter à la ministre. Bouffie par son incompétence, cette dernière avait cru bon de demander que tout soit refait à sa sauce. Et il avait fallu en passer par Danjun pour que le président soit alerté sur la réelle urgence de la situation et l'impasse dans laquelle sa ministre risquait de le mettre.

Tout le monde, ou presque, avait reçu l'alerte en même temps, sur son smartphone. Le président avait accueilli la nouvelle avec une certaine froideur. Il s'était isolé quelques minutes pour téléphoner au secrétaire général. Le sort d'Isabelle Colson était plié, mais Daniel Caradet ne pouvait s'empêcher de penser à ce qui se serait passé si elle avait gardé les faveurs du président. Il connaissait les règles du jeu et il savait très bien que cette hypothèse n'était pas du tout absurde. Le président faisait ses choix d'abord par intérêt politique et il fallait que le reste suive.

Il n'avait pas abandonné l'idée de se présenter une deuxième fois, même si les sondages donnaient peu de corps à cette hypothèse.

Isabelle Colson caracolait en tête des personnalités politiques les plus populaires quand le président, lui, restait scotché autour de vingt-trois, vingt-quatre pour cent d'opinions favorables – à peine suffisant pour espérer convaincre le Parti socialiste de miser sur lui une nouvelle fois si d'autres rivaux plus crédibles émergeaient. L'éviction de la ministre des Finances coïncidait avec sa volonté de ne pas la laisser lui faire de l'ombre sur la fin du quinquennat.

Mais la configuration astrale aurait pu être tout autre, et le président aurait bien été foutu d'arbitrer en son sens. La plainte pour harcèlement sexuel clôturait de toute façon le débat et permettait au président de solder l'affaire à moindres frais, en se débarrassant d'elle sans paraître mettre hors d'état de nuire une future rivale.

Le directeur du Trésor avait atteint son objectif. Au cas où le Crédit parisien viendrait à manquer de liquidités en raison de la méfiance des autres banques, ils pourraient avoir recours à un dispositif qui se situait dans la droite ligne du plan de soutien de 2008. La Société de financement de l'économie française pouvait être ressuscitée par simple décret, ce qui voulait dire que, dès le lundi suivant, elle pouvait emprunter pour le compte du Crédit parisien si ce dernier devenait tricard sur les marchés. La majeure partie de la discussion avait porté sur les prix : la SFEF empruntait auprès des marchés à un certain taux, puis prêtait aussitôt cet argent à la banque à un taux supérieur. En 2008, alors que l'État empruntait à quatre pour cent, il prêtait ensuite à huit pour cent. La couleuvre avait été difficile à avaler pour Antoine Fertel et les autres, mais l'urgence de la situation ne leur avait pas laissé le choix à l'époque. Cette fois, Fertel avait particulièrement insisté pour que les marges de l'État soient moins importantes et, au terme d'âpres discussions avec l'Élysée, Caradet avait emporté le morceau.

« Si on ne fait pas payer assez cher, dit le secrétaire général adjoint, on va de nouveau nous accuser de faire un cadeau aux financiers. Surtout, on a mis plus de trente ans à débarrasser les banques des garanties publiques. Là on lui remet une forme de garantie, à Fertel : il faut la faire payer pour qu'il n'y ait pas d'accoutumance à cette drogue.

— Cette analyse était vraie en 2008, répondit Caradet, quand il s'agissait de mettre en place un système alternatif de refinancement de l'ensemble des banques, en attendant que le marché interbancaire reparte. On pouvait se permettre de faire payer cher, parce qu'on savait qu'elles avaient de quoi encaisser. Là, le Crédit parisien est seul au bord du gouffre mais, s'il tombe, il emmène tout le monde avec lui. L'objectif, c'est de le retenir par le col de la chemise sans lui mettre un trop gros fardeau sur le dos.

— On ne va quand même pas prêter à perte ! s'exclama le conseiller économique de l'Élysée.

— Non, bien sûr que non. Mais je ne préconise pas non plus de faire du fric sur le dos du Crédit parisien qui est déjà mal en point.

— Il nous faut un aspect punitif, reprit le président. Aux yeux de l'opinion, j'ai besoin de ça.

— C'est de toute façon trop complexe pour que ce soit compris de cette façon. »

Daniel Caradet avait convaincu l'équipe de l'Élysée. Le projet de décret qui allait être rédigé pour Matignon prévoirait une prime de vingt pour cent pour l'État, pas cent pour cent comme en 2008. C'était une première victoire.

La deuxième, c'était sur la question de la prise de participations au sein du Crédit parisien, à la faveur d'une éventuelle augmentation de capital à laquelle l'État souscrirait. La banque était virtuellement plombée par les pertes qu'elle allait devoir subir rapidement à cause des faillites à venir en cascade dans les pays émergents, notamment en Turquie, et avait toujours au-dessus de la tête la menace de défauts croissants sur les prêts étudiants. Pour le moment, le taux de défaut était d'environ huit pour cent mais certaines estimations le voyaient à douze, voire quatorze pour cent d'ici à quelques mois.

Le Crédit parisien avait besoin d'argent frais et l'Élysée était d'accord pour qu'il soit apporté exclusivement par l'État.

Mais, comme en 2008, la question de la gouvernance s'était posée : l'État devrait-il prendre une minorité de blocage ? Le président était tenté d'imposer cette solution. D'abord parce que, en 2008, il avait été parmi ceux qui l'avaient exigé, et il ne voulait pas donner le sentiment de se dédire. Ensuite parce qu'il cherchait un moyen de montrer à l'opinion que les pouvoirs publics ne distribuaient pas seulement l'argent, mais qu'ils en contrôlaient son usage.

« Si je peux me permettre, intervint Daniel Caradet, à chaque fois que l'État a voulu contrôler une banque, ça s'est fini en catastrophe et au final ce genre de solution coûte plus cher au contribuable. Vous savez très bien ce qui va arriver si l'État se met en mesure d'imposer ses décisions au *board* du Crédit parisien.

— Non, Daniel, je ne le sais pas, avait souri le président. Dites-le-moi. Vous faites ça si bien.

— Bon, avait repris Caradet sans pouvoir déterminer s'il se moquait de lui ou pas, c'est assez simple : vous, les politiques, si vous prenez le pouvoir au sein du Crédit parisien, vous allez considérer qu'il faut prêter à tout va, même à ceux qui ne peuvent pas rembourser, parce que provoquer des faillites à tour de bras, ce n'est pas vraiment payant d'un point de vue électoral. Je me trompe ?

— Sur quoi ? sourit à nouveau le président. Sur le fait que mettre les gens dans la merde ne les incite pas à voter pour vous ? C'est une évidence, oui, merci pour votre bon sens, Daniel.

— C'est délicat à dire, poursuivit Caradet sans se démonter, mais dans une crise comme celle qui s'annonce, il faut à la fois consolider la banque, parce que si elle tombe, toute l'économie tombe, et la laisser se purger pour qu'elle reparte efficacement le plus vite possible. Oui, il faudra arrêter de prêter à beaucoup de PME. Oui, il faudra arrêter de prêter à beaucoup d'étudiants. Ils iront voir ailleurs. Si ailleurs il y a… et sinon, tant pis pour eux. »

La bataille finale entre l'Élysée et Bercy avait duré plusieurs heures, mais les positions du Trésor s'étaient imposées, parce que, dans un jeu de rôles mis au point à l'avance, Claude Danjun avait progressivement appuyé Daniel Caradet, sortant de son chapeau à la fin de la discussion une proposition qui, il le savait, allait permettre au président de sauver la face vis-à-vis de l'opinion. « C'est là-dessus qu'il faudra axer la communication, avait-il préconisé. Dans le packaging politique, l'aspect punitif est indispensable, mais on peut le cantonner au symbole.

— Il *faut* le cantonner au symbole, avait dit en écho Daniel Caradet.

— C'est avec les symboles qu'on gouverne, avait assuré Danjun en se tournant vers le président, avec un geste de la main vers Caradet pour lui dire de se taire. Tu veux que Fertel morde la poussière ? Tu veux que l'opinion ait le sentiment qu'il doit arrêter de se gaver ?

— Ce serait bien, acquiesça le président, qui maniait l'ironie sans rien lâcher sur ses convictions.

— Punir, ça ne veut pas dire exécuter, au contraire de ce que souhaitait feu la ministre. Je crois qu'on peut l'appeler comme ça, non ?

— Elle n'est pas morte, Claude, sourit le président.

— Mais elle n'est plus ministre…

— Techniquement, elle l'est encore. Je ne lui ai pas répondu – il faut que je le fasse, d'ailleurs, ajouta-t-il en prenant son portable. Regardez ça », poursuivit-il en leur montrant l'écran de l'appareil.

Tous se penchèrent pour lire le SMS d'Isabelle Colson. Il y eut de longues secondes de silence avant que, le premier, Claude Danjun se permette un commentaire : « Eh bien, dis-moi… si ça c'est pas de l'amour !

— Tu te trompes, répondit le président. Ça s'appelle la loyauté. Mais vous avez du mal à comprendre ça, vous autres, non ? Bref. Tu disais donc, Claude ?

— Oui. L'opinion n'aurait évidemment pas validé la faillite du Crédit parisien ni cette idée saugrenue de faire payer les déposants : neuf millions de clients, tu imagines ? Même si on tapait seulement au-dessus de cent mille euros, l'image serait désastreuse. Le fait de concocter un plan pour venir en aide au Crédit parisien au cas où sera forcément perçu favorablement. Néanmoins. Car il y a un néanmoins... nous sommes tous d'accord qu'il faut donner le sentiment que le Crédit parisien va aussi payer pour ses erreurs. Nous sommes tous également d'accord qu'une prise de contrôle de la banque par l'État, ce serait tentant rien que pour voir la gueule de Fertel, mais que ça n'a aucun sens économiquement. Dans ce contexte, je ne vois que deux possibilités et je préconise d'explorer les deux pour bien accréditer l'idée qu'on ne laisse pas les erreurs impunies. Il faut taxer.

— Mais tu viens de dire que c'était... comment déjà... saugrenu ? répondit le secrétaire général adjoint.

— Taxer les déposants, oui. Taxer les bénéfices, non.

— Mais tu vas taxer *quels* bénéfices ? La banque sera en perte !

— Les bénéfices à venir. On crée une surtaxe. Lourde. Pour cinq ans. Cette année, ils ne paieront rien, mais quand ça ira mieux, la facture sera plus élevée. Les déposants ne payent rien. Ce sont les actionnaires qui recevront moins de dividendes. Ils peuvent le supporter. Et en affichage, c'est nickel surtout si tu combines cela avec une mesure très lisible du type interdiction des stock-options le temps de l'aide publique. Taxer, donc. Et purger, comme l'a dit Daniel. Il faut que les actionnaires prennent une partie de leurs pertes dès maintenant, et pour cela il faut que le Crédit parisien crée une structure de défaisance où on regroupe toutes les créances pourries liées à la Turquie et compagnie, avec l'objectif de s'en débarrasser rapidement. »

Il avait fallu encore plus de deux heures pour peaufiner les détails et le brief au conseiller médias du président, mais l'essentiel avait été élaboré lors de cette soirée que la presse appellerait « la nuit de la Lanterne ».

Le président se leva et se dirigea lentement vers un vieux coffre en bois situé près de l'entrée, dans le petit salon. « On a bien mérité un moment de détente », dit-il en sortant une bouteille de whisky. Un Glen Grant 1952. Il se tourna vers le secrétaire général adjoint, la bouche encore séduite par le sherry ambré. « Regarde-moi cette couleur. Et ces reflets ! On se damnerait pour ça, non ? Dis-moi, ils t'attendent pour quand, chez Lazard ? Parce que maintenant que Demory s'est évaporé, il va falloir que je te trouve un autre remplaçant, moi. »

# 35

Quand il respirait comme ça, en insistant exagérément sur le caractère irrégulier de ses expirations, c'est qu'il faisait semblant de dormir. Alain Renaudier était rentré très tard, sans explications, et Véronique ne lui avait rien demandé. Elle attendait toujours qu'il prenne l'initiative. Peut-être avait-elle trop peur de le perdre si elle le brusquait. Elle savait qu'une vie entière ne suffirait pas à racheter sa faute. Elle avait subi ses silences, ses colères, ses angoisses sans jamais les condamner.

Il l'aimait, bien sûr. Il l'avait prouvé. Il aurait pu partir, il avait préféré rester. Elle n'était pas dupe. Il l'avait fait pour Nathalie, pas pour elle mais, même après sa mort, il ne l'avait pas quittée. Il était toujours là. Ils avaient vieilli côte à côte, parallèlement, sur deux planètes différentes, d'où on pouvait se voir, se saluer mais où, quoi qu'on fasse, on restait l'un pour l'autre un étranger.

Il fermait les yeux, mais elle savait qu'il simulait le sommeil. Cela faisait des années qu'il n'avait plus envie d'elle. Quelque chose était mort dans leur couple depuis longtemps. Depuis ce jour de 1996 où Alain Renaudier était allé voir Antoine Fertel, en dépit des conseils de Véronique.

« Si tu dois lancer cette enquête, lance-la, lui avait-elle dit. Et si ce n'est pas justifié, abstiens-toi. Mais ne fais pas dépendre ta décision de ce rendez-vous.

— Je veux juste le prévenir. De vive voix. Un vieux camarade de promo, Véronique. Je ne peux pas le dégommer comme ça.

— Tu ne le dégommeras pas, Alain, quoi que tu fasses. Antoine n'est pas du genre à se laisser dégommer. Les combats de coq, c'était bon quand on était jeunes. Mais là… quel intérêt ? »

Derrière la démarche de son mari, Véronique Renaudier devinait une envie d'effacer les humiliations de l'ENA, ce sentiment d'avoir été choisi par dépit, l'illusion de pouvoir inverser la hiérarchie des êtres dans leur univers d'énarques. C'était un jeu très dangereux parce que, au milieu du triangle qu'ils formaient tous les trois, il y avait désormais Nathalie. Presque vingt ans après, le triangle était vide.

Était-ce la conséquence de cette haine et de cette rancœur dans laquelle il s'était lentement consumé ? Véronique Renaudier avait commencé à se méfier environ un an après. Son mari lui avait annoncé qu'il venait de trouver un appartement pour Nathalie. C'était un projet qu'ils avaient depuis longtemps : lui acheter un bien immobilier qui lui permette de mener ses études sereinement, dans un cadre privilégié, et qui soit aussi un placement avantageux pour commencer sa vie professionnelle. Quand elle était allée le visiter avec lui, elle l'avait trouvé magnifique, et idéalement situé. Plus de soixante-dix mètres carrés, refait à neuf, derrière l'église Saint-Sulpice, c'était difficile de faire mieux.

« Je crois que tu as révisé nos exigences à la hausse, lui avait-elle dit.

— Tu penses que ça va lui plaire ?

— J'aurais du mal à croire le contraire.

— Alors pourquoi tu fais la gueule ?

— Parce que ce n'est pas dans notre budget.

— J'ai obtenu un prêt.

— Et on va le rembourser comment ?

— J'ai un bon salaire. On a un peu d'argent de côté. Ça devrait aller, non ?

— On a aussi notre appartement à payer, mais c'est peut-être un détail. Combien ?

— Combien quoi ?

— Combien tu as emprunté ?

— J'ai emprunté ce qu'il fallait. Crois-moi, ce n'est pas un problème. »

Véronique Renaudier n'alla pas plus loin. Elle ne gérait pas les finances du foyer et elle faisait confiance à son mari. Surtout, l'achat de cet appartement lui enlevait une source d'angoisse. Comme quoi, on n'avait pas forcément besoin de stock-options pour mettre ses enfants à l'abri.

Un an plus tard, Alain Renaudier lui prêta sa carte bancaire pour aller acheter un canapé chez Habitat. La carte qui correspondait à leur compte commun était venue à expiration, et elle n'avait pas pris le temps d'aller la chercher à leur banque. Au moment de payer, elle avait machinalement regardé la carte de son mari. Elle venait du Crédit parisien, pas du Crédit agricole où ils avaient l'ensemble de leurs comptes depuis une quinzaine d'années.

Mentalement, elle fit l'inventaire de tous ces achats qu'il avait faits depuis quelque temps, lui qui normalement contrôlait le moindre euro qui sortait de son portefeuille. Un sac Louis Vuitton, un abonnement à la salle Pleyel, des restaurants étoilés... Leur vie était belle. Elle s'était dit qu'il avait modifié son rapport à l'argent. Elle se rendit compte qu'il y avait peut-être une autre explication.

Elle avait posé la carte sur le meuble Roche Bobois qu'ils avaient acheté ensemble trois mois auparavant, dans l'entrée de l'appartement. Il l'avait récupérée, l'avait remise dans son portefeuille sans qu'elle sache s'il s'était rendu compte de sa bévue. Mais ils avaient continué à se vautrer dans le non-dit.

Des années plus tard, la mort de Nathalie avait fait éclater le carcan dans lequel elle s'était enfermée. Elle avait fait exploser toutes ses inhibitions. Elle avait pris son courage à deux mains, un soir, alors qu'il se brossait les dents. Il était en t-shirt, le sexe à l'air, face au miroir. Elle l'avait pris par surprise : « J'aimerais qu'on vende l'appartement de Nathalie. Je veux m'en débarrasser. Tout cela nous a porté malheur.

— Tout cela ? De quoi veux-tu parler ? répondit-il après s'être rincé la bouche.

— Tu sais ce que je veux dire. On ne pouvait pas lui offrir un tel appartement. Voilà où ça nous a menés. C'était une malédiction. »

Il l'avait regardée, éberlué. Il était sorti de la salle de bains sans un mot, avait enfilé un caleçon. Elle l'avait rattrapé par le bras, l'interrogeant des yeux, à nouveau. « Tu délires, Véronique. Tu délires complètement. » Elle s'était approchée, tout doucement, mâchoire serrée.

Ses petits poings commencèrent à le frapper sur la poitrine, sans qu'il ait même l'idée de riposter. Elle pleurait, criait en continuant à s'acharner sur lui, sans qu'il ressente la moindre douleur. Il fut pris d'un rire nerveux. Hystérique, elle essaya de retirer une des bagues qu'il lui avait offertes, et elle n'y parvint qu'au bout de quelques secondes interminables, qui décuplèrent son rire. Mais quand elle la lui jeta à la figure, il saisit son poignet avec force. De son autre main, il s'apprêtait à la frapper, mais s'arrêta juste à temps. Tous deux se figèrent à ce moment-là, hésitant entre la poursuite d'une scène qu'ils croyaient réservée à d'autres milieux que le leur et l'abandon d'un affrontement qui ne les mènerait nulle part.

Ils s'étaient posés dans le salon. Alain Renaudier avait sorti le whisky des grandes occasions, un Strathisla 1960, avec deux verres. Véronique ne buvait jamais d'alcool, mais ce soir-là elle fit une exception. Il lui avait donné les grandes lignes du schéma. L'argent de l'appartement avait été versé sur un compte anonyme qu'on lui avait fait ouvrir à Genève dans la filiale suisse du Crédit parisien. Il l'avait rapatrié en cash sur un autre compte, ouvert celui-là au sein de l'agence logée au siège du Crédit parisien à Paris. Pour éviter de susciter des doutes sur la provenance de ces liquidités, la banque lui avait octroyé un prêt fictif. Les remboursements apparaissaient pour quinze ans dans ses relevés de compte, mais le compte n'était pas débité. C'était un simple jeu d'écritures. Le Crédit parisien faisait semblant de lui avoir prêté l'argent qu'il lui avait donné. Pour la banque, l'absence de remboursements réels passait aux profits et pertes. Pour lui... Véronique avait compris.

Ce qu'elle avait eu du mal à comprendre, en revanche, c'est *pourquoi* il avait accepté. Comme toute opération illégale, celle-ci comportait des risques. Et son mari était un trouillard. Il n'osait pas partir en voyage sans avoir réservé l'ensemble des nuits d'hôtel du séjour, et le voilà qui avait accepté un deal qui pouvait le mener en prison. Ils n'étaient pas acculés financièrement. Ils vivaient très bien sans cet argent, même s'ils avaient mieux vécu une fois que le *package* avait été versé – et elle devait avouer qu'elle ne s'en était jamais plainte.

« Je l'avais fait pour elle, dit Alain Renaudier. Pour Nathalie.

— Mais ce n'était pas *nécessaire*, répondit-elle à demi saoule, en appuyant sur le mot plus que de raison. Elle aurait eu un appartement moins grand, moins bien situé. La belle affaire ! Je ne peux pas croire que ce soit la raison, Alain. »

Il l'avait regardée dans les yeux, longuement, sans haine ni rancœur, avec même une certaine douceur. Elle se souvenait encore de l'expression de son visage, lasse et indulgente, l'expression d'un ecclésiastique qui, au nom d'un amour suprême, plus grand que lui, pardonne une nouvelle fois une faute qui se répète, malgré les promesses récurrentes d'y mettre un terme.

« Je ne voulais pas qu'il lui parle, dit-il. Qu'il détruise tout ce qu'on avait bâti depuis qu'elle était née. Il a menacé de le faire. J'ai réalisé qu'elle ne m'appartenait pas, qu'on pouvait me l'enlever et je n'ai pas voulu de ça. À partir de là, on se tenait par la dissuasion. »

Il n'avait pas eu besoin d'en dire plus. Cela faisait des années qu'il savait, et il n'avait jamais rien dit à sa femme. En quelque sorte, cela réparait même un préjudice. Et en échange… eh bien, en échange, personne n'avait jamais entendu parler de cette histoire de stock-options. Antoine Fertel et Alain Renaudier s'étaient ligotés l'un à l'autre.

Le banquier était d'une intelligence rare, de ces intelligences fondées sur l'intuition plus que sur le raisonnement pur. Il avait une connaissance aiguë de la façon dont la psychologie fonctionnait. Il savait pointer où il fallait pour en tirer toujours un avantage. C'était un salopard, mais de ces salopards qui s'immisçaient en vous jusqu'à vous rendre fou.

L'aimait-elle encore, quarante ans après ? Il ne lui manquait pas, en tout cas. Mais il n'en avait pas toujours été ainsi. Ils s'étaient revus, de temps en temps, après leur idylle avortée à l'ENA. Au départ, il l'ignorait et la marquait du sceau de son mépris. Elle s'était trompée ? Qu'elle ronge son frein. Jusqu'en juin 1981, à Belle-Île. Un de leurs camarades de promo avait loué un bateau pour célébrer la victoire de Mitterrand. Il y avait des gens de gauche, mais aussi de droite. L'esprit de corps transcendait les clivages politiques. Alain Renaudier n'était pas là, retenu par une mission à l'étranger. Elle se sentait belle, libre, désirée. Elle aurait aimé pouvoir dire qu'elle avait bu, qu'elle l'avait regretté, mais cela aurait été faux. C'est elle qui avait insisté. Il avait fini par céder. Par lui *consentir* une relation sexuelle. Ou deux. Peut-être trois. Une nuit avec lui : c'est tout ce qu'elle avait arraché à Fertel.

Quand Nathalie était née, huit mois plus tard, Véronique avait trente-six ans. Tous les deux avaient excellé dans la simulation du couple heureux et fier de l'être. Et Nathalie était morte sans savoir la vérité sur son origine.

Véronique savait que son mari avait toujours jugé Fertel sévèrement, mais qu'il aurait aimé lui ressembler : il avait davantage de scrupules, mais c'était les scrupules des faibles, ceux qui refusent de jouir de ce qu'ils possèdent et, par lâcheté, préfèrent envier la vie des autres tout autour d'eux. Accepter le deal de Fertel, cela avait aussi été pour lui une manière d'approcher la vie d'une idole inavouable.

Peut-être avaient-ils essayé cette nuit-là de faire l'amour pour tourner la page de cette confession improbable, mais l'ivresse pathétique de cette franchise éphémère, alliée au manque d'habitude engendré par la monotonie de leur vie de couple, avait eu raison de ses souvenirs.

Elle s'était réveillée, le lendemain, seule, dans son lit, un mot à ses côtés, qui disait : « Je le vendrai. Promis. »

Et ils n'en avaient plus jamais reparlé.

Jusqu'à ce que Christophe Demory sonne à la porte.

## 36

Elle haussa les sourcils et écarquilla les yeux, comme si elle voulait être sûre de ce qu'elle voyait. Elle eut l'impression qu'il portait le même pardessus que lors de l'enterrement de Nathalie, un pardessus sombre qui collait presque trop aux circonstances.

Elle avait photographié mentalement tous les visages, ce jour-là. Aucun n'exprimait autant de désarroi que celui de Christophe Demory. C'était la dernière vision qu'elle avait de lui.

Elle retrouva instantanément l'habitude de le tutoyer. « Comment vas-tu ? demanda-t-elle en lui tendant la main. Quelle surprise, Christophe ! Que nous vaut cet honneur ? Entre, je t'en prie. »

Il retira son pardessus et l'accrocha à la patère dans l'entrée, puis suivit Véronique Renaudier jusqu'au salon. Sa silhouette était encore fine. De dos, on aurait presque pu la confondre avec Nathalie.

Il s'assit et ne put s'empêcher d'examiner son visage. Ses bajoues lui firent penser à un vieux mâtin napolitain. Ses cheveux, teints d'un noir trop foncé, mangeaient la moitié de son front sans parvenir à dissimuler des rides qui avaient aussi envahi le coin des yeux et des lèvres. Malgré tout, derrière le masque de la vieillesse tombé abruptement sur ce visage, il pouvait deviner les traits de celle qu'il avait tant aimée.

« Veux-tu un café ? » demanda-t-elle. Demory fit un signe négatif de la tête. « Cela me fait plaisir de te voir, mais tu n'as pas mieux à faire que d'aller visiter de vieux schnocks comme nous ? » dit-elle. Il esquissa un sourire.

Le silence commençait à mettre Véronique Renaudier mal à l'aise. Elle tenta une nouvelle fois sa chance. « Tu dois être pas mal occupé, j'imagine… Tu sais, Nathalie aurait été fière de toi.

— C'est elle qui était programmée pour être à ma place, répondit Demory. La vie… »

Ils échangèrent quelques banalités. Pour meubler, elle lui dit qu'ils étaient proches de la retraite, et qu'ils songeaient à quitter Paris. « On ira peut-être en Bretagne. On ne sait pas. Mais j'imagine que ce n'est pas pour parler de notre avenir que tu es passé nous voir.

— Vous savez, depuis la mort de Nathalie, il n'y pas un jour, pas une heure, même, où je ne pense à elle. Je ressasse les derniers jours, les derniers mois, j'essaie de comprendre.

— Tu te fais du mal, Christophe. On ne peut pas comprendre l'incompréhensible. Il faut faire le deuil d'une explication rationnelle. Alain et moi, nous l'avons fait. Nous avons accepté la situation, telle qu'elle était. On ne peut pas la changer.

— Non, soupira-t-il. Mais on peut essayer de retracer tous les chemins par lesquels elle est passée, pour voir si tout cela aurait pu être évité. »

Elle ne répondit pas. Demory hésita, puis reprit la parole. « Je ne veux pas vous vexer. Ce n'est pas vous que je suis venu voir, mais votre mari. »

Sans savoir pourquoi, comme si elle sentait un danger s'approcher et qu'il fallait l'en protéger, Véronique Renaudier répondit tout de suite :

« Il n'est pas là.

— Je cherche à le joindre depuis plus de vingt-quatre heures. Il n'a pas répondu à mes messages.

— Tu veux que je lui dise que tu es passé quand il rentrera ?

— Je veux le voir, surtout. Seul à seul. Je suis désolé, Véronique. »

Elle rajusta son col, rentra son pendentif sans cesser de le triturer. Son cou, ravagé par le soleil, était presque entièrement caché par le tissu de son corsage. Elle donnait le sentiment d'étouffer.

« Si tu es revenu pour savoir si Nathalie avait des raisons de nous en vouloir, dit-elle, tu vas être déçu. Tu en es encore à chercher des coupables… Pardonne-moi, Christophe, mais il y a quelque chose de pathétique dans ta démarche. Il n'y a pas de compétition dans le deuil et tu n'as pas le monopole de l'amour pour Nathalie. Il n'y a pas d'un côté ceux qui sont dignes d'elle parce qu'ils n'acceptent pas sa mort, et de l'autre ceux qui ne la méritent pas parce qu'ils se sont résignés. Je pensais que tu t'étais repris en main ! Grandis ! Grandis, bon sang ! »

Il ne bougeait pas. Il continuait à la regarder, comme si les mots qu'elle disait ne le concernaient pas. Elle s'arrêta. Il laissa encore passer quelques secondes de silence, qui firent à Véronique Renaudier l'effet d'une torture.

« Votre mari me fuit, dit-il. J'ai le sentiment qu'il m'a caché des choses. Qu'il a caché des choses à beaucoup de monde. Vous a-t-il dit, par exemple, qu'une jeune femme a été retrouvée morte dans la cour de l'Hôtel des ministres, avant-hier ? »

Elle déglutit avec difficulté et fronça les sourcils. Elle fit « non » d'un léger signe de tête.

« Cette jeune femme s'est jetée de l'héliport. Elle s'appelait Stéphanie Sacco. Ce nom vous dit quelque chose, n'est-ce pas ? »

Sa main agrippa l'accoudoir du fauteuil. Elle semblait s'y accrocher comme un naufragé à une branche d'arbre attrapée au hasard des courants. Elle jeta la tête en arrière, mordillant ses lèvres.

« Bien sûr, ce nom vous dit quelque chose. C'est la jeune femme qui travaillait avec Nathalie sur ce rapport. Le rapport sur le plan de soutien aux banques.

— Je croyais qu'elle était morte, murmura Véronique Renaudier. On m'avait dit qu'elle s'était suicidée quelques semaines après Nathalie.

— Vous la connaissiez ?

— Non. Je ne l'avais jamais vue.

— Vous l'aviez croisée à l'enterrement, peut-être.

— Sans doute. Je ne me souviens pas d'elle.

— J'ai côtoyé Nathalie de bien plus près que vous durant cette période. Ce rapport l'a plongée dans une détresse psychologique profonde. Lors de ses investigations, elle a fait des découvertes qui lui ont coûté son poste. D'autres qu'elle auraient dû se faire virer. Et se faire traîner en justice. C'est elle qui a payé. Pour tout le monde. »

Véronique Renaudier fronça les sourcils. Elle se redressa, malaxa le velours qui recouvrait les accoudoirs. On aurait dit qu'elle était sur un siège éjectable, et qu'elle s'apprêtait à appuyer sur le bouton. Demory la laissa venir. Il voulait voir si elle allait compléter. Si elle savait quelque chose. Elle semblait hésiter. « De quoi parles-tu ? finit-elle par lâcher.

— Normalement, elle me racontait ses journées avec un luxe incroyable de détails. Un soir, pourtant, elle est rentrée et s'est avachie sur le canapé, complètement abattue. Je me suis dit qu'elle devait avoir une sorte de grippe. Je ne me suis pas inquiété : le lendemain, elle allait déjà beaucoup mieux, en apparence. Elle était experte pour maquiller ses états d'âme. Je sais désormais qu'elle a vu Antoine Fertel ce jour-là. En compagnie de Stéphanie Sacco. Et que quelque chose s'est brisé en elle.

— Où veux-tu en venir ? Tu accuses Fertel de quoi exactement ? Et Stéphanie Sacco, qui se met à ressusciter ! Je ne comprends rien, Christophe ! Rien du tout !

— C'est pour ça que je veux voir votre mari. Nathalie est morte. Stéphanie Sacco aussi. Il est hors de question de parler à Antoine Fertel. Il ne reste que lui.

— Mais qu'est-ce qu'il a à voir dans tout ça ?

— C'est ce que je veux lui demander. Je veux savoir ce que Stéphanie Sacco faisait dans l'appartement de Nathalie jusqu'à avant-hier. »

Elle se leva, d'un bond. Christophe retrouva en elle certains traits que les nuits d'angoisse peignaient sur le visage de Nathalie. Les joues creusées, les yeux exorbités. La révolte. Et après viendrait l'abattement. Il connaissait le mécanisme par cœur.

« Qu'est-ce que tu racontes, Christophe ? Tu es devenu fou ! Alain a vendu cet appartement après la mort de Nathalie. Je n'en voulais plus. Ça réveillait trop de douleur. Je n'ai jamais pu y retourner.

— Vous seriez surprise, Véronique. Très surprise par ce que vous y trouveriez. »

Elle retomba dans le fauteuil et, d'un coup sec, arracha le pendentif qui ornait son cou et qu'elle serrait désormais dans son poing, comme si elle cherchait à le concasser entre ses doigts.

« Ça suffit, dit une voix qui venait du haut de l'escalier. Je suis là, Christophe. Allons dehors, si tu veux bien. »

# 37

Les deux hommes marchaient côte à côte depuis quelques minutes, mais aucun d'entre eux n'avait encore desserré les lèvres. Sur le trottoir qui descend du Panthéon, Alain Renaudier fut bousculé par deux jeunes qui squattaient devant le McDonald's. Il s'excusa et, après avoir traversé le passage piéton, jeta quelques pièces au SDF qui dormait devant la grille du Luxembourg puis il entra dans le jardin, Christophe Demory sur ses pas. Il s'assit sur un des sièges, face au bassin. Demory resta debout. Tous les deux regardaient vers le Sénat.

« On pourrait presque voir la rue Garancière, d'ici, fit Renaudier en rajustant le feutre qu'il portait sur la tête. J'en ai fait des balades ici, avec Nathalie, si tu savais… C'est là-bas, fit-il en désignant le café en haut des marches, qu'elle m'a annoncé qu'elle choisissait l'Inspection. J'aurais préféré le Conseil d'État, mais elle était majeure et vaccinée. Tu vois que je n'avais pas tant d'influence que ça sur elle. Si je poussais un peu, je dirais même que si elle n'avait pas choisi l'Inspection, si toi, tu ne l'avais pas convaincue de choisir l'Inspection, nous ne serions pas là à nous lamenter. On serait même peut-être en train de balader votre enfant. Il aurait fait ses premiers pas, là, autour de ce plan d'eau. »

Demory avait déjà pensé à cela, évidemment. Il n'avait cessé de rejouer sa vie avec Nathalie, de prendre chaque décision, chaque hasard pour peser ce qui l'avait menée au bord de l'abîme. Il attrapa une chaise et s'assit, évitant le regard d'Alain Renaudier pour se perdre à l'horizon, sur les toits du Palais. Il fixa un des gardes dans sa guérite.

« Tu vois, moi aussi, je peux être cruel, reprit Renaudier. Mais qu'est-ce que ça apporte, la cruauté ? Tu voulais des réponses, Christophe ? Tu vas en avoir. Mais garde-toi de voir des coupables partout. »

Demory ne lui offrait que son profil, désormais penché sur les graviers qui jonchaient le sol. Renaudier était sans illusions sur lui-même : il avait été un haut fonctionnaire médiocre, sans capacité d'initiative réelle, bon à reproduire les codes de son administration d'origine. Un rouage efficace dans une organisation millimétrée, mais, face à l'imprévu, il avait souvent été pris au dépourvu. Il était capable après coup de comprendre pourquoi il s'était trompé, mais c'était souvent trop tard. Dans le cas de Stéphanie Sacco, c'était la même chose : il avait été incapable de prendre une décision. Il avait laissé les choses se faire, sans oser trancher.

Il l'avait vue pour la première fois à l'enterrement de Nathalie. Ses joues étaient creusées, les traits de son visage taillés à la serpe, sans arrondis pour les adoucir. Son nez était fin et cassé, comme le bec d'un rapace. Elle n'était pas belle, mais c'était une femme dont on se souvenait. Elle avait ramassé ses cheveux en un chignon qui soulignait encore davantage la dureté de son visage. Elle se tenait en retrait, mais ils avaient échangé quelques mots, à son initiative. Il l'avait revue, une fois dans un café, une autre fois au bar d'un hôtel. Ce genre d'aventure ne lui avait pas réussi par le passé. C'était comme une petite voix qui lui susurrait : « N'y va pas » quand dans le même temps une main ferme le poussait dans le dos sans lui laisser le choix.

C'est elle qui, la première, avait eu l'idée de l'appartement de Nathalie. Il y avait sans doute des milliers d'autres endroits tout aussi sûrs et moins chargés de symboles, mais il avait dit oui. Il y avait en elle quelque chose d'indicible à quoi il ne pouvait pas résister.

Il n'avait pas vraiment menti à Fertel. Il l'avait effectivement trouvée sur le pas de la porte mais cela n'avait rien à voir avec le hasard. Ils s'étaient donné rendez-vous et elle était arrivée la première, voilà tout. Il s'était attendu à la voir plus élégante encore que lors de leurs rencontres précédentes, coiffée, maquillée comme le font toutes les jeunes femmes lorsqu'elles s'engagent dans une relation soudaine avec un nouvel amant. Mais elle semblait dans un état second, les yeux parsemés de vaisseaux éclatés, les cheveux en bataille. Ses vêtements étaient sales comme si une voiture l'avait éclaboussée en roulant trop vite dans des flaques de boue. C'était vrai, ça aussi : elle avait l'air d'une marginale. Le moins qu'il pouvait dire, c'est qu'elle n'était pas désirable. Il avait ouvert la porte.

« Tu vas croire que je t'ai caché des choses, finit par lâcher Renaudier. Encore aurait-il fallu que ces choses te concernent. Oui, Stéphanie Sacco a vécu dans l'appartement de Nathalie pendant plusieurs années. C'est vrai, je ne te l'ai pas dit. Je ne l'ai dit à personne. Ça s'est fait comme ça. C'est la vie. C'est *ma* vie. Ça ne te regardait pas. Qui es-tu pour prétendre avoir le droit de tout savoir ?

— J'ai cherché à savoir pourquoi Nathalie s'était suicidée, répondit Demory. À chaque fois que nous nous sommes vus, vous m'avez dissuadé de me lancer là-dedans. Je découvre que vous hébergiez une jeune femme que tout le monde croyait morte et qui était sans doute la seule à savoir les raisons du suicide de Nathalie, et vous me dites que ça ne me regarde pas ?

— La seule à savoir... Qui peut se vanter de savoir comment arrivent les choses, Christophe ? Elle était là ce fameux soir, c'est vrai. Elle était chez Nathalie. Dans l'appartement, cet appartement qui était si beau et qui est devenu une véritable décharge, comme tu as pu le constater. Elles n'avaient jamais été d'accord sur la façon de mener le rapport sur le plan de soutien. Stéphanie Sacco avait fini par gagner, en persuadant Nathalie des vertus de l'autocensure. Mais cela avait créé des dissensions entre elles, et même, une fois la page tournée, une certaine rancœur. En leur nom, l'IGF avait endossé la responsabilité de dédouaner le pouvoir politique de tout favoritisme. Cela était bien égal à Stéphanie Sacco, mais Nathalie ne l'a jamais digéré. »

Christophe Demory avait un coup d'avance. Il écoutait attentivement, prêt à repérer dans les propos d'Alain Renaudier le moindre mensonge. Jusque-là, il ne pouvait pas le prendre en faute. Cela collait avec ce que Nathalie disait dans l'enregistrement qui accompagnait les différentes versions du rapport. Mais il ne savait pas s'il fallait faire confiance à Renaudier. Il essaya de le tester. Il tenta un coup de bluff.

« Que s'est-il passé à Houlgate ? Elle vous l'a dit ?

— À Houlgate ?

— Chez Fertel. Vous savez très bien ce que je veux dire.

— Nathalie t'en avait parlé ?

— Oui. »

Nathalie ne lui avait jamais parlé de sa tentative de faire tomber Fertel à Houlgate, en le piégeant avec un enregistreur au moment où il ferait sa proposition. Elle ne lui avait jamais parlé non plus de la contre-attaque du banquier, qui lui avait révélé la corruption dans laquelle baignait son père depuis des années. Elle avait gardé tout ça pour elle, jusqu'à exploser. Au dernier moment, elle avait tenté de se débarrasser de ce secret en enregistrant une confession, sans qu'il comprenne bien quel était son objectif.

Il vit le visage de Renaudier se décomposer. Il lui fit l'effet d'un taureau épuisé qui attend l'estocade. Il décida de la porter en lui faisant écouter la fin de la bande, sur son téléphone. Il lui imposait un véritable supplice. La voix de sa propre fille qui disait en substance : « Mon père est un pourri. » Renaudier savait que le banquier l'avait lâché. Il savait que Fertel avait dit à Nathalie qu'il était dans les *happy few* qui bénéficiaient de ses largesses. Il savait les dégâts que cette révélation avaient faits sur la psychologie de sa fille. Mais c'était autre chose de le sentir, presque charnellement, en entendant le son de sa voix, monocorde, automatique. Déjà morte.

« Tu ne m'apprends rien, malheureusement, Christophe. Je sais tout le mal que j'ai fait à Nathalie. Tu peux penser ce que tu veux. Tu peux penser que je suis une ordure. Est-ce que cela fait de moi un coupable ? J'ai toujours voulu croire que non. Tout ce que j'ai fait, c'était pour elle. Toujours pour elle. Coupables, nous le sommes tous. Toi, moi, Fertel, sa mère. Et Stéphanie Sacco. Elles se sont disputées ce soir-là, toujours sur les mêmes thèmes, les valeurs et l'intégrité. Elles avaient beaucoup bu, comme chaque fois qu'elles se voyaient. Elles se sont battues. Stéphanie Sacco s'est écroulée, d'ivresse ou de fatigue, ou sonnée par un coup de poing, de pied, que sais-je ? Quand elle s'est réveillée, elle a vu des boîtes de médicaments sur la table. Toutes les pellicules qui renfermaient les comprimés étaient ouvertes. Nathalie avait dû les faire sauter les unes après les autres. Stéphanie Sacco m'a dit que son cerveau fonctionnait au ralenti, qu'elle a mis du temps avant de comprendre. Et quand elle a compris… Elle n'a pas fait ce qu'il fallait.

— C'est elle qui vous a raconté ça ?

— Oui. J'avais deux possibilités. Soit je l'enfonçais. Soit j'essayais de la sauver. La vengeance ou le pardon. J'ai choisi le pardon. Un soir, je l'ai retrouvée couchée en chien de fusil devant la porte de l'appartement. Je ne sais pas depuis quand elle était là. Elle tenait un discours complètement incohérent. Elle m'expliquait qu'elle était suivie, pourchassée, qu'elle n'en pouvait plus, que quelqu'un voulait la tuer. Une minute après, elle disait qu'elle voulait se tuer, qu'elle ne se pardonnerait jamais d'avoir laissé faire ça. Elle délirait complètement. Elle accusait Antoine Fertel d'avoir engagé des gens pour l'éliminer, elle disait qu'il allait la tuer comme il avait tué Nathalie. Et puis ensuite elle s'accusait elle-même. C'était un tissu de conneries, Christophe. Il n'y avait pas de vérité là-dedans. La seule vérité, c'est que j'ai voulu l'aider. Je lui ai dit qu'elle pouvait rester, autant qu'elle voulait. Je lui ai donné la clé de Nathalie. J'ai sans doute eu tort. Mais tu sais pourquoi j'ai fait ça ? J'ai repensé à la conversation que j'avais eue avec le médecin légiste, celui qui avait pratiqué l'autopsie sur le corps de Nathalie. Je lui avais demandé en combien de temps le cocktail qu'elle avait ingurgité avait agi. Il m'avait dit : "Je n'ai pas envie de répondre à cette question, monsieur. Tous les parents me posent des tas de questions, mais qui toutes reviennent à la même interrogation : est-ce que j'aurais pu le sauver ? Est-ce que j'aurais pu arriver à temps ?" Toi aussi, Christophe, avoue, tu te l'es posée, cette question. Et toi aussi, tu aurais voulu qu'on te dise non. »

Oui, Demory s'était posé cette question. Il n'avait jamais cessé de se la poser. Et s'il avait insisté pour dormir chez elle ce soir-là ? Et si, au lieu de lui obéir, il était passé à l'improviste après avoir terminé sa journée à Bercy, en lui disant à quel point il tenait à elle, à quel point il ne pouvait pas vivre sans elle ? Et si au lieu de lire *Le Monde* chez lui, en dînant de son pauvre plat de pâtes, il avait couru lui dire que cette vie qu'il lui promettait, avec lui, valait le coup d'être vécue ? Peut-être, effectivement, serait-il en train d'apprendre à marcher à son fils au bord de ce bassin où Alain Renaudier s'était lancé dans une exégèse de la fatalité.

« Le légiste a eu cette réponse, poursuivit le père de Nathalie, que je n'ai jamais cessé de tourner et retourner dans ma tête : "Matériellement, on *peut* toujours sauver quelqu'un. Un hasard, un coup de téléphone. Mais si la personne est déterminée, elle recommence. Et recommence. Jusqu'à ce qu'elle y arrive. On ne sauve pas quelqu'un contre son gré." Personne n'aurait pu la sauver, Christophe. Pas toi, ni moi, ni même Stéphanie Sacco. Nathalie *voulait* mourir. »

# 38

Des rouleaux de papier toilette dénudés, en équilibre précaire les uns sur les autres, certains déjà écroulés, qui figuraient la maquette d'une ruine. Des bouteilles de Chantereine compressées à l'excès, jetées en vrac, qui avaient colonisé la moitié de l'armoire, tels les organes putréfiés d'un ventre ouvert aux quatre vents. Des piles de journaux et de magazines, attachés par des élastiques, et qui faisaient comme des colonnes doriques de part et d'autre du lit sur lequel il était assis. Il y avait tout cela, tout autour de lui, mais Alain Renaudier ne le voyait pas.

Ce qu'il voyait, c'était sa fille, en colère, révoltée, qui lui avait demandé de venir comme un dernier recours, une dernière bouée à laquelle se raccrocher pour croire encore aux valeurs qui l'avaient façonnée. C'était après la rencontre avec Antoine Fertel dans les bureaux du Crédit parisien. Alain Renaudier se souvenait parfaitement de la question que sa fille lui avait posée après lui avoir raconté le détail du rendez-vous. « Que voulait-il dire exactement par là, à ton avis, Papa ? » Il savait exactement ce qu'Antoine Fertel avait voulu dire, puisque le banquier venait de l'appeler pour le lui confirmer. Il l'avait même menacé à demi-mot : « Conseille-lui le bon choix, Alain. Sinon on va tous au-devant de graves ennuis. »

Cela voulait dire : « Retiens-la, sinon tu sautes. » Il avait menti à Nathalie. « Peut-être vous proposait-il un job au Crédit parisien ?

— Je ne crois pas, Papa. Il a dit qu'il avait besoin d'alliés au sein de l'État. Et tout de suite après il a mentionné le montant de notre salaire – faux, d'ailleurs, on gagne encore moins – avec un certain mépris. Je crois qu'il a ouvert une porte. »

Avait-elle vu le visage de son père se décomposer ? Avait-elle perçu le voile qui avait entouré sa voix tant il était désarçonné par sa fille, et ébranlé par la violence de sa réaction. « Ne fais pas ça, Nathalie. Tu n'as aucune preuve, tout le monde te rira au nez et tu perdras ta place. Pense un peu à toi. Pense aux conséquences, à tous les sacrifices que tu as consentis pour être là où tu es. N'ébruite pas cela. D'abord parce que rien n'est certain. Ensuite parce que, même si c'est vrai, ce n'est pas ton intérêt.

— La banque, c'est un métier en rapport direct avec l'argent, avait-elle embrayé, comme si elle n'avait pas entendu la réponse de son père. On y fait du fric avec du fric. C'est là où il faut être le plus moral. Il ne faut pas oublier pour quoi on le fait, sinon on sombre. Et Fertel a complètement sombré, Papa. Je vais faire semblant de dire oui. J'enregistrerai tout. Et je filerai ça à la presse pour le faire tomber. »

Ce qu'il voyait, c'était Stéphanie Sacco sortir de la salle de bains. Ses longs cheveux noirs s'égouttaient sur ses épaules et dans le creux de ses seins, dégoulinant sur son ventre jusqu'à son sexe qu'elle lui montrait sans aucune pudeur. Elle était un peu plus grande que lui. Son visage était anguleux, et son nez cassé comme celui d'un aigle. Il lui sembla qu'elle était prête à fondre sur lui. Elle lui dit simplement, en lui offrant son dos : « Ramasse-les au-dessus de ma nuque, s'il te plaît. »

Il attendait cela depuis qu'elle l'avait abordé. Il ne se souvenait pas d'avoir ressenti un tel désir, ou alors très longtemps auparavant, tellement longtemps que cela lui semblait une autre vie. Il s'était approché d'elle, débarrassé de ses questions, de sa culpabilité vis-à-vis de Véronique, guidé par sa seule excitation. Elle s'était mise à genoux, face à lui. Elle lui avait entouré les jambes. Il avait cru qu'elle allait prendre son sexe dans sa bouche. Il en avait tellement envie que ses genoux tremblaient, que ses mains se baladaient sur elle sans savoir où aller. Et là elle avait dit : « C'est moi. C'est ma faute. » Elle l'avait dit comme elle aurait dit : « Prends-moi » ou le genre de choses qu'on dit dans ces cas-là, si bien qu'il n'avait pas réalisé. Elle avait dit ensuite : « Pardon » et puis elle était venue s'empaler sur son sexe soudainement libéré de ces interminables années de frustration, dopé par l'interdit ultime qu'il transgressait en se croyant contraint et forcé : baiser celle qui était responsable de la mort de sa fille et qui, pour obtenir son pardon, se donnait à lui sans tabou. Il était assis là, sur ce lit, très exactement à cet endroit-là, quand c'était arrivé.

C'est elle qui l'avait choisi, pas lui. C'est elle qui décidait, pas lui. Il avait été estomaqué par le récit de la nuit de la mort de Nathalie, par la froideur avec laquelle Stéphanie Sacco lui avait raconté les derniers instants de sa fille.

« Nathalie avait cette façon d'avoir des vérités définitives, s'était-elle souvenu en souriant, mélange de tendresse et de pitié pour la candeur de son amie. Nous n'étions pas toujours sur la même longueur d'onde, et après Houlgate, encore moins. Oh non, c'est vrai. Mais comment dire ? Je ne peux pas expliquer ce qui s'est passé. Elle prenait des antidépresseurs, tu le sais. Pas mal de médocs. Des anxiolytiques aussi. Quand on se voyait – et j'allais quand même la voir de temps en temps – c'était devenu son sujet de conversation favori, après le rapport sur le plan de soutien. Ça aussi, elle en parlait tout le temps. Elle disait : "Tu vois, on les a peut-être pas fait tomber, mais au moins on a le cul propre."

"Le cul propre", c'était son expression. C'était d'une vulgarité sans nom dans la bouche d'une si douce jeune femme. Pardonne-moi, mais c'est vrai. Elle était vulgaire quand elle buvait. Et il faut dire qu'on buvait pas mal quand on se voyait. Moi ça me faisait une belle jambe d'avoir "le cul propre" à partir du moment où je faisais une croix sur ma carrière alors même qu'elle avait à peine commencé. On avait ces sempiternelles discussions sur les valeurs et l'intégrité. On n'en sortait jamais et elle, elle ne faisait aucun compromis. Un soir, enfin ce soir-là, je lui ai demandé si toi, tu avais "le cul propre", aussi. Parce que, après ce que nous avait balancé Fertel, c'était pas l'impression que ça donnait. Et je lui ai demandé aussi si cet appartement dans lequel elle habitait, ça lui faisait pas le cul un peu sale.

Elle est entrée dans une rage folle, elle s'est mise à me taper avec ses petits poings, de façon répétitive, sans aucune force – elle n'en avait aucune. Je lui ai serré les poignets, je l'ai prise dans mes bras. On avait trop bu. Moi la première. Elle s'est calmée. On a recommencé à discuter et tout à coup, elle a pris une bouteille de whisky qu'on venait de finir et elle s'en est servie pour me frapper au visage. J'étais sonnée. J'ai dû m'évanouir. Quelques minutes, peut-être, je ne sais pas. J'ai du mal à m'en souvenir. Quand je me suis réveillée, elle était allongée par terre, inconsciente. Mon cerveau fonctionnait au ralenti. J'ai essayé de la réveiller avec quelques claques. J'ai mis du temps avant de comprendre. Et quand j'ai compris… Je n'ai pas fait ce qu'il fallait. »

Elle avait répété : « Je n'ai pas fait ce qu'il fallait. » Et puis : « Je l'ai transportée sur son lit, je l'ai regardée. Je n'ai pas appelé les secours. » Et puis encore : « J'aurais dû faire quelque chose, tenter quelque chose. Je n'en ai pas eu la force. » Et puis aussi : « Elle respirait encore. Je pensais qu'elle se réveillerait le lendemain, vaseuse mais en vie. Je ne savais pas qu'elle allait mourir. » Et puis enfin : « Je suis partie. Sur la pointe des pieds. »

Et là, il l'avait embrassée. Il l'avait consolée. Ils avaient fait l'amour encore. Et une troisième fois. Trois fois en une nuit : cela faisait trente ans que ce n'était pas arrivé. Il était vivant, lui. Et peu importait si le récit de Stéphanie Sacco ne collait pas avec ce qu'il avait découvert le lendemain dans l'appartement en allant au-devant de sa fille : aucune trace de lutte, pas de verre brisé, pas de taches sur la moquette… Elle avait peut-être tout rangé en partant. Il ne le lui avait jamais demandé, même s'il en aurait eu l'occasion.

Il allait la voir de temps en temps, une fois par semaine, ou deux, selon les possibilités que lui laissait son emploi du temps. Il restait une heure, parfois deux, le temps de la baiser, et de l'écouter un peu pour se faire croire qu'elle était une maîtresse comme une autre et pas une femme de la faiblesse de laquelle il abusait. Elle se sentait menacée, elle disait que, si elle voulait rester en vie, il fallait qu'elle reste là, que Fertel, s'il apprenait qu'elle n'était pas morte, serait prêt à tout pour la faire taire, même si elle n'avait aucune intention de dire quoi que ce soit à qui que ce soit.

Elle se faisait livrer les courses, souvent la même chose, en demandant systématiquement aux livreurs de laisser les cartons sur le pas de la porte, par peur d'être confrontée à des tueurs imaginaires. Alain Renaudier avait ouvert un compte bancaire pour elle, qu'il approvisionnait chaque mois, d'abord avec une certaine générosité, mais qui se réduisait à mesure que le temps passait, pour finir avec le strict minimum. Au début aussi, il payait toutes les factures, qui étaient à son nom, puis il avait arrêté progressivement, la laissant dans un état de délabrement qu'il préférait ignorer.

Il s'était lassé d'elle peu à peu et avait cessé de venir la voir au bout de quelques mois. Elle ne lui avait jamais demandé d'explications, elle ne l'avait jamais recontacté. Elle acceptait son sort avec un détachement désespérant. Il pensait qu'elle s'était construit un monde qu'elle imaginait sûr, à l'intérieur des murs de cet appartement, et que cela lui convenait, qu'elle n'avait pas besoin de davantage.

Il ne savait pas combien de temps tout cela pouvait durer. Il redoutait qu'elle ne déballe tout, qu'elle n'aille trouver sa femme, mais ne faisait rien pour l'en empêcher. De loin, il la sentait qui pourrissait doucement, mais il détournait le regard. L'appartement aussi pourrissait tout autour d'elle. Il s'était pris à espérer qu'elle se foutrait en l'air, tout en craignant qu'elle ne le fasse sur place car il savait que, ce jour-là, il aurait des comptes à rendre.

Il avait appris son suicide dans la cour de l'Hôtel des ministres. Il n'avait pas ressenti de tristesse, plutôt une sorte d'admiration. Il y avait vu un certain panache. Il allait récupérer l'appartement sans avoir à donner d'explications à personne. La vie continuerait comme avant.

Et il était là, dans l'appartement de Nathalie, assis au milieu des décombres de la vie d'une autre femme, qui avait croisé celle de sa fille et la sienne pour leur malheur à tous les deux. Une femme dont on ne savait pas si elle avait dit la vérité mais qui les avait emportés dans sa folie.

Ce qu'Alain Renaudier devinait, dans le miroir mordoré en face du lit, piqué par le temps, c'était le visage déjà sans vie d'un homme cerné par les ordures, sans la moindre échappatoire.

# 39

Un étrange samouraï le fixait, sabre à la main : Christophe Demory patientait depuis vingt minutes dans l'antichambre, sans pouvoir détacher son regard de la sculpture posée face au canapé, qui semblait mettre en garde les visiteurs. Il n'avait jamais été reçu dans le salon doré. Il avait espéré un temps poser ses valises à proximité, se hisser au poste de secrétaire général adjoint, mais entre le service de l'État et la vérité sur la mort de Nathalie, il avait tranché sans même s'en apercevoir. Ce choix que les circonstances lui avaient imposé l'avait fait renoncer à tout ce pour quoi il s'était battu depuis trois ans. Il aurait voulu éviter d'avoir à en passer directement par le président, mais quand c'était lui-même qui vous appelait, il était impossible de refuser.

Un huissier vint le chercher. Demory le suivit en silence et trébucha sur les marches à la sortie de l'antichambre. Il se rattrapa de justesse à la manche de l'huissier, qui se retourna, interloqué, puis lui sourit avant de toquer à la porte du salon doré.

Le président était derrière son bureau, un plateau déposé devant lui. Il avalait un pain au chocolat en lisant des documents qu'il épousseta avant d'accueillir Demory avec une jovialité qui sonnait faux.

« Un revenant ! s'exclama-t-il. Je suis content de te savoir en bonne santé. On s'est presque inquiétés, Christophe.

— On t'a attendu à la Lanterne, l'autre jour, ajouta Claude Danjun. On en a tous déduit que tu avais retourné ta veste. Que tu étais resté avec Colson.

— Tu veux un jus de pamplemousse ? demanda le président, sans lui laisser le temps de réagir.

— Non, merci, répondit Demory sans oser s'asseoir sur un des fauteuils qui faisaient face au président. "Retourner ma veste ?" Je ne comprends pas, Claude, que veux-tu dire ? J'ai toujours été loyal envers Isabelle Colson.

— La loyauté, tu sais, c'est à géométrie variable, reprit Danjun. C'est quand même pas moi qui ai vendu la mèche pour Sauvage. »

Demory s'absorba dans la contemplation du tapis. Une scène de chasse, dans la France des monarques absolus. Ça n'avait pas beaucoup changé depuis Louis XV. Un roi, et tout autour une cour qui cherche à protéger ses intérêts et à progresser dans la hiérarchie sociale. Claude Danjun avait l'art de refaire l'histoire. Demory savait très bien comment tout cela s'était préparé, quelques semaines auparavant, dans le bureau de Daniel Caradet. Oui, c'était lui qui leur avait parlé d'Emmanuel Sauvage et de la relation qu'il avait entamée avec Isabelle Colson. Il avait dit qu'il jugeait cela « inapproprié », qu'à terme cela pourrait nuire au travail du cabinet, mais qu'on ne pouvait pas l'empêcher. Il avait ajouté : « Ce n'est sûrement pas moi qui irai en parler à la ministre. Elle est assez grande pour savoir ce qu'elle fait. »

« Qu'est-ce que tu veux dire, Claude ? demanda Demory. Tu parles de quoi ? Tu crois que c'est moi qui l'ai incité à porter plainte ? »

Claude Danjun et le président se regardèrent, sans ciller. Le conseiller se racla la gorge, esquissa un sourire, puis se leva de sa chaise pour marcher un peu dans la pièce. Il s'appuya contre la fenêtre et sembla examiner Christophe Demory, de la tête aux pieds.

Il s'arrêta sur ses chaussures en cuir. Des Gucci, impeccablement cirées, avec une pampille en bambou qui terminait les lacets. Il aimait beaucoup ce modèle. Mais à part les chaussures, Demory n'était pas dans la ligne.

Il ne faisait pas partie de leur monde. Il n'en ferait jamais partie parce qu'il ne comprenait pas le langage de la politique. Techniquement, c'était l'un des meilleurs, capable d'arranger un compromis entre des positions inconciliables sur le papier. Mais pour le reste, il était toujours à la traîne. Il n'avait toujours pas compris ce qui s'était passé.

« Finalement, c'est plutôt une bonne chose, finit par dire Claude Danjun. Tu ne te serais pas plu ici. On est au cœur de la République. On défend la République, par tous les moyens. On fait du Machiavel, s'il le faut. Bref, on fait de la politique, pas de la technique.

— Et en politique, embraya le président, il faut savoir… comment pourrais-je formuler cela sans verser dans le cliché ?

— Mettre ses sympathies personnelles de côté pour servir au mieux l'intérêt général ? suggéra Danjun.

— Quelque chose comme ça. Tu sais, ce n'est pas de gaieté de cœur que j'ai viré Colson. J'ai beaucoup d'estime, d'admiration, tout ce que tu veux, pour elle. J'ai facilité son parcours politique, et elle m'a donné cent fois raison. Elle a été extraordinaire. Presque trop. Ça devenait intenable. Je savais que j'allais devoir m'en séparer. Cette histoire, c'était une occasion en or. Je suis d'accord avec toi, Christophe. On ne peut pas accepter un tel comportement de la part d'une ministre de la République.

— Ce qu'on voulait te dire, Christophe, embraya Danjun, c'est que, évidemment, on avait prévu quelque chose pour toi. On pensait à toi pour être le prochain secrétaire général adjoint. Mais un secrétaire général adjoint qui n'est pas là à une réunion cruciale pour l'avenir du pays, tu avoueras que c'est compliqué. »

Secrétaire général adjoint, alors qu'il n'avait pas quarante ans, c'était l'assurance de se trouver un jour propulsé directeur du Trésor, ministre ou président d'une quelconque organisation européenne. Il en avait rêvé. Il s'était lancé là-dedans pour Nathalie. Il s'était mis hors course à cause d'elle. Ou grâce à elle.

« Je voulais te voir pour te dire ça. Que tu es un jeune homme brillant, mais que tu manques encore de jugeote. C'est dommage, reprit le président. Je suis sûr que tu aurais bien travaillé avec Claude. Vous auriez fait un duo d'enfer. »

Christophe Demory se leva à son tour et fit quelques pas dans le bureau. Il leva les yeux vers le lustre. C'était quand même autre chose que les halogènes de Bercy. La voix de Nathalie résonna dans sa tête. « Je ne suis pas sûr, non », répondit-il en se dirigeant vers la porte. Le président l'appela. « Christophe ?

— Oui ? dit-il en se retournant.

— Le directeur du Trésor t'appelle, tu as rendez-vous avec le président, et tu ne réponds même pas ? Tu as voulu te suicider professionnellement ou quoi ? Tu ne veux pas nous dire ce qui s'est passé dans ta petite caboche ? » demanda-t-il en s'essuyant les lèvres avec sa manche de chemise.

Christophe Demory fixa son regard sur Claude Danjun, dans le fond de la pièce. Le conseiller s'était retourné. Il regardait par la fenêtre et Demory ne voyait que son dos. Il fut frappé par sa silhouette, ses toutes petites épaules, ses jambes arquées. C'était donc ça, la noblesse de la politique.

# 40

Ce qui avait frappé tout le monde, c'est qu'il avait choisi de partir exactement comme sa fille. Le même appartement, le même *modus operandi*. En apparence, les similitudes étaient frappantes. On ne pouvait y lire que l'acte de désespoir d'un père rongé par le chagrin et qui, persuadé qu'il n'y avait plus rien à attendre dans cette vie, décidait de rejoindre sa fille.

L'épouse d'Alain Renaudier avait été choquée par l'état du logement quand, à l'invitation de la police, elle était allée sur place pour identifier son mari. Elle s'était écroulée, et les deux hommes avaient eu la délicatesse de remettre son interrogatoire à plus tard. Elle avait passé deux jours en état de sidération totale dans une chambre d'hôpital où seul Antoine Fertel était venu la voir.

C'est le banquier qui avait prévenu Christophe Demory. Au téléphone, l'ex-directeur de cabinet de la ministre des Finances n'avait eu l'air ni surpris ni peiné.

« Vous aviez continué à vous voir, je crois, après la mort de Nathalie ?

— C'est vrai, avait répondu Demory. De loin en loin. C'était quelqu'un que j'appréciais. Mais ces derniers temps, j'ai plutôt appris à le détester.

— Mon Dieu ! avait lâché Fertel, estomaqué. “Détester”… À ce point ?

— À ce point. Les gens ne sont pas toujours ceux qu'on croit qu'ils sont. Mais vous savez cela bien mieux que moi. Bonsoir, monsieur Fertel. Et à bientôt. »

Il y avait dans ce « à bientôt » une promesse réelle, et le banquier ne fut pas vraiment étonné que Christophe Demory se fasse annoncer quelques jours plus tard à l'accueil de la banque. « C'est un M. Demory qui demande à vous voir, monsieur, avait dit son assistante en le joignant sur son portable. Je précise qu'il n'a pas rendez-vous, ni aujourd'hui ni un autre jour. Il dit que c'est urgent. »

Antoine Fertel était en réunion avec son directeur général, François Sérignac, et deux autres directeurs généraux adjoints. Une *conf call* était prévue dans l'heure qui suivait avec le ministre des Finances, en déplacement à Tokyo pour un G8 qui serait son baptême du feu dans ses nouvelles fonctions : il s'agissait de Philippe Buscher, un IGF de la promotion 1979 qui avait présidé la commission des finances du Sénat et qui, aux yeux de Bercy, avait l'immense mérite de savoir de quoi il parlait. La veille, juste avant de prendre l'avion, il avait décidé de réactiver la SFEF en signant un simple décret. La situation l'exigeait : le Crédit parisien, en perdition sur les marchés, avait frôlé la cessation de paiements après que toutes les autres banques auprès desquelles il se finançait eurent suspendu leurs prêts, par manque de confiance en la solidité financière de la banque d'Antoine Fertel. Il avait fallu l'intervention de l'Élysée pour que, sur la promesse du président qu'un dispositif de secours allait être mis en place, l'ennemie jurée du Crédit parisien, la Générale de Crédit, accepte de prêter ce qu'il fallait pour tenir jusqu'au surlendemain, date à laquelle l'État prendrait le relais.

La vidéoconférence avec Philippe Buscher avait pour objet de régler les derniers détails de l'augmentation de capital qui allait être annoncée le lendemain, et à laquelle l'État était le seul à prendre part. Le secret avait été préservé sur cette annonce censée remettre d'équerre l'opinion des marchés à propos du Crédit parisien car, au rythme où allaient les choses, la banque allait devenir opéable à très court terme si rien n'était fait. Plusieurs établissements étrangers – une banque britannique et une banque brésilienne, notamment – étaient à l'affût.

Antoine Fertel regarda sa montre et dit à ses trois interlocuteurs : « Messieurs, je crois que nous sommes d'accord sur l'essentiel. La crise de liquidités est une hypothèse qui est derrière nous. Dès demain, nous nous refinancerons auprès des pouvoirs publics et cela durera le temps qu'il faudra. La surprime qu'on nous impose est loin d'être indécente et si cela doit durer six mois, un an, deux ans même, nous pourrons l'encaisser. Par ailleurs, nous avons tout à gagner à répondre par l'affirmative à l'initiative de l'État. Nous avons le couteau sous la gorge. Quand je vois ce qui est arrivé à certains établissements dans les pays voisins où la gauche gouverne, estimons-nous heureux que des années de complicité constructive entre les pouvoirs publics et nous aboutissent à ce genre de solution pragmatique où chacun préserve son intérêt. Cette augmentation de capital ne se fera pas au détriment de notre capacité à conduire le navire et c'est là l'essentiel. Pour le reste, je vous laisse régler les derniers détails, et vous accorder sur le montant optimal. J'ai un rendez-vous qui m'attend. »

Il se leva, sortit de la petite salle où ils s'étaient réunis après le déjeuner et laissa ses lieutenants hébétés. Il repassa à son bureau, s'affala dans un de ses fauteuils Louis XV et regarda sa montre, encore une fois. Sept minutes s'étaient écoulées depuis l'appel de son assistante. Il la rappela.

« M. Demory est toujours là ?

— Il est là, monsieur.

— Dites-lui que je l'attends. »

Trois minutes plus tard, Christophe Demory était face à lui, engoncé dans un de ces fauteuil du XVIII$^{e}$ siècle si chers à Antoine

Fertel. Il n'avait pas pris la peine de mettre un costume. Il portait un jean, un polo. Il avait des Lacoste aux pieds.

« Du café, Christophe ?

— Volontiers.

— La dernière fois que je vous ai vu ici, vous étiez plus… enfin moins… *cool.* »

Il avait appuyé exagérément sur le mot, pour lui faire comprendre qu'il voyait dans cette tenue un véritable affront. « La dernière fois, j'étais directeur de cabinet de la ministre des Finances. Là, je suis chômeur, répondit Demory.

— Vous n'avez pas voulu aller à l'Élysée, m'a-t-on dit.

— On ne me l'a pas proposé, pour être tout à fait exact.

— J'ai cru comprendre que c'était dans l'air.

— Ça l'était, oui. Et puis ça ne l'était plus. Je n'ai pas fait ce qu'il fallait pour. Mais on a dû vous raconter tout ça, dit Demory avec un petit sourire en coin.

— Chacun est libre de sa destinée. Vous vouliez me voir, donc ?

— Oui. Comme je vous l'ai dit, je suis chômeur. Ce n'est pas une condition très enviable. Je me suis dit que vous pouviez m'aider.

— Ah, lâcha Fertel. Et pourquoi ferais-je une chose pareille ? »

Pour toute réponse, Christophe Demory sortit un enregistreur numérique de sa poche et appuya sur « lecture ». Antoine Fertel reconnut la voix de Nathalie Renaudier. Il fut plongé trois ans en arrière. « On peut dire qu'elle m'aura donné du fil à retordre, commenta-t-il simplement. Pourquoi ne pas vous être servi de ça avant ?

— Parce que je ne l'avais pas. Je l'ai eu en ma possession il y a quelques jours à peine.

— Je ne comprends pas.

— C'est une sorte de confession qu'elle avait cachée. Je ne sais pas ce qu'elle comptait en faire. Avec le recul, je me dis qu'elle voyait ça comme une sorte de testament…

— Et vous en seriez l'exécuteur ?

— Je n'ai pas été désigné pour cela, si vous voulez tout savoir. Si ce n'est par le hasard. »

Christophe Demory observa le visage d'Antoine Fertel. Il était extraordinairement atone. Aucune émotion ne le traversait. Le banquier avait la réputation de réfléchir aussi vite qu'un ordinateur. Il était en train d'analyser le chemin qu'avait pu faire cet enregistrement. Il plissa légèrement le front et fronça les sourcils, la lèvre rétrécie. Au moment où il se remit à parler, Demory comprit que le banquier s'avouait vaincu et qu'il renonçait à comprendre. Poser la question aurait été humiliant : il passa au round suivant. Demory n'avait pas besoin d'expliciter le chantage. Tous les deux savaient que, juridiquement, l'enregistrement n'avait pas valeur de preuve. Il pourrait éventuellement constituer une pièce d'un dossier dans le cadre d'une enquête judiciaire, si une enquête était ouverte. Mais ce n'était pas le cas. Médiatiquement, en revanche, son impact serait maximal. Si ce document se retrouvait dans la presse, voire en libre accès sur Internet, il fallait se préparer à voir le vaisseau tanguer sérieusement. Or les temps n'étaient déjà pas faciles pour le Crédit parisien.

« Que puis-je pour vous, au juste, Christophe ? » lâcha Fertel de mauvaise grâce.

Demory avait beaucoup hésité avant de venir frapper à la porte du banquier. Il avait pensé à Nathalie, à la vanité de son combat de Don Quichotte contre le capitalisme français tel qu'il s'était construit durant les trente dernières années, parfaitement résumé par l'affaire de l'Amsterdamsche Bank. Il avait pensé au couple qu'il formait avec elle et s'était demandé pourquoi elle ne l'avait pas jugé digne de comprendre ses doutes, de partager ses soupçons, ses secrets. Il avait eu le sentiment amer d'avoir cru être un personnage qu'il n'avait jamais été : un homme aimé et heureux de l'être, pour qui la carrière était secondaire. Sa réaction après la mort de Nathalie, son enfouissement dans le travail le prouvait : au fond de lui, il était comme tous les autres qu'il avait côtoyés depuis son passage à l'ENA.

La carrière, les postes qu'il fallait viser dès qu'on avait obtenu celui qu'on avait espéré. Il n'avait plus que cela et il s'y accrochait.

« Quand j'ai découvert tout ça, j'ai été un peu jaloux, et déçu aussi, dit-il avec une pointe d'ironie. Quelle opinion aviez-vous de moi, pour me tenir en dehors de votre petit club ? »

Antoine Fertel, désarçonné, éclata de rire, d'un rire franc, presque un rire d'enfant. C'était la première fois que Demory voyait le visage du banquier s'éclairer ainsi. Quelque chose dans ce rire le mit mal à l'aise, sans qu'il saisisse, sur l'instant, de quoi il s'agissait.

Ce n'est qu'en rentrant chez lui, en contemplant sa vie d'avant dans ces albums photos qu'aimait confectionner Nathalie, qu'il comprit à qui le banquier lui avait fait penser. Et il eut honte de ce qu'il était devenu.

## *Note de l'auteur*

Ce roman est une œuvre de fiction. Les personnages ne sont que des constructions intellectuelles. Toute ressemblance avec la réalité serait donc purement fortuite, selon la formule consacrée. Le contexte politique et économique qui sert de trame à l'histoire ne doit en revanche rien au hasard.

Comme journaliste, j'ai exploré pendant plusieurs années les arcanes du ministère des Finances, avec mon ami Laurent Fargues. Nous avons publié ensemble en 2011 une enquête, *Bercy au cœur du pouvoir*, chez Denoël. Nous sommes également les coauteurs d'un documentaire réalisé par Jean Crépu, et diffusé sur France 5 en 2012, *Une pieuvre nommée Bercy*. Ces années en immersion au pays des politiques et des technocrates, au cours desquelles Laurent fut un extraordinaire complice, ont fourni aux *Initiés* un matériau brut d'une incroyable richesse.

Les élites politiques et économiques de notre pays ne se réduisent évidemment pas à leur parcours professionnel. Ce sont des hommes et des femmes comme les autres, avec leurs faiblesses et leurs secrets, même si je n'en connais personnellement aucun qui souffre de ce trouble du comportement appelé « syndrome de Diogène ». Les personnes qui en sont atteintes refusent de jeter le moindre objet ou emballage et les entassent dans leur logement, jusqu'à se laisser littéralement envahir. Ce trouble peut se déclencher à la suite d'un choc émotionnel ou être le résultat d'une maladie mentale préexistante, comme la schizophrénie. C'est sans doute ce diagnostic qu'aurait posé un psychiatre sur Stéphanie Sacco si elle avait existé… et si elle avait consulté.

Je voudrais remercier Aurélien Masson pour son enthousiasme immédiat à propos de ce roman et ses suggestions pour l'améliorer.

Enfin, mes pensées vont à mon épouse, Nhu, qui supporte sans ciller de me voir passer de nombreuses soirées face à mon ordinateur. L'écriture est un acte solitaire mais qui nécessite un soutien sans faille dans l'intimité. Ce soutien ne m'a jamais manqué.

## DU MÊME AUTEUR

*Aux Éditions Ouest-France*

LÉO L'IVRESSE, coll. Latitude Ouest, 2001.

*Aux Éditions Denoël*

BERCY, AU CŒUR DU POUVOIR. ENQUÊTE SUR LE MINISTÈRE DES FINANCES, coll. Impacts, 2011.

*Aux Éditions Rivages*

LA FILLE DU HANH HOA, coll. Rivages / Noir, 2012.

*Composition : APS-Chromostyle.*
*Achevé d'imprimer*
*sur Roto-Page*
*par l'Imprimerie Floch*
*à Mayenne, le 20 mars 2015.*
*Dépôt légal : mars 2015.*
*1^er^ dépôt légal : décembre 2014.*
*Numéro d'imprimeur : 88228.*
ISBN 978-2-07-014760-1 / Imprimé en France.

288263